Heine Bakkeid

Heine Bakkeid est un auteur norvégien. *Tu me manqueras demain* (Les Arènes, 2020) est son premier roman traduit en français.
Il est suivi de *Rendez-vous au paradis* (Les Arènes, 2021), puis de *Nous n'allons pas nous réveiller*, paru chez le même éditeur en 2022. Tous ses livres sont repris chez Pocket.

TU ME MANQUERAS DEMAIN

HEINE BAKKEID

TU ME MANQUERAS DEMAIN

Traduit du norvégien
par Céline Romand-Monnier

EQUINOX
LES ARÈNES

Titre original :
JEG SKAL SAVNE DEG I MORGEN

ISBN : 978-2-266-32045-0
Dépôt légal : octobre 2021

Il y a des jours où on ne voit pas que les montagnes sont
encore debout. Des heures où tout
n'est que laisse de mer sur une plage noire.
Des heures où on ne connaît personne.

WASSMO

Sept minutes

À dix-sept heures trois arrivent les regrets. Un torrent de regrets paniqués alors que je halète et je suffoque. Je tressaille, je tremble, je gigote pour me libérer, en vain.

Deux minutes plus tard, cette respiration éperdue a enfin cessé. Je me rends compte que je n'ai plus besoin d'oxygène, je suis juste là, pendu à la corde, à sentir le système s'éteindre, élément par élément.

Dix-sept heures huit et j'entends l'eau cingler violemment le carrelage au-dessous de moi. Un bruit rauque et dissonant sourd de ma gorge, les larmes ou la condensation roulent sur mes joues, emportant dans les bondes ce qui subsiste de moi. J'ai froid.

Puis la voilà. Devant moi, aussi grise que le reste de la pièce. Je voudrais rire, jubiler de la revoir. J'essaie d'ouvrir la bouche pour le lui dire, lui dire que c'est là tout le bonheur qu'un humain peut ressentir. Au lieu de quoi, j'entends un craquement et me retrouve par terre l'instant suivant. L'eau des douches de la prison lave mon visage, l'aiguille de l'horloge avance d'un cran.

Dix-sept heures dix.

MERCREDI

Chapitre 1

Stavanger, ville du pétrole et des crottes de chien molles. À leur humble façon dégueulasse, elles forment sur l'asphalte de petites éminences, qui colorent les lieux de toute une palette de bruns.

J'en enjambe encore une de mon pas vif, dans Pedersgata, en direction du centre-ville. Aetat[1] occupait jadis un rez-de-chaussée en *open space*, encadré de grandes baies donnant sur Klubbgata et le bassin de Breiavatnet. Les passants pouvaient ainsi regarder de haut les créatures qui cherchaient désespérément à se cacher de leurs voisins ou connaissances derrière une plante en plastique, une cloison mobile ou un abat-jour, lorsqu'il leur fallait expliquer pourquoi elles n'avaient plus de travail. Depuis mon dernier séjour en ville, cette mise en scène de l'individu asocial a changé de nom et d'adresse, NAV a désormais ses appartements dans des locaux plus conventionnels, juste à côté.

L'automate me délivre un ticket de queue et je m'assieds sur un canapé rouge dans une pièce sans

1. Ancien nom de l'agence norvégienne pour l'emploi. *(Toutes les notes sont de la traductrice.)*

fenêtres ni oxygène : une espèce de bunker surélevé où l'odeur de sueur et de pieds, ainsi que les ondes générales de *losers* que dégage la clientèle, assaillent les sens dès qu'on franchit le seuil. Malgré tout ce monde qui m'entoure, il n'y a presque pas un bruit. Le silence n'est brisé que par un vague bourdonnement et des pianotages sporadiques de claviers.

« Numéro trente-huit ? »

Une conseillère passe la tête par une porte entrouverte et regarde dans la salle d'attente. Dès que je m'approche d'elle, elle me tend une main molle, puis me fait entrer.

« Je m'appelle Iljana, se présente-t-elle avec un fort accent d'Europe de l'Est, avant de se laisser choir sur sa chaise de bureau. Je vous en prie, asseyez-vous.

— Merci », réponds-je en m'exécutant.

Iljana a des cheveux noirs raides relevés dans la nuque. Elle porte un tailleur-pantalon gris, à gros boutons, comme ceux qu'on prenait autrefois pour faire les yeux des ours en peluche.

« En quoi puis-je vous aider ? »

Je lui indique mon numéro d'identité, puis mon numéro d'inscription au Répertoire des personnes physiques, et elle se tourne pour taper.

« Thorkild Aske ?

— Lui-même.

— Avez-vous déjà été inscrit comme demandeur d'emploi par le passé ?

— Non. »

Je lui tends la lettre que m'a donnée l'assistant social de la prison de Stavanger.

Iljana se penche vers son bureau et son ordinateur tout en lisant. À la fin, elle esquisse un sourire. Elle a des petites dents, anormalement petites, des dents d'enfant presque, et des yeux aussi gris que son tailleur.

« Bon, Thorkild. » Elle joint les mains sur ses genoux. « L'assistant social de la prison dit que vous avez décidé de participer à un programme pluridisciplinaire d'aide à la réinsertion post-carcérale. Et ça, c'est bien. » Elle met l'accent sur le mot *bien* et sourit encore.

J'acquiesce.

« J'ai eu un rendez-vous au Service pénitentiaire d'insertion, qui m'a trouvé un logement, un psychiatre et un médecin référent, et a contacté différents services qui tous m'ont aidé à créer un groupe de prise en charge où parler de mon passé et planifier mon avenir, afin de pouvoir rompre avec mon parcours criminel. À mon avis, je suis réhabilité à quasiment cent pour cent. »

Ne percevant pas l'humour de mes propos, elle s'oriente de nouveau vers son écran.

« Vous êtes diplômé de l'École de police. » Elle navigue sur son écran tout en parlant. « Agent de la police judiciaire, inspecteur, mission à la SEFO, puis titularisation à l'Inspection générale de la police. » Elle hésite, passe la pointe de sa langue sur ses petites incisives avant de pivoter vers moi.

Je la devance.

« La police des polices.

— D'accord. » Elle fait un signe de tête. « Alors, quand vous serez prêt, il serait sans doute naturel que nous cherchions un emploi dans la police, non ? »

Je lui souris.

« Radiation des cadres. »

Je sens se réveiller la douleur dans ma joue et le mal diffus dans mon estomac. J'ai aussi la bouche tellement sèche que j'ai du mal à parler.

« Pardon ? »

Je débouche la bouteille que j'ai sur moi et bois, en espérant que l'eau viendra tout arranger.

« J'ai été radié des cadres par décision administrative.

— Jusqu'à quand ?

— Jusqu'à la fin de mes jours… » Je rebouche la bouteille et la pose par terre, à côté de ma chaise. Le picotement sur la face interne de ma joue est en train de se muer en élancements pulsatoires. « … Et plus encore.

— Alors, que pensez-vous faire maintenant ?

— Eh bien, j'espérais plus ou moins que vous me le diriez. »

Je reprends la bouteille d'eau, la serre entre mes mains. Les douleurs, l'odeur, la lumière, le manque d'oxygène, devoir être là, à parler à une inconnue, une de plus, une responsable, encore une autre, tout ceci me rend fébrile. J'éprouve le violent besoin de me trouver dans une pièce où il n'y aurait aucune surface réfléchissante. Je sais toutefois que je dois en passer par là pour m'en sortir. Ulf dit qu'il n'y a pas d'autre moyen.

Iljana regarde de nouveau la lettre, puis son écran.

« Il est écrit que vous souhaiteriez faire une demande d'allocation de retour à l'emploi jusqu'à la fin de votre traitement médical ? »

Je hoche la tête.

« Un certain désaccord subsiste quant à mon taux d'incapacité à la suite de mon… » Je dessine des guillemets en l'air. « … *accident du travail*. Mais mes conseillers pénitentiaires, l'assistant social pénitentiaire, le personnel hospitalier, l'aumônier de la prison, mon médecin référent, mon psychologue, mon ami psychiatre et moi-même sommes arrivés à la conclusion que, à terme, j'allais faire une digne tentative de retour à la vie professionnelle.

— *Accident du travail* ?

— Ce n'est pas écrit quelque part, ça aussi ? » Je désigne la lettre. « *Quelques mois après le début de sa détention, Thorkild Aske a essayé de se pendre à une conduite d'eau dans les douches collectives*. En plein pendant les vacances d'hiver, de surcroît.

— Que s'est-il passé ? articule-t-elle avec un mouvement de recul.

— La conduite a cédé. »

Iljana me dévisage comme si elle craignait que je ne me rue sur elle d'un instant à l'autre, à moins que je ne m'agresse moi-même avec l'une de ces bananes en plastique posées dans la coupe sur son bureau.

« Bon. » Elle hésite, respire profondément, toussote. « Vous avez donc l'intention d'entreprendre une nouvelle formation ?

— Pour quoi faire ? » Je compresse la bouteille d'eau ouverte jusqu'à ce que des gouttelettes coulent le long de mes doigts et tombent sur le sol. « Ingénieur pétrolier de quarante-quatre ans – cérébrolésé ? Courtier en Bourse ? Assistant dentaire ? »

Elle coule un regard vers l'horloge en bas à droite de son écran, avant de déclarer, dans un regain de volonté :

« Je suggère que nous attendions la réponse à la demande d'allocation. D'ici là, examinons donc les voies possibles de retour à la vie professionnelle, en dehors de la police. » Elle appuie sur une touche, fait glisser le pointeur vers le bas de son écran, enfonce encore une ou deux touches avant de s'estimer satisfaite et relève le nez. « Que diriez-vous de travailler dans un centre d'appels ? »

Chapitre 2

Je décide de tenter la nourriture comme remède à mes douleurs à la joue et à l'estomac, et commande un club-sandwich dans un café juste à côté de l'agence. Je mets ensuite le cap sur Hospitalgata, puis Pedersgata, vers le studio qui m'a été attribué par le Service pénitentiaire d'insertion, juste en contrebas du pont.

Dans ma boîte aux lettres, je trouve un catalogue de mobilier et une enveloppe à mon nom. Je sais ce qu'il y a dedans. C'est toujours la même chose, le seul élément qui varie c'est l'âge des enfants. Ils grandissent, même si les visages ne sont jamais deux fois les mêmes. Au début, c'étaient des bébés découpés dans des catalogues et des magazines. Elle en envoyait aussi de berceaux, hochets, biberons, tire-lait.

Je prends l'enveloppe et le catalogue et monte à mon studio. Je laisse le courrier sur la table, entre le canapé deux places et le meuble télé sans télé, avant d'aller chercher mon pilulier dans le placard de la kitchenette, au-dessus du minifour. J'ouvre le compartiment du mercredi et vide le contenu de la case du milieu dans ma paume. J'avale le tout avec une gorgée d'eau de ma bouteille en plastique, puis j'allume la cafetière et m'installe sur le canapé, l'enveloppe en main.

Cette fois, il y a deux coupures de catalogue. Un garçon de sept, huit ans, aux cheveux bruns légèrement bouclés, vêtu d'un T-shirt coloré où l'on voit un poisson dans les coraux, affublé d'un masque et d'un tuba, et coiffé d'un chapeau. La légende dit : *Des vêtements faits pour jouer et s'amuser : jean, pantalons, T-shirts, blousons et bien plus encore. Couleur et solidité, pour tous les enfants.*

L'autre est une fille du même âge. D'après la légende, elle porte un blouson court rose poudré, à col amovible de fausse fourrure et un jean skinny avec T-shirt assorti. *Une gamme qui s'étend du jean de tous les jours et des vêtements pour jouer à son aise aux tenues classiques des jours de fête, en passant par tout ce qui existe entre…*

Je remets délicatement le tout dans l'enveloppe, la pousse à l'extrémité de la table basse, avec le catalogue de mobilier, m'enfonce dans le canapé et ferme les yeux.

Mon téléphone sonne.

« Alors ? » s'enquiert un homme à la voix rauque dans un dialecte de Bergen prononcé. Il tire une bouffée de cigarette avide, frisant le privé, l'intime. Psychiatre diplômé, Ulf Solstad dirige le groupe de prise en charge qu'on vient de créer pour moi. « Comment s'est passé le rendez-vous ? »

J'ai fait sa connaissance pendant ma détention à la prison de Stavanger, où lui-même exécutait une peine de dix-huit mois pour extorsion de fonds, sans que cela ait semblé avoir réduit sa clientèle. Il est même plus demandé qu'avant son incarcération, chez les gens qui ont des problèmes, et des moyens.

« Super ! dis-je d'un ton railleur. Apparemment, on me prédit une brillante carrière dans le secteur des centres d'appel.

— Relaaax. » Même pour quelqu'un de Bergen, Ulf étire particulièrement ses *a*. « Tiens le coup et suis juste les galeries à rats qui ont été creusées pour les gens comme toi. Elles forment un réseau déroutant, mais c'est normal, c'est fait pour éliminer tous ceux qui ne sont pas assez forts. Dès qu'on t'aura mis sur allocation, je te promets que tu ne tarderas pas à rejoindre les rangs des asociaux à titre permanent. En attendant : *Stay* au chômdu.

— Quoi ?

— Écoute, fait Ulf alors que je m'extrais du canapé pour attraper la bouteille d'eau. C'est pour moi un honneur que tu aies voulu m'inclure dans ton groupe de prise en charge et je te promets de faire mon possible pour que tu aies la vie que tu souhaites, Thorkild. » J'entends le grésillement de sa cigarette.

« J'ai besoin de plus de Séresta. » J'allonge le bras vers la bouteille, qui est tombée par terre et a roulé partiellement sous le canapé, l'agrippe. « Je vais bientôt être à court. Et puis il va aussi falloir augmenter la dose d'OxyContin.

— Les douleurs ont empiré ?

— Oui. Et je commence à avoir des crampes dans les jambes quand je marche.

— Alors c'est peut-être plutôt le dosage de Neurontin qu'on devrait regarder ?

— Non ! » J'enfonce mon index dans les chairs endommagées de ma joue. Mon visage entier ne tarde pas à se consumer de douleur. « Ça me donne mal à la tête. Ça et le Risperdal, je ne supporte pas.

— Thorkild, on en a déjà parlé. Le Neurotin, c'est spécifiquement pour les douleurs neuropathiques, tu vas sans doute devoir en prendre jusqu'à la fin de tes jours. Le Risperdal, c'est un antipsychotique et tu en as encore besoin, ô combien. On croit toujours avoir besoin de plus de benzodiazépines. Parce que ce sont des anxiolytiques, comme les Oxy. On réagit toujours comme ça, mais les anxiolytiques créent une accoutumance, tu le sais. S'il faut baisser des doses, ce sera par ceux-là qu'on commencera, et puis on verra comment ça va une fois que tu auras pris tes marques hors des murs, hein ?

— Je n'arrive pas à dormir », dis-je d'une voix grincheuse en faisant tomber le courrier avec mon talon. Je sais qu'il a raison et ça m'exaspère.

« Mais si, fait Ulf d'un ton calme. C'est pour ça que je t'ai donné de l'amitriptyline. » Il tousse violemment avant de poursuivre : « Tu continues d'en prendre, non ?

— Comment ça ?

— Les médicaments ? Tu les prends ?

— Évidemment.

— Le Risperdal aussi ?

— Oui.

— Tu sais que tu en as besoin, Thorkild ?

— Oui, je sais, réponds-je bien trop vite.

— Arrête ton char ! Je ne suis pas ton foutu aumônier de prison croulant qui essaie de remplir son quota au Ciel. » De nouveau, sa respiration se fait plus difficile. J'ai ruiné son rituel tabagique et il va devoir allumer une autre cigarette dès qu'il aura tété celle-ci jusqu'au filtre.

« Il disait que j'étais une abeille sans fleurs.

— Qui ?

— L'aumônier de prison.

— Tu plaisantes ?

— Non. »

Ulf allume une autre cigarette et souffle fort dans le téléphone.

« Raconte-moi ça, Thorkild. Tu veux bien me faire ce plaisir ? »

Décidant de lui accorder une bonne cigarette, je lui déballe l'histoire.

« Je suis une abeille dans un monde sans fleurs et il m'appartient de choisir à quoi je veux employer mon temps jusqu'à l'hiver.

— L'hiver ? » Ulf recrache sa fumée. Il respire harmonieusement, je l'entends. Ses inspirations et expirations sont empreintes de gratitude.

« L'hiver qui tôt ou tard s'abat sur notre vie à tous », poursuis-je en sentant mes muscles se décrisper. Je me renverse dans le canapé, le laisse m'attirer entre ses coussins. Les bons cachets dissolvent les douleurs, les font disparaître.

« Tu me fais marcher, non ? Dis-moi que tu me fais marcher, Thorkild.

— Non. Je ne te fais pas marcher. C'est comme d'entendre des vagues battre les rochers. *Shhh... Peeeeeeeeuw... Shhh... Peeeeeeeeuw.*

— Jamais entendu un truc pareil : *Shhh... Peeeeeeeeuw.* Je peux l'utiliser ?

— Je t'en prie !

— Au fait », dit Ulf alors que j'allais raccrocher. Sa voix est suffisamment haute pour casser l'ambiance. « Il y a quelqu'un qui voudrait te parler.

— Ah bon ?

— Quelqu'un que tu connais. D'avant. »

Il hésite, fait durer, comme s'il n'avait pas encore déterminé s'il devait vraiment m'en parler avant que mon groupe de prise en charge ait pu se réunir pour disséquer la question en séance plénière.

« Qui ?

— L'oncle de Frei, finit-il par lâcher. Et son ex-femme, Anniken Moritzen.

— Arne Villmyr ? » Je sens l'inquiétude s'immiscer en moi. D'un seul coup, j'ai la bouche sèche comme de l'amadou et la lumière qui pèse sur la couverture en polaire suspendue devant la fenêtre me pique les yeux. « Pourquoi ?

— Il ne s'agit pas de Frei, répond Ulf d'un ton contraint, comme s'il n'était toujours pas sûr de ce qu'il était en train de faire. Arne et son ex-femme, ils ont un fils ensemble…

— Arne est homosexuel », l'interromps-je d'un ton rétif. Je n'aime pas le tour que prend cette conversation, le trouble me gagne et j'éprouve un besoin croissant de raccrocher, d'occulter la lumière, d'exclure les bruits.

« Ça fait rien, répond calmement Ulf sans me fournir de prétexte pour raccrocher. Il a donc et une ex-femme, et un fils…

— Quel rapport avec moi ? » Je serre les paupières et me détourne de la couverture transpercée de lumière.

« Si tu veux bien juste me laisser finir, chuchote Ulf en recrachant sa fumée dans un souffle bruyant. Donc : Anniken Moritzen est l'une de mes patientes. Elle a besoin de… » Il hésite encore, tire une bouffée. « Ils ont besoin d'aide. Leur fils a disparu.

— Je ne suis pas détective privé.

— Grands dieux, non. Mais Anniken est une amie et je ne vois pas ce que moi, je pourrais faire pour elle dans cette situation. Et puis Arne et toi avez ce passé commun, auquel tu ne pourras pas te soustraire de toute façon, et là il a demandé à te parler. Je pense que tu lui dois tout de même ça ? »

Les douleurs exercent leur pression sur mon épiderme, mes yeux, mon crâne.

« S'il te plaît, gémis-je, les dents serrées. Pas aujourd'hui, pas maintenant.

— Parle-leur. Écoute ce qu'ils ont à dire.

— Je n'ai pas envie. »

Ulf soupire encore.

« C'est le numéro que tu as tiré, Thorkild. Tu es descendu tout en bas et tu es remonté. Tu as changé. » Il reprend goulûment son souffle et écrase sa cigarette. À moitié fumée, gâchée. « Ne laisse pas ce studio devenir ta nouvelle cellule. Tu as besoin de sortir, de parler à des gens, de découvrir qui tu entends être dans ta nouvelle vie.

— Je sais », dis-je dans un chuchotement avant de m'enfoncer à nouveau dans le canapé. J'ouvre les yeux, force mon regard à aller vers la lumière irradiante qui envahit la polaire, et le maintiens dessus jusqu'à ce que mes larmes perlent.

« Que dis-tu ?

— Que je le sais.

— Sûr ? » Ulf Solstad baisse la voix, adopte un ton plus thérapeutique. « OK, conclut-il comme je ne réponds pas. Ta respiration est plus paisible maintenant. Alors, tu passes tout à l'heure et on en profitera pour jeter un œil sur tes dosages. Tu veux faire ça ? Tu veux ? »

Sa troisième tentative de fumer la cigarette parfaite, Ulf Solstad doit la faire sans moi.

Chapitre 3

Arne Villmyr se tient debout à côté d'Anniken Moritzen, qui est assise, les mains jointes sur le bureau. Derrière, trois fenêtres qui montent du sol au plafond encadrent le paysage de Forus, ses autoroutes rugissantes, ses espaces verts, ses bâtiments commerciaux. Arne est habillé avec autant de goût que la première fois que je l'ai rencontré, il y a près de quatre ans, dans sa villa de l'ouest de Storhaug. Mais il a moins de cheveux, le teint plus blafard.

« Thorkild Aske ? demande Anniken Moritzen sans se lever.

— Oui. » Je m'approche à contrecœur.

« Enchantée », dit-elle d'un ton morne.

Je sens un mépris indifférent quand elle me serre finalement la main. Sa commissure droite ne répond pas au stimulus et demeure paralysée. L'ensemble tient plus du rictus que du sourire.

Arne Villmyr ne manifeste aucune intention de répondre à mon geste lorsque je lui tends la main pour le saluer.

« J'ai une photo. » Anniken Moritzen ouvre un tiroir.

Je hasarde un « Bien ! », me penche vers elle et saisis la photographie des deux mains, de crainte qu'elle ne me glisse entre les doigts et tombe par terre.

« Elle a été prise il y a cinq mois, lors d'une visite chez mes parents, dans le Jutland. » Anniken parle une espèce de dialecte de Stavanger d'Eiganes qui ne cherche toutefois pas à cacher ses origines danoises. Elle a autour de cinquante-cinq ans, porte un tailleur bleu foncé et un chemisier blanc dont les deux boutons supérieurs sont ouverts. Je constate qu'elle doit mesurer une bonne tête de plus que son ex-mari.

« Ça m'a l'air d'être un bel endroit où grandir, pour un enfant. »

Elle me lance un regard comme pour dire qu'elle me voit venir, mais laisse courir.

« C'est la dernière photo de lui que j'aie. » Elle s'attarde dessus, comme si elle y était, le jardin de ses parents, le barbecue, le sirop à l'eau. Short Liverpool rouge, sandales, toque blanche de cuisinier, Rasmus, son fils, surveille la viande. Il est bronzé, athlétique. Le grand-père s'en « jette un petit » et, sur une chaise, Anniken Moritzen fait coucou à l'appareil photo.

« Pendant l'année écoulée, Rasmus et quelques copains d'école ont parcouru le monde sur un voilier. » Anniken baisse un regard rêveur sur l'envers de la photo, comme si elle cherchait à pomper les derniers reliquats d'énergie que lui procure ce souvenir. « Mais après un voyage dans le Nord-Norge, Rasmus a eu l'idée de transformer un centre de conférences logé dans un ancien phare en hôtel aventure.

— Hôtel aventure ?

— Plongée dans des épaves, pêche au harpon…, ce genre d'activités de plein air. Rasmus dit que ça marche très bien à l'étranger.

— Quel âge a-t-il ? » Je pose la question bien que je connaisse la réponse. En prenant le bus pour Forus, j'ai trouvé l'édition en ligne d'un quotidien de Tromsø avec un entrefilet sur la disparition d'un homme de vingt-sept ans, qu'on supposait mort dans un accident de plongée non loin du bourg de Skjellvik, sur la commune de Blekøyvær.

« Notre Rasmus a vingt-sept ans.

— Et quand est-il parti là-bas ?

— Anniken lui a acheté la propriété l'été dernier », explique Arne. Derrière lui, le vent du soir bouscule les nuages. Tout un nuancier de gris pâles se déplace à vive allure vers le sud-est.

Anniken acquiesce sans nous regarder ni l'un ni l'autre. « L'îlot du phare était abandonné depuis la fermeture du centre de conférences, dans les années quatre-vingt. Je l'ai acheté et Rasmus y est aussitôt monté, avec certains des amis qui allaient lui donner un coup de main pour les travaux jusqu'à la fin des vacances.

— À quel moment a-t-il disparu ?

— La dernière fois que je l'ai eu au téléphone, c'était vendredi, il y a cinq jours. La police a trouvé son bateau hier matin et pense donc qu'il est sorti plonger samedi ou dimanche.

— Et vous ? » Je lève les yeux vers Arne Villmyr, qui garde les siens dans le vide, comme un soldat au garde-à-vous. La pluie commence à picoter les fenêtres derrière lui.

Il secoue légèrement la tête. Au-dessus de nous, les vannes du ciel s'ouvrent dans un fracas retentissant et l'eau se déverse en torrents sur les vitres.

« Ils n'ont pas tellement de contacts, explique Anniken en serrant ses bras contre son buste, comme si elle était dehors, dans les intempéries.

— Il était seul quand il a disparu ? » Mon regard se dérobe à la photo et se réfugie dans les gris pesants du dehors.

« Oui, ce dernier mois, il n'y avait que lui là-bas.

— Pourquoi la police croit-elle à une noyade ? » *Allez, encore un peu, Thorkild,* me dis-je tandis que l'eau ruisselle sur le verre industriel. *Juste deux ou trois questions de plus et tu pourras rentrer.*

« Quand les policiers ont retrouvé son bateau, l'équipement de plongée n'y était plus. Rasmus a l'habitude d'aller plonger parmi les rochers devant le phare, à ses moments perdus. Vendredi, il m'a dit qu'il irait pendant le week-end s'il faisait beau.

— Avez-vous des raisons de croire qu'il lui soit arrivé autre chose, que ceci ne soit pas un accident de plongée ?

— Non. »

Je lis de l'agacement sur son visage. Je l'interromps probablement au même endroit que tous ses interlocuteurs depuis la disparition de son fils.

Je me sens une envie de la secouer, de lui dire de se réveiller. D'arrêter de rêver. Ça ne mène à rien. Tout ce que ça fait, c'est briser des cœurs, vous mettre en pièces. Ces rêves que nous rêvons les yeux ouverts.

« N'obtenant aucune réponse, je suis tout de suite montée là-bas, dans le Nord. Je sentais qu'il y avait un problème. » Anniken Moritzen s'adresse à son ex-mari. « Je te l'ai dit. Il m'aurait rappelée. Il rappelle toujours. »

Arne pose délicatement une main sur son épaule et hoche la tête en silence.

« Mais là-haut, il faisait mauvais, poursuit-elle. Le *lensmann*[1] et son agent ont refusé de m'emmener au phare, ils m'ont traitée comme une espèce de monstre hystérique qu'ils ne pouvaient que renvoyer vers une chambre d'hôtel à Tromsø, à cent kilomètres de là, pendant qu'eux-mêmes restaient dans leurs bureaux à ne rien faire. Personne n'a voulu m'aider, personne ne fait rien. Ils sont juste plantés là, vous comprenez ? Passifs. Pendant que quelque part en mer mon garçon a besoin d'aide ! » Elle sanglote amèrement. « C'est pour ça que je suis rentrée, Arne », murmure-t-elle. Ses larmes roulent. « Pour que tu trouves quelqu'un qui puisse nous aider. Quelqu'un qu'ils écoutent. Tu te souviens ? Tu m'as promis de trouver quelqu'un pour nous aider. »

Arne ferme les yeux, les garde fermés, hoche la tête, encore et encore. Anniken Moritzen se tourne de nouveau vers moi.

« Vous, Aske. » Elle respire profondément et s'essuie les joues du revers de la main. « Vous, ils vous parleront, je le sais. Vous pouvez le retrouver », dit-elle avec un sourire chaleureux à l'évocation de son fils retrouvé. Elle s'accroche à l'illusion qu'il est encore temps. « Oui, vous pouvez me retrouver Rasmus. »

Je baisse de nouveau les yeux sur l'homme de la photo. Quand j'avais l'âge de Rasmus, j'étais inspecteur

1. Fonctionnaire de police rurale, exerçant aussi certaines fonctions administratives civiles.

principal de police dans le Finnmark et j'employais mon temps à persuader des conducteurs de motoneige ivres de ne pas détruire les panneaux routiers de la région en les criblant de balles. « Je ne suis pas détective… » Je repose la photo sur le bureau.

« Nous vous paierons, glisse Arne Villmyr. Si c'est l'argent qui vous inquiète.

— Ce n'est pas ça… » J'ai parlé d'une voix faible et vais ajouter qu'il est trop tard. Que personne ne revient de près d'une semaine en mer après avoir disparu dans des circonstances pareilles. Mais Arne a déjà relâché le dossier de la chaise et passe de mon côté du bureau.

« Venez. » Il m'attrape le bras, désigne la porte d'un geste brusque. « Allons poursuivre cette conversation dehors. »

Laissant Anniken Moritzen, nous sortons dans le couloir et nous rapprochons de l'ascenseur.

« Bien », fait-il en lâchant mon bras. Il appuie sur le bouton d'appel et me regarde. « Nous voilà tous les deux.

— Écoutez… »

Arne Villmyr me coupe la parole. « Mon fils est mort, déclare-t-il posément en ajustant son élégante chemise. Il n'y a aucune enquête à faire », reprend-il quand il a fini. Il m'observe. « Ce que vous allez faire, c'est monter là-haut, trouver le corps et le rapatrier ici.

— Bon sang ! » J'ai un geste de découragement. « Mais comment ?

— Nagez, plongez, sautez à travers des cerceaux de flammes, je me fous de savoir comment. J'ai perdu Rasmus quand j'ai quitté ma famille il y a de nombreuses, nombreuses années, mais il ne peut pas juste disparaître comme s'il n'avait jamais existé. Nous avons besoin d'une tombe sur laquelle nous rendre. » Les maxillaires d'Arne se contractent, son regard se durcit. « Et je me suis convaincu moi-même que vous étiez celui qui pouvait nous la donner. Appelez ça le remboursement d'une vieille dette, appelez ça comme vous voudrez, mais trouvez-le et ramenez-le à la maison.

— Arne. S'il vous plaît. Ce qui s'est passé avec Frei, vous ne pouvez pas vous en servir maintenant. Pas comme ça…

— Stop, Thorkild. » Son ton demeure tout aussi calme et maîtrisé, bien que je voie sa poitrine se soulever sous sa chemise. « Vous n'avez pas le droit de parler d'elle. Pas encore. Pas avant d'avoir retrouvé et ramené Rasmus. Ensuite vous pourrez retourner à la grotte d'où vous êtes sorti et faire ce que vous voulez du restant de vos jours. En attendant, je paie et vous cherchez. Compris ? »

L'ascenseur est déjà arrivé à notre étage et reparti vers le bas quand Arne s'éloigne. Il s'arrête devant le bureau d'Anniken Moritzen, garde le dos tourné. « Donnez-nous une tombe, Aske, déclare-t-il en posant la main sur la poignée. Encore une tombe. C'est trop demander, bordel ? »

Chapitre 4

C'est toujours le soir que le studio est le plus gris. Le halo sombre autour de la couverture suspendue à la fenêtre du salon-coin couchette ne fait qu'accentuer la couleur de mort qui emplit la pièce du sol au plafond. J'entends la pluie dehors, dans les gouttières, et la rumeur des voitures sur le pont suspendu reliant la ville à Grasholmen, Hundvåg et aux îles au-delà.

Je suis allongé sur le canapé. En fond sonore, la radio crépite, de concert avec la cafetière qui gargouille.

J'entends la voix rauque de Leonard Cohen… *You who wish to conquer pain, you must learn what makes me kind…* Au début de mon traitement, Ulf m'a suggéré de mettre un CD après ma dose du soir afin d'offrir à mon corps tous les stimuli sédatifs nécessaires, mais je continue de préférer la radio et l'incertitude qui va avec.

Roulant sur le côté, je regarde vers l'ombre, en direction du fauteuil, entre le mur et le coin cuisine, où je perçois un bruit. « Frei », dis-je en me redressant, le souffle court, alors que la voix de Cohen resurgit, telle une corde de violoncelle bien accordé : … *You say you've gone away from me, but I can feel you when you breathe...*

L'odeur de la pièce devient soudain terreuse, acide. Je me traîne hors du canapé en tâtonnant, me lève. Je ressens un intense fourmillement intérieur. L'expectative, la joie face à ce qui va arriver.

Je me dirige vers le fauteuil, tends la main dans le noir – la radio crépite encore, puis la musique se tarit et cède le pas à un bruit de fond râpeux qui s'entremêle à la pluie d'automne.

Nous dansons. Entrelacés, au son du réfrigérateur qui bourdonne dans la kitchenette exiguë. Pas de musique, pas de lumière, juste le murmure de la pluie et du ciel morcelé au-dessus de nous. Je ne sens plus ma joue brûler de douleur. Je ne vois rien d'autre que ses lèvres qui tremblent à peine au rythme du balancement monotone de nos corps.

« Je n'aurais jamais cru te revoir un jour », dis-je dans un sanglot convulsif. Une explosion se produit sous la peau de mon visage quand se libèrent enfin les larmes accumulées dans mes canaux lacrymaux détruits.

Ses mèches folles châtaines ont perdu toute couleur, tout éclat. L'odeur d'extraits de plantes inconnues, d'épices et de vanille s'est dissipée, remplacée par un effluve brut de savon stérile et de terre froide. L'odeur d'elle, de nous, n'est plus là, elle a été lavée par le temps qu'a duré notre séparation.

« Tu es revenue. » Je prends ses doigts dans les miens, l'attire à moi, essaie d'enfouir mon visage dans ses cheveux, respire encore et encore avant que sa tête retombe lourdement sur ma poitrine. Chuchotant un

« Viens » fatigué, je passe mon bras autour de sa taille et la rapproche encore de moi…

Nous titubons jusqu'au canapé-lit, où je prends la couverture et la pose sur mes épaules comme une cape avant de me coucher, moi aussi. Je me sens frémir à la rencontre de son corps froid.

Frémir de joie.

Chapitre 5

Premier jour avec Frei,
Stavanger, 22 octobre 2011

Je venais de récupérer mon poste à l'Inspection générale de la police, à Bergen, après presque un an aux États-Unis. En mission à Stavanger, je me trouvais sur le perron d'une villa, à l'ouest du quartier de Storhaug. J'allais voir un avocat concerné par la première de deux affaires sur lesquelles j'étais venu enquêter.

Une infraction au secret professionnel qu'aurait commise un employé du tribunal, dans une affaire d'indemnisation impliquant deux compagnies pétrolières étrangères. La seconde affaire était nettement plus grave. Un agent de la police de Stavanger avait signalé un collègue, pour plusieurs infractions au Code pénal et à la législation sur les armes. J'avais prévu un interrogatoire plus tard dans la semaine.

« Qui êtes-vous ? » a demandé une voix derrière moi au moment où j'allais appuyer sur la sonnette. Le soleil brillait, il faisait doux, même si l'automne avait déjà fait son œuvre sur les feuilles des arbres. J'ai pivoté. Elle avait des yeux en amande, marquants, un visage ovale encadré de boucles relevées en une série de chignons.

« Thorkild Aske, ai-je répondu en faisant un pas de côté. Et vous ?

— Frei. » Elle a gravi les marches du perron pour me rejoindre. Elle avait une petite vingtaine d'années et était presque aussi grande que moi. « Qu'est-ce que vous faites ici ?

— J'ai rendez-vous à dix-sept heures avec Arne Villmyr. Il habite bien ici ?

— Vous êtes de la police ?

— Oui, dans un sens. »

Frei a posé la main sur la balustrade et s'est légèrement penchée en arrière, tout en m'observant d'un regard jeune, brûlant, qui m'a donné envie de me détourner, honteux de mon âge et de mon physique qui n'était pas à la hauteur.

« Dans quel sens ?

— Je travaille à l'Inspection générale de la police, c'est nous qui…

— L'ancienne SEFO. »

Avant que j'aie pu terminer ma phrase, elle a esquissé un petit sourire et ouvert la porte de sa main libre. « Alors, que faites-vous chez oncle Arne ? Il va être arrêté ?

— Je vous le disais, je…

— Frei ? C'est toi ? Dépêche-toi d'entrer et referme derrière toi, a fait une voix d'homme dans la maison. Je crois qu'on a un nid de guêpes sous le balcon et je ne veux pas de ces affreuses bestioles dans mon salon. »

J'ai levé les yeux vers le ciel et le soleil brut, puis mon regard est retombé sur Frei. Elle avait lâché la balustrade, ôté ses sandales dans le vestibule et marchait pieds nus sur le parquet, vers le salon, au bout d'un couloir lumineux.

« Il y a quelqu'un, a-t-elle dit, juste assez fort pour que je puisse l'entendre. Un genre de policier qui voudrait te parler… »

JEUDI

Chapitre 6

Ce que je vois le matin dans le miroir tient de l'ignoble fantôme de l'outremonde. J'ai le teint blafard, gris de manque de soleil et de carence en vitamines. De petits yeux, soulignés de cernes violacés et surmontés de paupières bouffies qui ne se relèvent jamais qu'à moitié.

Je me lave le visage et passe mes doigts mouillés sur la cicatrice en demi-lune à côté de mon œil, je suis la ligne jusqu'au relief dentelé au milieu de ma joue, j'en effleure chaque creux, chaque arabesque. La douleur se manifeste presque aussitôt.

« Je ne peux pas. » Je le chuchote au visage dans le miroir, tout en me débattant avec le pilulier qui contient mes médicaments du matin. « Il devrait le savoir. Je ne suis pas prêt. » Après avoir pris mes cachets, je m'habille, vais à la fenêtre, écarte la couverture suspendue et regarde dehors : c'est une sale journée, il ne fait ni beau ni mauvais, tout est d'un léger gris bleuté, comme si la lumière du ciel refusait de s'allumer complètement.

Je vais me retourner quand j'aperçois un homme à vélo, en T-shirt moulant et cycliste, un casque sur la tête. Il pédale vers l'immeuble, s'arrête devant l'entrée, lève les yeux vers ma fenêtre et prend son téléphone. Solidement bâti, Ulf Solstad mesure autour d'un mètre quatre-vingt-quinze et il a le crâne presque chauve. À l'arrière de sa tête court un chenal d'épais cheveux roux rassemblés en queue-de-cheval, qui n'est pas sans rappeler la coiffure des samouraïs.

Lâchant le pan de couverture, je recule vers le canapé. Mon portable se met à sonner.

« Bonjour, Thorkild, articule Ulf, le souffle court, lorsque je finis par répondre. Anniken Moritzen m'a appelé tout à l'heure. Elle dit qu'elle vient de recevoir un message de toi.

— Oui… » Je m'affale sur le canapé, essayant de me concentrer sur les picotements de ma joue, de les faire passer en premier dans le cortège de mes souffrances, pour qu'ils prennent le contrôle du moment présent. « Je ne peux pas y aller.

— Pourquoi ?

— Ça ne sert à rien.

— Parce que ?

— Arne dit que leur fils est mort.

— Il a sans doute raison.

— Bon sang… Alors, qu'est-ce que vous attendez de moi, nom de Dieu ?

— On le fait pour Anniken, explique calmement Ulf. Un jour, quelqu'un va retrouver son fils. Vilain et tout boursouflé après un long séjour dans l'eau, à se faire grignoter par les crabes et les poissons. Mais ça reste son gamin, tu comprends ? Et je peux t'affirmer qu'elle n'est pas en mesure d'affronter ce qui va venir. Toi, tu parles la langue de la police, tu connais les procédures dans ce genre de situations, le cours des choses. C'est sans doute avant tout une façon de se montrer à elle-même qu'elle n'abandonne pas. Personne ne peut laisser tomber avant de savoir, Thorkild. Avant d'avoir essayé toutes les voies. Tu n'es pas d'accord ? »

Je ne dis rien, ne bouge pas, garde le téléphone à la main, les yeux fixés sur la polaire devant la fenêtre.

« Descends, Thorkild, poursuit Ulf comme je ne réponds pas.

— Non. » Ma voix se brise et mes larmes viennent, sans toutefois trouver le passage libérateur.

« Laisse-moi entrer, alors. Je monte.

— Non, je ne veux pas.

— Je ne m'en irai pas avant que tu descendes ou me laisses entrer.

— Tu peux pas, maugrée-je encore, ne trouvant rien de mieux à dire. Il faut que tu ailles bosser.

— Je te facturerai ma matinée », rétorque Ulf, sans perdre son calme. Sans allumer de cigarette. Sans céder.

« Merde ! » Je bondis du canapé. « C'est pas possible d'être aussi entêté ! Je comprends pas. Je suis censé faire quoi ? Aller là-haut juste pour ramer autour de cette putain d'île, à chercher un mec dont tout le monde dit qu'il s'est noyé et a disparu à jamais ?

— J'ai aussi une autre raison de vouloir que tu y ailles.

— Qui est ?

— Elisabeth.

— Ma sœur ? Quel rapport ?

— Aucun.

— Alors ?

— À quand remonte la dernière fois que tu l'as vue ? »

Je hausse les épaules dans un geste buté.

« Quand tu seras dans le Nord, je voudrais que tu ailles lui parler.

— De quoi ?

— De toi, de ce que tu as traversé.

— Et pour quoi faire ?

— Considère cela comme un élément nécessaire à ta nouvelle vie, Thorkild. Tu ne mènes plus les interrogatoires. Le glaneur d'informations est mort, destitué de ses fonctions professionnelles, privé de tout prestige. Maintenant, tu es comme nous tous : un... partageur d'informations. Aussi douloureux soit-il de l'accepter. »

Avec un ego fragile ou une confiance en moi fluctuante, j'aurais pu avoir du mal à digérer les explications de texte d'Ulf, mais par bonheur, mon ego est carrément mort, et ma confiance en moi s'est envolée vers des cieux meilleurs.

« Tu as besoin de gens responsables autour de toi, mais aussi de cadres de référence sains en dehors de ton cercle thérapeutique. Et la première personne que je voudrais inclure dans ce paradigme, c'est ta sœur, Liz. Je sais que tu tiens à elle, sans doute davantage que tu ne veux te l'avouer. Au fait, j'ai pensé à ce dont tu me parlais hier... Je vais te faire une ordonnance d'Oxynorm pour ton voyage. Comme ça, tu auras un médicament capable d'agir très vite en cas de besoin. Qu'en penses-tu ? »

Je sens un frémissement dans mon diaphragme, un frisson grimpe le long de mon échine jusqu'à l'arrière de ma tête, mes glandes salivaires s'activent. « Combien tu vas en mettre ?

— Pareil que la dernière fois.

— Et si je dois rester plus d'une semaine ?

— Je t'enverrai une ordonnance électronique là où tu te trouveras. »

Je lâche mon portable sur le meuble de télévision et appuie mes jointures contre ma bouche. La douleur a disparu de ma joue. La seule putain de fois où j'en avais besoin, elle s'est volatilisée. « Merde, merde, merde ! » dis-je dans mes doigts, que je mords avant de respirer un bon coup et de ramasser mon téléphone. J'écarte de nouveau la couverture de la fenêtre et murmure une réponse. « OK. Je vais y aller. Monte. » Je raccroche.

Ulf est toujours en communication quand j'ouvre la porte. Il me salue de la tête et se fraie un chemin à l'intérieur, arrache la couverture de la fenêtre et se laisse choir sur le canapé, qui craque sous son poids. « Bon, bon, et ensuite pour Tromsø ? À quinze heures trente ? OK. » Il claque des doigts, désignant la kitchenette d'un coup de menton.

Je hausse les épaules. « Quoi ?

— Cendrier, bordel ! » Ulf se défait de son sac, y puise son portefeuille et un paquet de Marlboro Gold, sort sa Visa et une cigarette qu'il allume d'un geste nerveux avant de tirer une bouffée, vorace. « Aller simple, oui. »

L'odeur âcre de fumée pénètre dans mes narines et s'implante sous la peau de ma joue. Je pars dans la salle de bains, prends ma trousse de toilette, mon rasoir électrique, le pilulier et le sachet de médicaments, ainsi qu'une brosse à dents. Ensuite, j'attrape ma cafetière et la radio dans la cuisine, pendant qu'Ulf conclut son appel.

« Hé hé hé ! crie-t-il depuis son nuage de fumée, sur le canapé, en me voyant envelopper la cafetière dans une serviette de bain. T'as pas besoin de ça. Ils ont du café, dans le Nord.

— J'aime bien le mien.

— Mais put… Oh, et puis… » Il me fait un signe de la main assorti d'une grimace. « Tu n'as qu'à la prendre, emporte aussi tes rouleaux de PQ, ta brosse à vaisselle et un sèche-chaussures si tu veux, ça m'est égal. » Il revient ensuite à sa conversation téléphonique, dans un sursaut : « Oui, allô ? Combien au total, dites-vous ? »

Après avoir raccroché et allumé une nouvelle cigarette, il se tourne vers moi et hoche la tête en gardant la fumée dans ses poumons.

« Tu sais quoi, dit-il quand il recrache enfin. Je crois finalement que ce voyage va te faire du bien. Le plus grand bien… »

Chapitre 7

Il fait déjà sombre quand l'avion atterrit à l'aéroport de Tromsø. Le sol est recouvert d'une fine couche de neige. Je récupère mon sac et sors dans le froid pour chercher un taxi. Quinze minutes plus tard, ma sœur me dévisage avec incrédulité. « Thorkild ? » Elle m'attire dans ses bras.

« Salut, Liz ! » C'est bon de la tenir contre moi et je refuse de lâcher quand elle essaie de se dégager.

« Ça va ? » Elle passe un doigt potelé sur ma joue, me fixant de ses yeux ronds avec insistance.

« Top.

— Quand as-tu été libéré ?

— Il y a quelques jours.

— Qu'est-ce que tu fais ici ?

— Une affaire.

— Une affaire ? Tu es de retour dans la police ?

— Non.

— M… mais, bredouille-t-elle en secouant la tête avec incompréhension.

— Tu ne me fais pas entrer ?

— Si, bien sûr. »

Liz me conduit dans le vestibule, où nous restons à nous regarder sans rien dire. Elle a l'air vieille et fatiguée. Elle va avoir cinquante ans l'été prochain, mais fait plus. Des yeux bouffis, comme si elle avait pleuré récemment. Des mains rugueuses et épaisses, toujours ce surpoids. Pas épargnée depuis la dernière fois qu'on s'est vus, et ça se voit. Comme chez moi.

« Tu as l'air triste, Thorkild.

— T'inquiète. Comment tu vas, toi ? »

Elle s'écarte légèrement. « Moi, très bien.

— Il te tape toujours ?

— Thorkild, promets-moi de ne pas… »

Je vois le désespoir croître dans ses yeux, tout en sentant quelque chose brûler en moi.

« Je te demande simplement si ton mari continue de te cogner. Si j'en juge par ton bleu à la nuque et celui sur ton bras, il m'a tout l'air d'avoir atteint de nouveaux sommets dans la pratique de son petit passe-temps…

— Je n'ai pas le courage, là. Arvid et moi, on s'entend bien en ce moment, alors tu ne peux pas venir détruire ça. Je ne veux pas… Je ne le permettrai pas. »

Je secoue la tête et entre au salon, avec mes chaussures.

« Où est-il ?

— Thorkild ! » se met-elle à chialer, de cette voix chevrotante et hystérique que lui ont donnée ses années de vie commune avec un routier violent incapable de garder les mains loin d'elle, mais pas dans le bon sens.

Entendant le plancher craquer à l'étage, je grimpe les marches en trois ou quatre foulées et ouvre la porte de la chambre à coucher à toute volée.

Arvid est assis dans son lit, dos courbé, yeux fuyants derrière ses mèches de cheveux foncés, gras et sales.

« Qu'est-ce tu fous là ? » a-t-il juste le temps de dire avant que je lui assène un coup de pied en plein visage. Il tombe en arrière et bascule hors du lit, se retrouvant la tête sous la table de chevet.

Liz arrive, essoufflée, se met à tirer sur ma veste avec force cris et lamentations.

« Qu'est-ce que tu as fait ? Mais qu'est-ce que tu as fait ! »

Arvid finit par se relever, une main sur l'oreille. Il transperce Liz du regard. « Tu vois ? Tu vois ce qu'il a fait ? Ce salaud est hyper dangereux, je te l'ai toujours dit. C'est un monstre, tu comprends ? »

Il crache du sang, s'essuie les mains sur sa veste.

Liz s'arrache à moi et s'élance vers son mari. Elle lui passe une main sur le visage en lui chuchotant des paroles apaisantes.

Arvid la repousse et se dirige vers moi. « Je crois que tu devrais faire putain de gaffe, sinon je porte plainte, et là, c'est direct sous les verrous, tu le sais, espèce de putain de meurtrier ! aboie-t-il en me contournant. Si t'es encore là à mon retour, je réponds plus de ce qui arrivera. »

Au passage, il me plante son coude dans les côtes, avant de claquer la porte.

« C'est vraiment ce que tu veux faire de ta vie, Liz ? »

Elle a préparé du café et des gâteaux, et nous sommes assis ensemble sur le canapé, dans le salon, qui n'a pas changé depuis mon dernier passage.

La seule nouveauté est ce fauteuil en cuir noir devant la télé. Celui d'Arvid, à coup sûr.

« Ce n'est pas ce que tu crois. » Elle me regarde et décide d'aiguiller la conversation dans une autre direction. « Tu as eu maman depuis que tu es sorti ? Elle demande toujours de tes nouvelles quand je l'appelle.

— Je n'ai pas encore eu le temps.

— Son état a empiré, dernièrement. » Liz baisse les yeux sur le plat de gâteaux. « Si ça ne coûtait pas si horriblement cher de prendre l'avion pour Oslo… Et maintenant qu'Arvid est inval…

— Et papa ?

— Toujours en activité. Je l'ai vu au journal télévisé il y a quelque temps, à propos de la construction d'une nouvelle fonderie d'aluminium en Islande. Il était présenté comme dirigeant un nouveau mouvement environnementaliste. Qui fait plus ou moins de la guérilla. Ça s'appellerait apparemment Kæfa Ìsland.

— "Étouffe l'Islande" ? » Je ris en imaginant les yeux de braise et les longs cheveux argentés de cet homme qui pousse des cris euphoriques chaque fois que la police essaie de les écarter d'une usine de plus, ses camarades et lui, ou de disperser leurs manifestations contre les forces capitalistes en vigueur sur notre île volcanique. « Rien ne change, alors.

— Tu me fais penser à lui. » Le regard de Liz balaie la cicatrice sur ma joue avant de revenir se plonger dans mes yeux. « C'est presque comme de le voir, tel que je me souviens de lui, du temps où on était petits. » Un hoquet fait tressaillir son corps massif. « Enfin, à part les cheveux… Pourquoi les coupes-tu toujours si court ?

— En quoi ? » dis-je d'une voix inexpressive. Je vois sa joie s'éteindre. « On est semblables en quoi ? Tu dois faire allusion à notre composition chimique tout à fait unique. Ce produit corrosif qu'on secrète et qui étouffe et détruit tout ce qu'on touche, lui et moi… C'est ça que tu vois ?

— Thorkild, ce n'est pas ce que je voulais dire, tu le sais. Je sais que jamais tu ne… Que ce qui s'est passé avec… Que jamais tu…

— Alors, c'est quoi que tu vois ?

— C'est juste que je… » Elle attrape une galette. Ses yeux retrouvent le chemin de la blessure sur ma joue. « Toi qui as toujours été si beau. » Elle enfouit son visage dans ses mains.

« Allez, Liz, fais-je en posant la main sur son bras, tout en m'essayant à un sourire indolore. On ne peut pas tous être aussi adorables que toi à l'approche de la cinquantaine.

— Bon sang, arrête, Thorkild, gémit-elle en me regardant entre ses doigts. Arrête de me taquiner, c'est pas gentil.

— Quoi ? » J'écarte les bras. « Je suis sincère ! »

Elle ôte enfin ses mains de son visage.

« Au fait…, commence-t-elle après s'être essuyé les doigts sur son pantalon. Je ne pense pas que tu puisses dormir ici.

— Détends-toi, Liz, je ne vais pas m'attarder, mais je n'ai plus mon permis et j'ai besoin d'aide pour me procurer une voiture de location.

— Ce n'est pas si facile pour Arvid non plus. » Son regard se pose sur les miettes du plat de gâteaux vide, comme si elle y cherchait la force de répéter les mensonges qu'il lui faut se raconter jour après jour pour ne pas sombrer. Qu'importe le nombre de fois où je frapperai le criminel qu'elle a épousé, il continuera toujours de cogner, et elle aura toujours recours au plat de gâteaux pour trouver le courage de continuer. Liz croit encore que ce n'est qu'une phase à traverser, et que si elle cesse de faire tous ces trucs qui le font cogner, ça ira bien.

Chapitre 8

Je gare la voiture de location que Liz m'a trouvée et gagne la réception. Je m'enregistre et demande une carte de stationnement. De Tromsø au chef-lieu de Blekøyvær, où Arne Villmyr m'a pris rendez-vous avec le *lensmann* le lendemain matin, il faut compter trois heures, y compris deux traversées en ferry.

De ma fenêtre, j'ai plus ou moins une vue : immeubles carrés, réverbères et nids de poules. Le « Paris du Nord » doit se cacher quelque part dans le noir. Je ferme les rideaux, ouvre mon sac et déballe ma cafetière, malgré la présence d'une bouilloire dans la chambre.

Je suis en retard. Il est dix-neuf heures trente, mon corps souffre. Ma fébrilité et mon besoin pressant de faire taire la douleur font trembler mes doigts au moment où je prends le pilulier et ouvre la case contenant ma dose du soir.

Les cachets qui roulent dans ma main ont l'air de petits œufs d'insectes. Je remets les deux antipsychotiques Risperdal orange dans la boîte et avale les autres en une gorgée. Après quoi je sors un filtre et le paquet de café, vais chercher de l'eau dans la salle de bains et allume la cafetière.

Dès que les premières gouttes perlent dans la verseuse, j'allume la radio et éteins les lumières les unes après les autres.

Je me déshabille et me glisse sous la couette. Mon corps commence déjà à se détendre. Une pénombre trouble vient s'enraciner en moi, ouvre des portes que je n'arrive pas à ouvrir tout seul. « Enfin. » Je serre mes genoux contre mon torse. « Enfin, je suis prêt. »

J'attends, mais rien ne se passe. La ventilation bourdonne, une froide lumière polaire filtre par les rideaux. Je suis bloqué.

Je finis par me relever et trouve la boîte d'Oxynorm, l'anxiolytique à action rapide. J'en sors deux, les gobe et me recouche.

Après encore une longue attente, d'autres cachets et quelques interjections désespérées, je me rhabille et descends dans la rue.

De l'autre côté du pont, je vois la Cathédrale arctique et le ciel polaire, obscur et glacé. Ma promenade me mène au bord de l'eau. Je me retrouve au centre commercial du terminal des ferries.

J'entre dans une boutique qui vend des parfums. Je prends délicatement les flacons sur le présentoir et les respire les uns après les autres. J'en choisis un transparent, au contenu noir huileux, avec un bouchon argenté, presque un petit bout de bois carbonisé dans une enveloppe de verre et d'argent, et l'apporte à la caisse.

« Je vous l'emballe ? » propose la vendeuse, une quinquagénaire aux cheveux noirs teints, bien maquillée, yeux foncés et lèvres fines peintes en rouge.

J'acquiesce d'un air absent.

« Ça va lui plaire. » Elle sourit en me tendant le paquet.

« Oui. » Je fixe le papier cadeau rouge au fond du sac. « Vous n'auriez peut-être pas dû l'emballer », dis-je.

La femme toussote et je suis rejoint par une vieille dame en doudoune, munie d'un flacon de parfum frappé d'une abeille, avec le mot « *honey* » en fines lettres noires sur le côté.

« D'accord. » La vendeuse a un battement de paupières. « Vous pourrez toujours ôter le papier cadeau avant de lui offrir. » Elle cligne des yeux deux fois avant de s'adresser à la femme au pot de miel. « Celui-là, il va vous plaire, commente-t-elle en souriant. Je vous l'emballe ? »

Je referme le sac et m'en vais.

De retour dans ma chambre, je pose le parfum emballé sur le matelas, à côté de l'oreiller. Je me déshabille rapidement et m'étends, dos appuyé à la tête de lit, détache le ruban adhésif et enlève le papier cadeau.

La fragrance s'échappe de la boîte avant même que je ne l'ouvre. Mes paupières sont lourdes, les fourmillements de mes jambes s'estompent. Je n'ai pas de temps à perdre. Je sors le flacon, les doigts tremblants, tout en m'efforçant de de me dominer, de ne pas me laisser déborder par ma hâte.

Le capuchon d'argent glisse et je libère d'un coup sec le mécanisme qui bloque le vaporisateur. J'appuie, un flot de particules odorantes asperge mon visage. J'éternue puis vaporise encore avant de me couler dans mon lit, les paupières closes.

J'attends, la tête dans l'oreiller. Au bout de quelques minutes, je rouvre les yeux et m'assieds. La ventilation a aspiré le parfum et l'a remplacé par une odeur d'hôtel, froide et stérile.

Je me lève et vérifie que les fenêtres sont bien fermées avant de me remettre sous la couette et de me vaporiser encore le visage. Cette fois, je me parfume aussi les mains, les cheveux.

« 'chier ! » Je me redresse, attrape le flacon d'un geste brusque, dévisse le vaporisateur et porte le goulot à ma bouche. Les particules odorantes se déversent sur ma langue et dans ma gorge. Je lâche le flacon, retombe en arrière sur le matelas en sanglotant et jette la couette sur moi.

« Pourquoi tu ne veux pas venir ? » Je plonge le visage dans le drap, mon corps se crispe sur lui-même. « Tu ne comprends pas que j'ai besoin de toi ? »

Chapitre 9

Premier jour avec Frei,
Stavanger, 22 octobre 2011

Devant la villa de Storhaug, la baie de Hillevågsvatnet scintillait. Le soleil dardait ses rayons chauds sur les vitres, orientées à l'ouest. D'infimes traits de poussière dansaient dans l'air. J'avais presque fini d'examiner la déposition avec Arne Villmyr, l'oncle de Frei. Avocat d'affaires, il travaillait pour la compagnie pétrolière qui avait porté plainte. Nous étions installés sur des fauteuils, chacun à une extrémité de la table basse en verre. Frei lisait un livre, affalée sur une chaise longue, un lecteur MP3 sur les genoux.

« Elle travaille sur son mémoire. » Arne Villmyr avait environ cinquante-cinq ans. Juste le bon teint, et des cheveux pas très abondants mais bien noirs, plaqués en arrière.

« Ah ? » Je me suis adressé à elle, au soleil. « Qu'étudiez-vous ? »

Frei n'a pas répondu, elle n'a même pas levé les yeux de son livre.

« Le droit, a répondu Arne Villmyr. À l'université de Stavanger. » Il a frotté son menton lisse avant de faire signe à sa nièce.

« Frei !

— Qu'est-ce qu'il y a ? » Frei a éteint sa musique et s'est redressée dans son fauteuil.

« Il n'y avait pas un truc sur les affaires de violence policière à Bergen dans les années soixante-dix, dans ton mémoire ?

— Comment ça ?

— Notre ami de l'Inspection générale de la police sait sûrement une ou deux choses à ce sujet.

— Euh, ai-je toussoté en baissant l'écran de mon ordinateur. Je ne suis pas sûr d'être d'un grand secours. Les affaires de Bergen sont justement l'une des raisons pour lesquelles on a modifié les procédures d'enquête sur les employés de la police et du ministère public, en créant dans les années quatre-vingt ce qui était alors la SEFO. Mais je n'ai aucune compétence particulière sur le sujet, au-delà de ce qu'on peut lire dans les livres et les travaux universitaires, hélas. »

Arne a hoché la tête d'un air absent, et Frei m'a regardé entre ses cils. « Vous savez quoi ? » Elle a fait rapidement rouler le câble de ses écouteurs entre ses doigts. « Vous pouvez peut-être quand même m'aider.

— Ah ? » Je me suis de nouveau tourné vers elle.

« Je pourrais peut-être vous interviewer.

— Sur quoi ?

— Je ne sais pas trop. Il se peut que vous soyez plus intéressant qu'on le croit à première vue. Je trouverai peut-être un autre angle pour mon mémoire, ou alors… » Elle a eu un temps d'hésitation avant d'afficher un grand sourire. « Peut-être qu'on est le genre qui s'aime à la fin, vous et moi ?

— Bon sang, Frei ! » Arne a eu un geste de lassitude. Il allait ajouter quelque chose, mais Frei a éclaté de rire, puis elle a détourné le visage, rallumé son lecteur et rouvert son livre.

« Je suis désolé. » Arne a goûté son café et fait claquer ses lèvres. « Bon. On regarde si on ne peut pas finir ce truc ? Je suis sûr que vous non plus vous n'avez pas que ça à faire, aujourd'hui. »

Nous avons relu le témoignage et la plainte que la compagnie pétrolière d'Arne Villmyr déposait contre l'employé du tribunal. Je savais d'avance qu'elle serait classée sans suite. Dehors, l'horizon se bouchait. La mer d'huile s'était parée d'une membrane de rides.

Je venais de ranger mon ordinateur, de remercier pour le café et de me lever, quand Frei a retiré un écouteur de son oreille et lancé en me regardant : « Alors ? Qu'en dites-vous ?

— De quoi ?

— Vous et moi au Café Sting, demain à dix-huit heures ?

— Je… je… » J'allais répondre quelque chose, mais Frei avait déjà remis son écouteur et s'était replongée dans son livre. Arne Villmyr avait disparu dans la cuisine.

J'aurais pu l'avouer tout de suite. Expliquer que je savais. Que je savais depuis le début, mais je ne l'ai pas fait. Je n'ai rien dit, je suis juste parti.

VENDREDI

Chapitre 10

À travers les fenêtres de ma chambre d'hôtel, j'entends la circulation s'éveiller. J'ai mal à la gorge, la langue sèche et râpeuse. Son odeur a disparu, seul demeure le goût des huiles essentielles et des solvants, gravé dans ma bouche.

J'éteins le réveil et sors du lit, marche jusqu'à la cafetière et me sers une tasse du café que j'ai préparé la veille. J'ai reçu un message d'Anniken Moritzen : elle me prie de l'appeler quand je serai au phare.

Une heure plus tard, je mets le cap au nord et traverse le pont de Tromsø, dans ma voiture de location. Sous un ciel gris, de la neige fraîche épouse les cimes les plus hautes, le sol est habillé de feuilles mortes et d'herbe jaunie.

Quelques heures et deux traversées en ferry plus tard, j'arrive à Blekøyvær, un chef-lieu qui comprend divers bâtiments municipaux, deux magasins d'alimentation, un garage, une boutique de fil à tricoter avec solarium au sous-sol, et un rond-point.

Le poste du *lensmann* se trouve dans un immeuble rectangulaire d'un étage au toit plat. L'influence de l'architecture russe d'après-guerre y est écrasante.

C'est un bâtiment vert, aux encadrements de fenêtres blancs. La réceptionniste m'informe qu'ils partagent les lieux avec les services sanitaires et sociaux, logés à l'étage supérieur. Le poste du *lensmann* est au rez-de-chaussée.

« Bendiks Johann Bjørkang », se présente le *lensmann*, qui parle le dialecte local. Il a une soixantaine d'années, des cheveux bruns coupés courts et une moustache fournie. Sa robuste main saisit la mienne. « Vous êtes Thorkild Aske ?

— C'est ce qu'on dit.

— Qui ça, on ?

— Les gens qui disent ce genre de choses. »

Comme nous ne parvenons à aucune connivence humoristique, il se passe un doigt sur le menton et m'invite dans son antre.

« Une espèce de… détective privé ? » Il s'assied en posant les mains sur son ventre.

« Non. » Je saisis l'inconfortable chaise en bois face au bureau, lui aussi en bois, et bancal malgré le journal plié en quatre sous l'un des pieds.

« Que faites-vous ici, alors ? » Il tambourine des doigts sur sa graisse abdominale.

« Appelons ça un épisode unique imposé par ma structure de réinsertion sociale et accepté par ma personne pour cause de manque de résistance et de besoin d'argent pressant.

— Bon. » Bendiks Johann Bjørkang pousse un gros soupir. « Vous êtes donc là pour chercher le Danois ?

— Exact.

— Au nom des parents de ce garçon ? »

Je fais un signe de tête.

« Bien, nous sommes là pour vous aider. » Il fait claquer sa langue sous sa moustache. « Je ne pense pas que vous trouverez grand-chose.

— Moi non plus.

— Le Danois est notre seule affaire, en ce moment. En début d'automne, on a eu un chalutier russe qui a coulé, plus au nord, au cours d'une tempête, mais tout l'équipage a réussi à rejoindre le rivage. À part ça, un calme de tombe. » Il joint les mains sur son ventre. « Un calme de tombe. »

Un jeune agent moustachu de vingt-cinq ans environ entre dans la pièce et nous regarde, l'air stupide, comme s'il venait de surprendre son chef dans un moment d'intimité et ne savait pas s'il devrait s'en aller ou demander à participer.

« Euh, toussote le *lensmann* avec un mouvement semi-circulaire du buste, entre l'agent hébété à la porte et moi. Arnt Eriksen, voici Thorkild Aske. Il est ici à cause du Danois. Arnt a renoncé aux traques trépidantes de Tromsø il y a bientôt un an pour venir s'installer ici avec son amie. Il va me succéder au début de l'année prochaine, quand je prendrai ma retraite.

— Bonjour. » Le jeune agent s'essuie sur son pantalon avant de me tendre une main moite. Il tente un petit sourire en coin pour me signifier qu'il mesure parfaitement l'importance du poste que la vie lui a attribué là. « Je suis Arnt.

— Oui, et me voici donc, réponds-je en lui serrant la main sans le lâcher jusqu'à ce qu'il ait l'air crispé. Alors, que traquiez-vous, à Tromsø ? »

Arnt m'observe, puis observe nos mains, attendant que je me plie à l'étiquette et lui rende la sienne.

« Eh bien, Tromsø fait sans doute face aux mêmes difficultés que les autres villes, commence-t-il avant de toussoter. Les atteintes aux biens, l'augmentation constante de la criminalité liée à la drogue. Ces dernières années, nous avons aussi assisté à un certain développement des milieux de la prostitution, mais...

— Alors, vous travailliez à l'Inspection générale avant, d'après la rumeur ? » coupe Bjørkang dans une tentative pour reprendre le contrôle de nos amabilités. Il insiste sur le *avant* et fait un signe de tête à l'agent, qui essaie de s'asseoir, sa main toujours dans la mienne.

« La rumeur ? » Je lâche prise.

« Oh, vous savez, votre affaire a beau avoir échappé à la médiatisation, cette histoire s'est répandue comme un feu de paille. Ce n'est pas tous les jours qu'un enquêteur se fait pincer la main dans le sac. Certains étaient contents, d'autres non. D'après ce que j'ai entendu dire.

— Je n'en doute pas.

— Après coup, il n'y avait pas eu un policier que vous aviez fait incarcérer... qui a demandé la réouverture de son dossier... à cause de ce qui s'est produit ?

— Ça a servi à quelque chose ? »

J'ai parlé d'un ton narquois. Bjørkang secoue la tête sans me quitter des yeux.

« Tu le savais, Arnt ? » Il s'adresse à l'agent, lequel a repris son air hébété. Sa tête va et vient de son chef à moi, selon celui qui s'exprime. « Ces gens-là sont spécialement entraînés pour briser les policiers qui merdent en service. Alors fais bien attention. »

Arnt me regarde bêtement, tandis que Bjørkang émet un rire atone et bien trop court.

« On appelait ça des entretiens d'enquête, dis-je.

— Oui, hein ? renchérit Bjørkang sitôt son faux rire éteint. Racontez-moi, qui vous a interrogé quand vous vous êtes fait prendre ?

— Ils ont fait venir un prof d'interrogatoire de l'école de police. Formation continue en Grande-Bretagne et spécialiste de l'interrogatoire policier en mode séquentiel, des stratégies d'interrogatoire, de l'éthique et de la communication, des facteurs d'influence psychologiques et de diverses techniques de stimulation mémorielle. Un type sympathique.

— Pincer ? s'étonne l'agent Arnt, qui semble avoir retrouvé sa voix.

— Ah, tu n'étais pas au courant ? » Bjørkang me fait un clin d'œil. « Qu'est-ce qu'on vous apprend au juste à l'école de police, de nos jours ? Thorkild Aske vient de sortir de trois ans de détention à la prison de Stavanger.

— N'oubliez pas le séjour en hôpital psychiatrique, dis-je sans quitter l'agent des yeux.

— Qu'est-ce que vous aviez fait ? demande Arnt, manifestement déçu.

— Il a tué une gamine en voiture un soir après le boulot, glisse aimablement Bjørkang. Sous stupéfiants, c'est ça ? »

L'agent Arnt continue de me dévisager, avec désormais autre chose dans le regard. Quelque chose que je reconnais. Le dégoût de voir l'un des siens franchir la frontière et passer de l'autre côté.

« Gammahydroxybutyrate, ou GHB », réponds-je en songeant à ce qu'Ulf m'a dit dans la voiture, le jour de ma sortie de prison : maintenant c'était mon tour d'être de l'autre côté de la table. D'être celui qui s'adapte aux conditions fixées par son interlocuteur au lieu de les lui dicter. Il a qualifié cela de « pèlerinage de pénitence ». Je ne m'étais pas rendu compte de ce qu'il allait m'en coûter.

« Je suppose que c'est là que vous vous êtes fait ça, non ? » Le *lensmann* montre d'un geste du menton les cicatrices qui se déploient comme une toile d'araignée de mon œil vers ma bouche.

« J'ai eu de la chance. Ma tête a heurté le volant.

— Bon. » Bjørkang parle d'un ton plus doux, cette fois. « Ce qui est arrivé est arrivé. Le reste sera entre vous et Lui, là-haut.

— Le directeur des affaires sociales ? »

Il riposte d'un sourire sec. « Nous ne sommes pas là pour désigner des coupables, mais je suis quelqu'un qui aime bien savoir à qui il a affaire. » Il hoche la tête vers Arnt, comme pour lui signifier que ça, cette scène dont il est témoin, c'est ce qu'on appelle du *management d'hommes* de haut niveau. « Mais je suis convaincu aussi que quelqu'un qui a purgé sa peine a une ardoise vierge. Si je n'y croyais pas, je n'aurais rien à faire ici. »

Bjørkang se lève et envoie Arnt dans le couloir d'un signe de tête autoritaire. « OK, si les politesses sont terminées… » Il m'invite à le suivre. « Allons donc à Skjellvik, jeter un coup d'œil sur le bateau du Danois, avant que la journée nous file complètement entre les doigts. »

Nous quittons son bureau et montons tous les trois dans un véhicule de police. Je laisse ma voiture de location sur place. Il pleut, le sol gelé brille là où tombent les gouttes, le vent souffle dans les feuilles qui s'agrippent encore aux branches dans le froid d'octobre. Des nuages bleu-noir arrivent du large.

« La nuit polaire…, commente l'agent Arnt en me regardant dans le rétroviseur. Certains supportent moins bien que d'autres. »

Chapitre 11

Notre périple en direction de l'île passe par une vallée flanquée de coteaux escarpés, avant qu'une route accidentée nous ramène à la mer. En chemin, nous dépassons çà et là une ou deux maisons d'après-guerre aux façades de fibrociment vert, blanc ou jaune, et aux toits de tôles. Certaines ont encore de la lumière aux fenêtres et des lopins de terre cultivés, au bord desquels traînent des balles de foin sous plastique blanc, mais la plupart sont abandonnées depuis belle lurette, à la merci des intempéries.

Puis l'asphalte est remplacé par de la terre et des graviers, nous arrivons au sommet d'une côte et une grande baie ponctuée de constructions éparses s'offre à nos regards.

« Vous plongez ? » Le visage de l'agent reparaît dans le rétroviseur.

« Quoi ?

— Je demandais si vous plongiez. »

Bjørkang souffle par le nez en secouant la tête.

« Qu'est-ce qu'il y a ? demande l'agent, la voix cassée de dépit.

— Cet homme vient de sortir de prison, bordel. Où est-ce que tu vas t'imaginer qu'il plonge ? » Bjørkang enlève son bonnet de la police et passe la main dans ses cheveux fins. « C'est du boulot de policier, ça ?

— À la base navale de Haakonsvern…, dis-je au bout d'un certain temps. Et deux, trois fois ensuite. »

Les yeux du jeune agent reviennent dans le rétro. « Alors ! fait-il avec enthousiasme. Comment vous avez trouvé ça ?

— J'ai détesté. » Je vois l'éclat de son regard s'éteindre pour la deuxième fois en moins d'une minute.

Tout en haut de la côte se dresse une construction marron foncé, avec parking goudronné et rampe pour fauteuils roulants, et une autre, tout en longueur, divisée en trois logements.

« La maison de retraite de Skjellviktunet, explique Bjørkang quand nous la dépassons. Elle est là depuis la guerre. C'était la caserne des Alboches.

— Des Allemands ?

— Des Allemands, confirme Arnt en me regardant de nouveau dans le rétroviseur. Votre famille s'est battue, pendant la guerre ?

— Absolument pas. » J'observe l'avancée que la mer creuse dans le paysage. Plus loin, je vois une île, avec un bâtiment blanc, et un phare octogonal sur une surélévation juste à côté.

« Le phare de Rasmus Moritzen. » Bjørkang pointe le doigt vers quelques hangars à bateaux au fond de la baie. « Son bateau est là-bas, dans l'un de ces hangars. »

Le vent transperce nos vêtements. Au large, les vagues s'entrechoquent paresseusement, se renversent en moutons blancs. D'énormes agrégats d'algues étirent leurs tentacules verts sur les rochers du rivage. Nous descendons au hangar à bateaux, serrant nos cols de veste, têtes baissées sous la pluie. Les rochers glissants rendent la marche difficile, je sens mes jambes et mes lombaires se contracter sous l'effort.

« Son canot a été drossé sur le rivage mardi matin. Nous supposons qu'il a dû plonger vers l'Œil le week-end dernier. Quand elle est venue, sa mère a dit qu'elle l'avait eu au téléphone vendredi, mais qu'il n'avait pas répondu quand elle l'a rappelé dimanche après-midi. » Bjørkang secoue la tête quand nous arrivons au hangar, où un homme un peu plus jeune que moi nous attend à la porte.

« Vous avez pris votre temps », remarque l'homme avec un gros accent américain, en soufflant sur ses mains. Il porte un blouson en cuir marron à col de mouton, comme les pilotes américains de la Seconde Guerre mondiale, un bonnet avec un slogan contre le harcèlement à l'école et des gants en cuir noir sous son bras. « Je suppose que c'est Arnt qui était au volant ?

— Harvey, je te présente Thorkild Aske. Il est ici au nom des parents du Danois. » Bjørkang pivote vers moi. « Et voici Harvey Nielsen. Il faut qu'on ramène le bateau du Danois dans son hangar. »

Harvey Nielsen me tend la main. Il est grand, brun, avec des fossettes en forme de cristaux de neige quand il sourit. « Vous lui avez parlé de l'île du phare ?

— Non. » Arnt regarde avec dévotion Harvey, qui mesure pas moins d'une tête de plus que lui. « On ne lui a rien dit. »

Harvey Nielsen pose une bonne paluche sur ma nuque et m'oriente vers la droite pour me montrer les rochers près du phare. « *Hey* ! Je vais vous raconter toute l'histoire, puisque vous le demandez si poliment. » Il découvre les dents, serrant les doigts autour de ma nuque.

« Allez-y.

— L'histoire, c'est que des richards du Sud sont venus ici dans les années quatre-vingt et ont transformé l'ensemble de l'îlot en un centre de formations et de conférences pour yuppies. L'ancienne maison du gardien est devenue un restaurant, bar, salle d'informatique et salle de gym. Il y avait même une grande boîte de nuit au sous-sol.

— Et puis juste un an après le lancement, ils sont tombés à court d'argent, glisse Bjørkang, alors qu'Arnt triture sa moustache comme pour s'assurer que le vent ne l'a pas emportée. Et, n'arrivant pas à vendre le bâtiment principal, les propriétaires y ont mis le feu, dans l'espoir que l'assurance les sauve de la ruine.

— Ensuite, il n'y a plus eu personne, reprend Harvey. Jusqu'à cet été, quand le Danois est arrivé et a entrepris de retaper les lieux.

— Un "hôtel aventure" ! fait le *lensmann* avec dédain. C'est quoi, ça ?

— Il était bon. Je suis allé voir. Il avait transformé la coque d'un vieux voilier traditionnel du Nordland en comptoir, et le bar… » Harvey sourit de toutes ses dents. « … Le bar était absolument fabuleux.

— Moi, je ne serais jamais allé là-bas tout seul, murmure l'agent Arnt de sa voix criarde en contemplant l'île du phare.

— Bon, on va peut-être jeter un œil sur ce bateau avant la nuit, non ? » Bjørkang tape Arnt dans le dos puis pénètre dans le hangar, suivi de Harvey et moi.

Le vent et la pluie secouent les tôles du toit. Bjørkang et Harvey tirent la bâche du bateau et la déposent sur le sol de terre battue, contre un mur.

« Le voilà », dit le *lensmann* en tapotant l'embarcation.

J'enjambe le plat-bord du RIB bleu et blanc, un Zodiac Pro à coque rigide en fibre de verre. Environ six mètres de long, un moteur Evinrude de cent cinquante chevaux. Dedans, il y a une corde et une bouteille d'oxygène, ainsi qu'une caisse en bois contenant quelques vieilles bricoles trouvées au fond de la mer.

« Sacré bateau, hein ? » Harvey ramasse un appareil rectangulaire couvert d'algues desséchées et de petits coquillages blancs, qu'il me tend.

« Apparemment, le Danois collectionnait la vieille camelote », marmonne le *lensmann* Bjørkang en désignant du menton le transistor que je tiens à la main. Il devait jadis être blanc, avec un bord bleu. Je distingue tout juste le chiffre 3 et les lettres P, B, K et A dans le coin supérieur gauche.

« Pas de GPS ? » Je désigne le compartiment vide à côté du volant.

« Il est peut-être tombé quand le RIB dérivait, répond Bjørkang d'un ton indifférent.

— OK. » Je repose le transistor dans le canot. « Vous disiez qu'il avait très probablement plongé à un endroit appelé l'Œil. Où est-ce ?

— C'est un rocher submergé entre le phare et les îles, de l'autre côté du fjord », explique Bjørkang en consultant sa montre, avant d'aller à la porte du hangar pour me montrer un poteau noir surmonté d'une lumière clignotante, sur un écueil au milieu de la mer. « Installé à l'époque pour aider les bateaux qui se dirigeaient vers la côte, par Grøtsundet.

— On l'appelle l'Œil parce que, par mer calme, on dirait que quelqu'un regarde le ciel depuis les profondeurs. Plus d'un navire et son équipage ont coulé après s'être approchés trop près », observe Harvey.

Bjørkang et Arnt hochent la tête en regardant dans le vide à travers la pluie.

« Je suppose que c'est pour ça qu'il plongeait ? À cause de toutes les épaves ? »

Ils acquiescent tous les trois, à l'unisson. « Nous avons envoyé des plongeurs, ils n'ont rien trouvé, précise Bjørkang après une courte pause. Il ne nous reste qu'à attendre. Laisser la nature suivre son cours. Il finira bien par remonter, vous allez voir.

— Quand les crabes en auront fini avec lui », ajoute Harvey.

Il commence à faire sombre et le ciel est en train de disparaître derrière des nuages noirs.

« Il faut que j'aille y faire un tour, dis-je. Au phare. »

Bjørkang consulte encore sa montre. « Là, je crois qu'on va devoir arrêter le délire, déclare-t-il avant de cracher par terre. La météo prévoit des intempéries pendant tout le week-end. Rentrez chez vous à Stavanger, Aske. C'est ce que j'ai dit à la mère du Danois, quand elle est venue en poussant des hauts cris pour qu'on l'emmène là-bas en pleine tempête, au risque de mettre des vies en péril. On vous appellera quand il remontera à la surface. Ils finissent toujours par remonter, ces cadavres marins. Mais ça peut prendre du temps.

— Ses parents veulent que j'y aille. Alors je vais le faire, à moins que vous ne disposiez de documents légaux m'empêchant de le faire.

— OK, OK. » Bjørkang écarte les bras dans un geste résigné. « Si vous voulez, ça ne me pose aucun problème. Nous ne pouvons pas vous le refuser. Mais soyez tout de même prudent, c'est tout ce que je vous demande. Vous n'êtes plus policier.

— Je suis juste là pour aider. Comme vous.

— Soit, fait Bjørkang en soufflant par le nez. Mais rappelez-vous que s'il y a d'autres choses sur lesquelles vous voudriez nous faire perdre notre temps, ça attendra lundi. D'accord ? »

J'acquiesce et Bjørkang consulte une dernière fois sa montre avant de faire signe à Arnt de le suivre : ils s'en vont.

« Cognac et accordéon », commente Harvey dans un petit rire quand les deux policiers sont montés dans leur voiture. Ils nous regardent par le pare-brise en échangeant quelques monosyllabes et phrases brèves.

« Qu'est-ce que vous dites ?

— Bjørkang est veuf. Le week-end, il boit du cognac et joue de l'accordéon avec les autres vieux des îles. Les fonctionnaires, vous savez. » Harvey rit. « Ici, la criminalité, ça n'existe que les jours de semaine, entre huit et seize heures. Vous ne saviez pas ?

— Je vois. » Je soupire en me souvenant que j'ai laissé ma voiture devant le poste du *lensmann*.

« Pourquoi voulez-vous aller au phare, au juste ? s'enquiert Harvey après avoir refermé le hangar et accroché le cadenas. J'y suis allé avec Bjørkang, quand on a trouvé le bateau. Il n'y a rien là-bas.

— Sa mère le souhaite. Personnellement, je veux juste en finir. Je suis gelé.

— OK. » Harvey tambourine légèrement des doigts sur la porte du hangar. « Bon, je peux vous déposer demain matin, si vous voulez. Je passe devant pour aller au parc.

— Au parc ?

— Parc à moules. » Il sourit de nouveau. « C'est là que se trouve l'argent. »

Chapitre 12

Harvey m'emmène dans son pick-up. Il a accepté de m'héberger, pour m'éviter les cent kilomètres et les deux traversées en ferry qui me séparent de mon hôtel de Tromsø. Sa maison se trouve dans un lotissement récent, qui donne sur le fjord et l'île du phare.

Nous entrons et nous asseyons à la table de la cuisine. Harvey nous sert deux tasses de café à moitié pleines. Autour de nous, sa femme court après un garçon d'environ six ans et essaie de l'habiller.

« Cette fois, on y va ! clame-t-elle en entraînant le petit vers l'entrée, où elle s'efforce encore de lui mettre son blouson, d'une seule main.

— Viens ici. » Quand elle nous rejoint, Harvey attire sa femme sur ses genoux et lui embrasse les cheveux. « Je te présente Thorkild Aske, un ancien policier qui est là pour chercher le Danois. » Il l'embrasse encore. « Et ça, c'est mon épouse : Merethe. »

Elle se relève pour me serrer la main.

« Bonjour, dis-je en faisant un effort pour sourire en étirant bien les deux commissures à la fois.

— Bonjour, Thorkild, répond-elle, avant de lâcher brusquement ma main pour filer dans le vestibule, où le garçonnet s'est emparé des chaussures, qu'il jette de tous les côtés, en faisant des bruits de pétarade avec la bouche.

— Merethe travaille comme animatrice à la maison de retraite. Yoga pour les seniors, médecines douces, cristaux, ces trucs-là. Et puis tu vas bientôt être une vraie célébrité, hein, chérie ?

— Quoi ? crie Merethe depuis l'entrée.

— Toi ! Bientôt une célébrité, répond Harvey. Viens ici t'occuper de Thorkild. Je suis sûr que tu trouveras quelques fantômes qui traînent autour de lui aussi. »

Elle se redresse, les mains pleines de chaussures, en lance une dans la cuisine, visant son mari. « Pas maintenant, Harvey. Tu ne vois pas que je suis en retard ? »

Il s'adresse de nouveau à moi tandis que sa femme se précipite hors de la maison, entraînant le petit à sa suite. « Elle est toujours en déséquilibre spirituel à ce stade de son cycle. » Il éclate de rire en se tapant sur les genoux.

« Elle est connue pour quoi ?

— Clairvoyance. Ils l'ont prise pour la prochaine saison du *Pouvoir des esprits*, je ne sais pas si vous regardez. Les enregistrements vont commencer en début d'année. Dans un premier temps, elle va faire quatre épisodes. Génial, non ?

— Je ne regarde pas la télé autant que je devrais… », dis-je, quand brusquement Harvey se lève pour disparaître au sous-sol. Il revient avec un bidon qu'il pose sur la table.

« Vous m'avez l'air d'un gars qui ne refuse pas un petit canon. » Il dévisse le bouchon et allonge nos cafés avec un alcool cristallin. « Ça se fait encore, la bistouille, là d'où vous venez ?

— Oui, sauf qu'on est moins généreux sur le café, en Islande. »

Harvey rit et nous restons dans la cuisine à boire en silence, regardant par la fenêtre la mer et la nuit polaire qui tombe sur le paysage.

« Que serait la vie sans enfants, finit par dire Harvey. Vous en avez ?

— Non.

— Marié ?

— Il y a longtemps.

— Qu'est-ce qui s'est passé ?

— Je suis allé aux États-Unis et elle, elle est allée à Gunnar.

— Gunnar.

— Gunnar Ore. Mon ancien patron à l'Inspection générale.

— Merde, mec ! Ça, ça refroidit. »

Je hausse les épaules. « On n'était pas très bien ensemble.

— Alors c'est pour ça que vous êtes devenu détective privé ?

— Quelque chose dans ce genre », réponds-je d'un ton las. Je vois le phare qui surplombe l'îlot dans le crépuscule. Tout est gris. Il ne tardera pas à être lui aussi englouti par le mur bleu-noir.

« Harvey Nielsen, fais-je après un nouveau temps mort. C'est un nom du Nord-Norge ?

— *Absolutely*. » Harvey rit encore. « Mes ancêtres ont émigré au Minnesota en 1913, puis mon arrière-grand-père est revenu pendant la Première Guerre mondiale, pour se faire gazer ensuite dans un champ du nord de la France.

— Et vous ? Comment avez-vous trouvé le chemin du retour à la Terre promise ?

— Je me suis engagé sur un navire de pêche après la fac et le hasard m'a amené à Tromsø, où j'ai rencontré Merethe, qui travaillait dans un pub.

— Et vous êtes devenu éleveur de moules ?

— Entre autres. La famille de Merethe avait une petite exploitation agricole où nous élevions des moutons, jusqu'à ce que je tombe quasiment par hasard sur une formation de mytiliculture, au début des années deux mille. J'ai déposé une demande d'aide auprès du Fonds national de développement économique régional et je me suis lancé. Au début, j'avais une seule filière, quelques bidons, des vieux filets à harengs, des pièces détachées de tracteur, du câble électrique et des corps-morts en béton que j'avais coulés moi-même. J'ai aussi construit moi-même le radeau. La majeure partie du parc a coulé au cours des premières années, mais on a tenu bon, serré les dents, et continué jusqu'à ce qu'on arrive au bout du tunnel. *Changed*, fait Harvey en souriant. Et en mai, cette année, on a livré sept tonnes de mollusques. L'an prochain, on espère passer les dix.

— Où se trouve le parc ?

— Dans une anse plus au nord de l'île, là où la famille de Merethe avait sa ferme. On a continué l'exploitation quelques années quand ses parents sont partis vivre à la maison de retraite, mais les petites fermes, ça ne rapporte plus rien, ce n'est que de la sueur.

— Les États-Unis vous manquent ?

— Non. *Not at all*. Je n'étais pas à ma place là-bas, je l'ai su tout petit. La mer, vous savez… On l'a dans le sang, elle bat contre les parois de nos veines et nous attire à elle. » Harvey cogne sa tasse sur la table avant de laisser son regard filer vers la route, où les réverbères scintillent dans l'obscurité automnale. « Je ne pourrais jamais partir d'ici. Jamais. »

Je sens l'alcool jouer avec mon nerf vestibulaire et troubler mon équilibre. Mon corps s'emplit d'une chaleur intense que je n'ai pas connue depuis longtemps.

« Vous disiez être allé aux États-Unis. » Après cette entrée en matière, Harvey me regarde de ses yeux gris limpides. « Qu'y faisiez-vous ?

— Développement professionnel. À moins que j'aie voulu m'éloigner d'un mariage brisé. C'est difficile de se souvenir, après coup. »

Harvey lève sa tasse pour trinquer en silence. « Et comment ! » Il boit et repose son café en me scrutant, un demi-sourire aux lèvres. « Alors pourquoi y êtes-vous allé, au juste ? finit-il par demander.

— En Norvège, pour les interrogatoires, les autorités policières suivent une méthode standardisée appelée KREATIV.

— Ah. Et ça consiste en quoi ?

— C'est une méthode axée sur la libre explication de la personne interrogée. L'objectif de l'audition n'est pas nécessairement l'aveu, on cherche plutôt à limiter les possibilités de fausses explications crédibles et de contre-stratégies. À Miami, j'avais une occasion unique d'apprendre des techniques d'interrogatoire plus perfectionnées et la psychologie appliquée à l'investigation, sous la direction de Titus Ohlenborg, pas moins…

— Qui est ?

— Vous avez entendu parler du KUBARK ?

— Nan.

— Le KUBARK, c'était un ensemble de sept manuels d'interrogatoire conçus pour former les employés de la CIA, de l'armée et d'autres structures spéciales. Le premier volume a été publié en 1963, pendant la guerre froide. Un autre a été un véritable outil de formation pour les enquêteurs spécialisés dans le contre-espionnage : il recensait toute une série de techniques censées faire craquer tout le monde, aussi bien les déserteurs que les transfuges, les réfugiés, les agents provocateurs, infiltrés ou doubles, en permettant de déterminer s'ils étaient de bonne foi ou non. Un manuel écrit par le bon docteur Ohlenborg, justement.

— Des trucs d'espionnage ? Vraiment ? » Harvey lève les yeux au ciel en ricanant. « Vous ne m'aviez pas l'air d'être de ce genre-là. »

Je hausse les épaules. « Ohlenborg avait une formation de psychologue et il a commencé sa carrière en étudiant l'interaction entre les humains et les bâtiments avant de passer à la CIA. Aujourd'hui, il enseigne partout, dans les organes d'enquête officiels aussi bien que dans les entreprises de sécurité privées comme Blackwater, DynCorp ou Triple Canopy.

— Et il donne des cours aux policiers norvégiens ? »

J'acquiesce, tout en faisant signe que ma tasse se vide.

« Avec les manuels du genre KUBARK et les méthodes européennes récentes comme notre KREATIV, on a toujours le même problème.

— Et c'est quoi, ce problème ? » Harvey saisit le bidon, se lève à demi et me ressert.

« Comment fait-on pour interroger quelqu'un qui sait exactement la même chose que vous ? Quelqu'un qui a peut-être suivi la même formation ? »

Harvey repose le bidon par terre et retombe sur sa chaise. « Je vois. » Il hoche vigoureusement la tête. « Comment faire craquer l'un des siens ?

— Exact. La spécificité d'Ohlenborg, c'est qu'il a aussi passé des années à fréquenter des prisons américaines pour y interviewer des policiers des forces locales ou fédérales qui purgeaient des peines pour un large éventail d'actes criminels – braquages, trafic de drogue, viols, et il y avait aussi des tueurs à gages, des tueurs en série.

— *Cops gone bad.* » Harvey rit dans sa tasse. « Quel monde !

— Les agences de renseignement, l'armée et la police font toutes face aux mêmes difficultés lorsqu'il s'agit d'auditionner l'un des leurs. On a affaire à des gens qui dans leur carrière ont eux-mêmes effectué des centaines, voire des milliers d'interrogatoires, qui connaissent les méthodes et les ont peut-être perfectionnées au fil des ans en pensant précisément au jour où ils se feraient prendre et risqueraient tout.

— Alors, que faites-vous pour les faire craquer ?

— Dans toute situation d'interrogatoire, l'expérience personnelle, la foi en ses propres capacités et l'entraînement sont fondamentaux. Mais ce qu'on apprend avec le temps, c'est que, quel que puisse être leur portefeuille d'expériences, et aussi bons et chevronnés soient-ils, même ces hommes ne peuvent effacer l'humain en eux : c'est leur condition humaine qui est la voie d'accès. Le point clef.

— Vous m'avez perdu en route, là, mec. » Harvey secoue la tête en riant doucement, les yeux mi-clos.

« Nous sommes tous gouvernés par nos cordes sensibles. Ce qui varie c'est notre réaction quand quelqu'un les touche. Quoi qu'il en soit… » Je roule la tasse entre mes mains en contemplant le liquide trouble. « … au bout de neuf mois, le docteur Ohlenborg est tombé malade et a dû entreprendre une radiothérapie extensive pour traiter sa tumeur au cerveau, et moi, je suis rentré à Bergen, à l'Inspection générale de la police.

— Et pourquoi avez-vous quitté la police ?

— Une autre fois, dis-je dans un souffle. Une tout autre fois. »

Dehors, la pluie s'est gelée en petites billes de glace dure qui tapent légèrement contre la fenêtre avant de rebondir dans l'obscurité.

« Vous avez dit que ce sont les parents du Danois qui vous ont engagé », finit par ajouter Harvey.

Je le confirme d'un signe de tête.

« Pour quoi faire ?

— Je ne sais pas exactement. Chercher. L'espoir, en l'occurrence, ça s'achète.

— L'espoir ?

— Tant qu'ils paient, je cherche. Tant que je cherche… il y a de l'espoir que je trouve quelque chose.

— Mais qu'est que vous pourriez bien trouver ?

— Une clef magique pour remonter le temps. » De nouveau, je fouille ma tasse du regard et Harvey la remplit. L'odeur d'alcool me chatouille les narines et me réchauffe, elle libère mes canaux lacrymaux défoncés, fait venir les nuages qui déferlent et se bousculent dans les tréfonds de mon cerveau. Je le remercie d'un signe de tête, ouvre la bouche et bois. À grandes goulées.

« Ça vous est déjà arrivé de la trouver ? demande Harvey en se gaussant à moitié. Cette clef…

— Jamais ! » J'éclate de rire.

Chapitre 13

Deuxième jour avec Frei,
Stavanger, 23 octobre 2011

Le Café Sting était juste à côté de la tour Valberg. C'était une vieille maison en bois, auréolée de cette rusticité branchée que Stavanger et ses habitants semblaient chérir. La femme au bar m'a préparé un café et un verre d'eau avec des glaçons, j'ai emporté le tout vers une table au fond de la salle et je me suis assis pour attendre Frei.

Elle est arrivée à dix-huit heures quarante-cinq. Ma table était près d'une fenêtre et je regardais la tour de pierre battue par la pluie, dont les fils asynchrones bleuâtres couraient en toile d'araignée sur les vitres du café.

« Quel temps ! » a-t-elle commenté tout en se dégageant d'une parka kaki à col châle et poches à rabat. Elle l'a suspendue au dossier de sa chaise et a lancé un regard vers le comptoir, où la femme a réagi en allumant la bouilloire, avant de fouiller dans le bol de sachets de thé. « Vous attendez depuis longtemps ?

— J'aurais attendu plus s'il l'avait fallu. »

La tête penchée sur le côté, Frei m'a observé une seconde sans rien dire, puis elle est partie vers le bar.

« Pourquoi êtes-vous venu ? » s'est-elle enquise quand elle a enfin pris place sur la chaise de fer forgé, face à moi. Elle a attrapé trois morceaux de sucre, les a laissés tomber dans son thé. Ensuite, elle a remué paresseusement sa cuillère jusqu'à ce que le sucre soit dissout et confère au liquide vert pomme une qualité plus sombre, presque terreuse.

« La solitude. Sans aucun doute.

— Vous pensez que je peux vous aider sur ce point ?

— Sûrement pas.

— Alors pourquoi ? »

J'ai haussé les épaules. « Parce que vous me l'avez demandé.

— C'est mon oncle qui le voulait. » Elle a appliqué la cuillère chaude contre sa lèvre inférieure et fermé la bouche. « Il va avoir une visite », a-t-elle ajouté en reposant la cuillère sur la soucoupe, à côté des rondelles de citron.

« Ah ?

— Celle d'un homme.

— D'accord.

— Robert a deux ou trois ans de plus que moi. Ça pourrait être mon frère. Il est à tomber. » Elle a eu un rire léger avant de saisir sa tasse à deux mains. « Oncle Arne est homosexuel. Vous ne l'avez pas vu ?

— J'aurais dû ? »

C'était son tour de hausser les épaules. « Il m'a dit que vous étiez du genre à lire le langage corporel et à démasquer ce qu'on ne veut pas partager avec les autres. Ce n'est pas vrai ?

— Non ! ai-je répondu en riant. Vraiment pas.

— Alors, qu'est-ce que vous savez faire ?

— Mener des interrogatoires et écrire des rapports. » D'un geste du pouce et de l'index, j'ai basculé ma tasse vide sur le côté. Mon regard a balayé le marc au fond, avant de remonter sur son visage.

« Vous êtes expert en techniques d'interrogatoire, c'est ça ? Arne m'a dit que vous veniez de rentrer des États-Unis. »

Je me suis penché vers elle en joignant les mains. « Comment le sait-il ?

— Il travaille comme avocat d'affaires pour une des plus grandes compagnies pétrolières d'Amérique du Nord. » Frei a passé deux doigts à travers sa chevelure en désordre. « Il aime avoir des éléments sur les gens qu'il rencontre, que ce soit dans un contexte privé ou professionnel.

— Que sait-il d'autre ?

— Que vous êtes moitié norvégien, moitié islandais, que votre père est biologiste marin de formation, mais officie comme une espèce d'environnementaliste extrémiste en Islande. Vos parents ont divorcé quand vous étiez petit, et votre mère est repartie en Norvège avec votre sœur et vous. Oh, et puis vous avez vous-même divorcé récemment.

— Alors vous savez tout. » Je me suis baissé pour ramasser le sac en plastique entre mes pieds. J'avais passé la moitié de la nuit à réunir toute la documentation possible sur l'affaire de Bergen et la création de la SEFO. « Au fait, voilà ce que j'ai trouvé pour votre mémoire. Le Comité européen pour la prévention de la torture a aussi publié un rapport qui pose plusieurs questions critiques sur…

— Jè n'en ai pas besoin. » Frei m'a observé, la tasse au creux de sa main, comme dans une pose du lotus inconnue de moi et destinée aux jeunes gens urbains fréquentant les cafés. « J'ai déjà terminé mon mémoire. »

J'ai mis ma tasse à l'envers sur la soucoupe. « Que faisons-nous ici, alors ?

— Connaissance, a répondu Frei. À votre manière.

— Ma manière ?

— N'est-ce pas votre métier, votre expertise ? Recueillir des informations sur quelqu'un, les présenter dans des conditions contrôlées, de façon à ce que vous et les vôtres puissiez déterrer nos secrets, nos failles, nos points sensibles ? Je voulais juste qu'on commence d'abord par vous.

— Seigneur, ai-je gémi en cognant mes jointures sur le dessous de ma tasse, riant intérieurement. Vous avez peut-être raison, ai-je fini par dire en me levant pour partir. Enfin d'ailleurs, vous savez quoi ? Vous avez complètement raison, bordel. » J'ai repris mon sac de documents et esquissé une légère courbette. « Mon jeu, votre victoire. Adieu. »

J'ai marché rapidement sur le damier du carrelage avant de faire soudain volte-face et de revenir m'asseoir. « Et puis non, en fait, allons jusqu'au bout du jeu. » Je me suis appuyé à ma chaise. « Que voulez-vous savoir, Frei ? Posez-moi vos questions.

— Je voudrais connaître vos secrets et vos mensonges », a-t-elle déclaré d'un ton calme, la tasse toujours au cœur de sa paume. Subitement, elle l'a reposée, laissant ensuite ses doigts sur la table. « Avant de vous livrer les miens.

— OK. Par où je commence ?

— Par où vous voulez.

— Ma mère était pédopsychologue jusqu'à ce qu'elle tombe malade, maintenant elle vit dans une maison de retraite à Asker. Elle a un Alzheimer, depuis près de dix ans. Je ne l'ai pas vue depuis longtemps. Je ne sais pas pourquoi.

— Parlez-moi de l'Islande.

— Quand j'étais petit, on allait d'usine d'aluminium en usine d'aluminium, de centrale électrique en centrale électrique, de fonderie en fonderie, ma mère, Liz et moi. Pour voir mon père et ses environnementalistes s'enchaîner à des pelleteuses, des raccords de conduites, des grues et des tombereaux, en criant de volupté et en pissant dans leur froc pour que le monde voie à quel point l'humanité est hors de contrôle.

— L'idéaliste. »

J'ai acquiescé d'un air absent.

« Pourquoi êtes-vous parti aux États-Unis ?

— Après la procédure de séparation, mon ex-femme et moi en étions à un point où nous finissions par nous méprendre sur tout ce que l'autre disait et faisait, le moindre détail, la moindre nuance. Alors, quand j'ai vu qu'il y avait cette formation, j'ai foncé.

— Pour interroger des policiers criminels dans un autre pays ?

— Précisément.

— Pourquoi ?

— Pour progresser dans mon travail, pour…

— Les comprendre ?

— Oui. »

Frei a soudain affiché un grand sourire. « C'est pour votre père que vous brisez des policiers, Thorkild ?

— Sûrement », ai-je répondu avec lassitude. La pluie tambourinait violemment sur les fenêtres. L'eau s'accumulait en ruisseaux qui dévalaient la chaussée des deux côtés du café.

Frei a éclaté de rire. « Mais vous êtes un vrai cliché, Thorkild Aske ! a-t-elle remarqué en prenant sa tête dans ses mains. Vous ne le voyez pas ?

— Si. Et si un jour je fais appel à un psychologue, je ne manquerai pas de lui préciser que vous l'aviez dit la première. »

J'avais déjà décidé de me prêter au jeu, quelles que soient les questions auxquelles il me faudrait répondre et les confessions qu'il m'en coûterait. Le divorce d'Ann-Mari comme ma période sur la côte sud-est des États-Unis, avec ces hommes et ces femmes que le docteur Ohlenborg et moi interrogions derrière des vitres pare-balles, ça avait été éprouvant. Trop. Être au café avec cette fille lézardait ma cuirasse. Dessous, je sentais déjà la pulsation de quelque chose de nouveau, de vivant. Que je n'avais jamais ressenti par le passé.

Un sourire caché juste sous la surface, Frei a hésité un instant avant de demander finalement : « C'est pour ça que vous avez divorcé ? Vous aviez enfin tout compris d'elle et vous ne trouviez plus rien à déterrer ? Vous aviez cartographié tout son paysage, mission accomplie, passons à autre chose, cas suivant ?

— Cas ? Comme… vous ?

— Non. Moi, vous ne savez encore rien de moi. Nous deux, on ne se connaît pas.

— Vous avez raison. C'est à moi, maintenant ?

— À vous.

— OK. » Je me suis penché au-dessus de la table. « Parlez-moi de vous. »

Frei m'a regardé, seuls ses yeux bougeaient, glissant sur chaque pore de mon visage comme des soleils jumeaux. « Je danse », a-t-elle finalement dit en attrapant un sucre sur le plateau du thé.

SAMEDI

Chapitre 14

« Dis ? Eh, dis, qu'est-ce qui est rouge et fait blob-blob ?

— Q… quoi ?

— Qu'est-ce qui est rouge et fait blob-blob ?

— Bon sang, je n'en sais rien. » Je tente de me détourner du petit être avec ses questions d'enfer.

« Ha ha ! Un blob-blob rouge, bien sûr. »

Ouvrant les yeux entièrement, je constate que je suis couché au milieu de la cuisine, partiellement sous la table où Harvey et moi avons partagé de la gnôle. Le garçon que j'ai rencontré hier est assis par terre à côté de moi, il sourit. Je vois les pieds de son père devant la cuisinière et sens soudain une odeur de café frais.

« Ah, mais nous voilà donc réveillé aussi. » Harvey se penche pour jeter un œil sous la table.

« Hmm. » Je tente de me lever.

« Pourquoi tu dors par terre ? demande le garçon à côté de moi.

— Je ne sais pas. » Je me lève, en me cognant la tête contre le bord de la table.

« Pour un détective privé, vous ne tenez pas particulièrement bien le sirop pour adultes. » Harvey rigole et pose pour moi une tasse de café fumant sur la table.

« Un jour peut-être, fais-je avec bonne humeur en m'agrippant à une chaise pour me hisser sur mes jambes. Donnez-moi juste du temps.

— Papa, il était bourré hier ? » Le garçon me regarde, puis regarde son père.

Harvey vient m'aider à me relever. « Eh bien, il était quelque chose, en tout cas, répond-il dans un sourire.

— Quelle heure est-il ? » Je me brûle les lèvres sur le café chaud.

« Pas loin de cinq heures et demie du matin. On part dans dix minutes. »

Je sens des pulsations dans mon crâne, j'ai l'impression d'avoir du ciment dans les sinus et ma joue me lance frénétiquement.

« Il fait froid et humide aujourd'hui », observe Harvey par-dessus de son café. Il semble étonnamment frais et dispos, quand on songe à la soirée d'hier. « Je vous ai sorti des sous-vêtements en laine que je peux vous prêter, ainsi que des bottes et un bonnet. » Il sourit encore. « Contre le froid.

— Merci. » Je frissonne à la vue du spectacle extérieur. Il fait toujours nuit, seule une pâle lueur au-dessus des sommets les plus élevés témoigne de ce que le jour se lève.

« *No problem, man.* » Harvey brandit son café.

Je bois encore quelques gorgées, puis une douleur sourde à l'estomac et l'agitation que je ressens avant d'ingérer mes cachets du matin me forcent à rejoindre la salle de bains.

Ce que je vois dans le miroir ferait repartir n'importe quelle créature dans l'outremonde d'où elle vient en poussant des hurlements. Je trouve ma dose de médicaments et les avale avec de l'eau du robinet, puis tente de me laver les dents avec conviction, un trait de dentifrice vert pour enfant sur l'index. Tant pis pour le reste. Rien ne sert de s'attarder sur l'irrattrapable.

En me dirigeant vers l'entrée, je croise de nouveau le petit.

« *Hey*, dis donc », me lance-t-il. Il imite son père en cassant la hanche tout en croisant les mains sur sa poitrine. « Qu'est-ce qui est rouge et fait blob-blob ? »

Je le regarde d'un air désespéré, en priant pour que mon regard lui fasse comprendre que c'est un malade mental et qu'il faut qu'il dégage, mais l'opération est infructueuse. Alors je rends les armes, souris et réponds : « Voyons voir, un blob-blob, du genre rouge, non ?

— T'es bête ou quoi ? C'est une airelle avec un moteur hors-bord. Ha ha ha ha ! »

Dehors tout est anthracite. Même les maisons du hameau semblent avoir perdu leurs couleurs. Dans le jardin, sur le toit d'une mangeoire à oiseaux, une pie nous fixe, la tête penchée sur le côté. Elle s'envole quand Harvey déverrouille son pick-up. Il démarre le véhicule et nous descendons la route tortueuse. Nous traversons le centre et rejoignons les hangars à bateaux.

Il y a moins de vent qu'hier, mais il fait plus froid. Humide, l'air est difficile à respirer sans tousser. La douleur de ma joue est là, pulsatoire, aiguë, toujours aussi présente. Pour couronner le tout, le moment est venu de reconnaître que mon système digestif est parti en vrille et que les maux de ventre que j'ai eus ces derniers temps ne passeront pas d'eux-mêmes.

« Je viendrai vous chercher dès que j'en aurai fini au parc, annonce Harvey.

— OK. » J'aperçois un vieillard dans une barque en plastique qui se dirige vers nous. Il accoste, saute à terre et entreprend aussitôt de hisser son bateau sur le rivage.

« Tu as besoin d'aide, Johannes ? » Harvey rejoint l'homme, qui secoue la tête, avant de sortir une caisse et de commencer à vider ses poissons au bord de l'eau.

« J'ai avec moi un authentique détective privé. » Harvey se penche sur le plat-bord. Johannes ouvre le ventre d'un gros cabillaud et l'éviscère. Quelques goélands se sont rassemblés sur le séchoir à poissons au-dessus des hangars à bateaux. « Il est là pour retrouver le Danois qui habitait au phare. »

Johannes me lance un nouveau coup d'œil, secoue la tête et jette les viscères à la mer. Un goéland décolle du séchoir et plane vers nous. « Le Danois est mort.

— Oui, mais… commence Harvey avant d'être interrompu par Johannes, qui a balancé le cabillaud vidé dans son bac et en a pris un autre.

— Tu sais… » Johannes serre les lèvres et a l'air de se ronger les joues. « … Le Draug navigue haut sur l'écume des vagues à cette époque de l'année. Il va y avoir du mauvais temps. » Il incise le ventre du poisson avec son couteau, arrache les entrailles et les balance à la mer. « Veille bien sur ton homme du Sud. Tu te rappelles de ce qui est arrivé au chalutier russe la dernière fois qu'il a fait mauvais.

— Ce n'est pas un homme du Sud, précise Harvey dans un petit rire. Il est islandais.

— Aha. » Johannes sort une autre caisse à poissons du bateau et la pose entre nous sur les pierres. « Ça change quelque chose ? » Il s'accroupit et continue de vider ses poissons tandis que nous rejoignons les hangars à bateaux.

« C'est qui, le Draug ? » Nous filons à travers les vagues sur le RIB de Harvey. Le vent s'est levé et je saisis une corde pour me maintenir.

« Vous n'avez jamais entendu parler du mort vêtu d'un ciré de cuir qui vogue sur sa demi-barque et annonce que quelqu'un va mourir ?

— Ça m'a tout l'air d'être un gars sympa, dis-je entre mes dents, en enfonçant mon bonnet sur mon front. Un grand frère de Johannes, en plus frivole, peut-être ?

— La mer donne et prend. Ici, quand les tempêtes font rage, on s'accroche même aux vieilles superstitions. Il y a beaucoup de choses entre le ciel et la terre, Thorkild Aske. Surtout ici, dans le Nord. Vous n'avez pas de contes comme ça en Islande ?

— Mais si. »

Il accélère. « Vous croyez aux fantômes, Thorkild ?

— Aux fantômes ?

— Les revenants, des âmes mortes qui viennent parfois errer parmi nous, ces trucs-là ?

— Je… »

Je m'interromps et reste un instant sans bouger, à sentir le froid et le vent sur mon visage.

« Je me souviens quand j'étais petit, chez moi, dans le Minnesota… » Harvey arrête le bateau, qui tangue au rythme de la mer agitée. « On entendait des pleurs d'enfant dans la forêt, autour de notre chalet. C'était en hiver qu'on les entendait, à la saison où la linaigrette et les lacs gelaient. Des sanglots douloureux qui se répercutaient entre les troncs d'arbres, quand les fumées de givre se déposaient sur le sol. On en avait la chair de poule, je vous dis. » Mon regard balaie sans trêve la surface de l'eau sombre et froide.

« Plus tard, reprend Harvey, on a drainé deux des petits lacs, pour construire un grand lotissement de chalets. Et les ouvriers ont découvert le corps d'un enfant qui séjournait apparemment dans le plan d'eau depuis plus de cent ans. Après ça, il n'y a plus eu de pleurs, dans la forêt. Qu'est-ce que vous dites de ce genre d'histoires ?

— Je ne sais pas. » Je lève les yeux sur le ciel, où déferlent des nuages sombres venus du large. Devant nous se dressent le phare et les bâtiments de l'îlot. Je vois une statue sur une éminence, un parallélépipède surmonté d'un cercle, tout au bout d'un rocher. Quelqu'un y a accroché des filets de pêche, ils flottent avec légèreté au vent forcissant.

« La Veuve. » Harry redémarre le bateau. Il vise le ponton qui a émergé de la grisaille. « Ça fait partie d'une série d'œuvres d'art contemporain que les villes et les villages se sont vu imposer par le comté il y a quelques années. Un Français est venu l'installer un été et puis il est reparti.

— Vous y êtes souvent allé ?

— Non, c'était vide depuis les années quatre-vingt. Je suis passé une ou deux fois après l'arrivée du Danois, c'est tout.

— Comment était-il ?

— Bon menuisier, répond Harvey. La première fois que je l'ai rencontré, c'était un soir où je rentrais du parc à moules. Je l'ai vu sur le môle, où il s'échinait à remonter sur son dos ces foutues fenêtres du bâtiment principal, une par une. Triple vitrage, résistant au gel et à Dieu sait quoi encore. Lourdes comme tout. Elles avaient dû coûter une fortune. Je l'ai aidé à les poser dans le bar. *Fantastic.* Il ne manquait pas d'ambition, ce garçon, non.

— Quand l'avez-vous vu pour la dernière fois ?

— Quelques jours avant sa disparition. » Harvey caresse sa barbe de trois jours. « Je suis tombé sur lui au vidéo-club. Il m'a demandé ce que j'avais pris comme ciment pour mes corps-morts au parc à moules. Je crois qu'il avait l'intention de consolider son ponton. »

Je vois les vagues battre le ponton en question. Plusieurs piliers ont l'air complètement pourris et l'ensemble bouge avec les masses d'eau. Leurs extrémités cassées pointent comme des chicots noirs dans la mer agitée.

Harvey jette un œil sur le ciel en secouant la tête. « Ce n'est pas bon, ça. Pas bon du tout. »

Les nuages s'amassent comme un couvercle au-dessus d'une marmite. On croirait presque que la nuit tombe, alors que la journée commence à peine. Ça craque sérieusement quand le canot heurte les défenses de caoutchouc qui bordent le ponton.

J'ai une décharge d'adrénaline en quittant le bateau pour grimper sur la terre ferme. D'un seul coup, j'ai le vertige et je serre mon sac à dos tout en cherchant du regard un point fixe auquel me retenir. L'instant suivant, il se met à neiger, de gros flocons épais qui dégringolent à vive allure et fondent à l'atterrissage.

« On dirait bien que Johannes avait raison. » Harvey recule le bateau et se fond dans une neige de plus en plus dense.

« À propos de quoi ?

— On va avoir une tempête ! »

Harvey continue de parler, mais le bruit du moteur et le vent emportent ses paroles. Puis vient un grondement grave, et le bateau disparaît.

Tête baissée face au vent, je resserre mes mains autour de mon sac et me dirige vers la maison.

Chapitre 15

Le vent forcit encore et l'ensemble de l'îlot gris s'efface dans la neige de plus en plus drue. Je gravis le dernier tronçon en courant, trouve dans ma poche le trousseau avec du scotch jaune et l'inscription *Rasmus Phare + Bâtiment principal*, et je glisse la clef dans la serrure.

L'ancien logement du gardien de phare est une grande maison en bois du début du XXe siècle, à bardage vertical, avec des baguettes blanches aux fenêtres. Visiblement, Rasmus avait bien avancé dans la rénovation extérieure. Les seules traces visibles de l'incendie sont quelques planches de bardage noircies, et le tas de vieilles fenêtres et de tuiles entre la maison et le hangar à bateaux. Les ardoises ont été remplacées par des plaques de cuivre aux gouttières assorties et, même en ce moment, sous cette neige oppressante, le toit reflète la lumière d'une façon tout à fait unique.

Je me débats avec la serrure jusqu'à ce qu'elle s'ouvre enfin et me dépêche d'entrer. Les lieux sentent le bois neuf et la sciure, mais avec des accents de vieille poussière et, juste au-dessous, une note indéfinissable. Les murs et le sol sont tapissés de plastique transparent, tout comme le bateau du Nordland dont Rasmus a scié le fond pour le transformer en comptoir de réception.

J'écarte le plastique de la porte sur la droite de la réception et franchis le seuil. La pièce qui s'ouvre en un grand L semble avoir fait office à la fois de bar et de salon pour les groupes. Dans un coin se trouve un canapé en arc de cercle tendu de velours rose, il est recouvert de rideaux gris poussiéreux. Devant s'empilent des boîtes neuves contenant des lampes en verre de Murano noires montées sur de fins fils de fer, des carreaux de marbre et des rubans de LED phosphorescents roses, ainsi qu'une douzaine de tabourets de bar blancs dont les pieds argentés sont enveloppés de plastique.

Je sors mon téléphone et appelle Anniken Moritzen.

« Anniken, j'écoute, répond-elle d'un ton sec. Qui est à l'appareil ?

— C'est moi, Thorkild Aske. »

J'entends sa respiration cesser complètement. « Où êtes-vous ?

— Je suis arrivé au phare. Je suis dans le bar de Rasmus. Bel endroit, même si rien n'est terminé. » La pièce est toute en déco des années quatre-vingt, formes géométriques, tapis rouges enroulés, tabourets de bar capitonnés à motif léopard, un papier peint violet qui commence à gondoler sur les bords et dans les raccords. Même les fenêtres panoramiques sont recouvertes de plastique. « Un bar avec vue. »

Je me dirige vers le bar, où Rasmus s'est installé un lit de camp. Par terre, des magazines avec photos de voiliers à plusieurs millions de couronnes, un sac rempli de vêtements, un Rubik's Cube. J'aperçois aussi un carton de prospectus et de vieux menus. Le prospectus présente une vue de l'endroit tel qu'il était juste après sa restauration.

« *Centre de conférences et de formations de Blekholmen*, lis-je.

— Pardon ? Que dites-vous ?

— Désolé. Je lisais juste une vieille brochure de l'époque où c'était un centre de conférences.

— Continuez, chuchote Anniken. Je voudrais savoir ce qui est écrit.

— OK. » J'ouvre le prospectus et constate que Rasmus a entouré certaines phrases, comme s'il planifiait déjà sa propre publicité. « *Nous disposons de deux salles de réunion et d'un salon pouvant accueillir dix à trente personnes. Tout est conçu pour se ressourcer et s'inspirer entre deux séances de travail.*

— C'est tout ? demande-t-elle quand je m'arrête, hésitant devant la partie que Rasmus a encerclée.

— Non, réponds-je avant de lire la dernière phrase. *Blekholmen vous offre une expérience dont vous vous souviendrez longtemps.* »

À travers le plastique d'une fenêtre, j'aperçois un chalutier dans le jour diffus. Ou plutôt un trait horizontal sur le paysage bleu profond. Je ne tarde pas à sentir aussi les vibrations du moteur s'élever du sol.

« Dites-m'en plus. Je veux savoir ce que vous voyez, Thorkild », continue Anniken, m'arrachant à cet instant. Sa voix paraît plus tranchante à présent, comme sur le point de basculer vers autre chose. J'ai envie de lui dire que de voir ses barrières intérieures labourées par l'angoisse, la peur et la panique, je sais ce que c'est. Que c'est dangereux de tout retenir trop longtemps, qu'un jour il faut que ça sorte. Mais je n'ose pas. Je ne suis pas celui qui peut être là quand ça arrive à quelqu'un d'autre.

Je repose le prospectus et m'accroupis à côté du lit de camp. « Un sac contenant des vêtements, des livres, une trousse de toilette et des rasoirs dans une boîte en plastique blanche. » J'écarte le sac de couchage et aperçois un émetteur radio portable Motorola, deux paquets de piles au bout du lit. « Une espèce de radio maritime VHF, je ne suis pas sûr.

— Quoi d'autre ? » s'acharne-t-elle. Nous évoluons dans cet équilibre verbal où chaque mot, chaque inspiration, chaque expiration tirent sur le maillage extrêmement ténu qui la retient au-dessus de l'abîme. « Que voyez-vous ?

— Rien », finis-je par dire en m'adossant au bar. Je ferme les yeux et tente de localiser le bruit des pistons du moteur diesel du chalutier dans la tempête. « Il n'est pas ici, Anniken… » J'ai le vertige, je suis fatigué, je sens que je ne suis plus capable de participer à cet exercice d'entraînement à la douleur. « Rasmus n'est plus là.

— Mais il y a été, tranche-t-elle d'un ton dur. Très récemment. Son odeur y est encore, c'est juste que vous ne le savez pas. Parce que vous ne l'avez jamais tenu contre vous. Je l'imagine là où vous êtes maintenant, c'est ce qui est si difficile. Et je n'arrive pas, je suis incapable de…

— Je vais continuer de chercher. » Je me lève, rassemble mes forces pour poursuivre. « Restez au bout du fil, Anniken, on va continuer. D'accord ?

— Le phare, s'exclame-t-elle, d'une voix revigorée. En général, il m'appelait du sommet.

— Bien. Alors montons voir. »

Je me hâte vers l'escalier du phare. Une obscurité de catacombes accompagne le blizzard. On a beau être tôt le matin, j'ai l'impression de me trouver déjà dans une antichambre entre le jour et la nuit.

Les marches ont été coulées à même le rocher, une structure en fer oxydée sert de rampe. La lanterne est octogonale, en fonte, avec un large bandeau rouge peint juste au-dessous du dôme. La tour de béton rouge et blanc se fond quasiment dans son environnement.

« Ça va devenir une suite », explique Anniken quand j'ai refermé la porte derrière moi et que j'entame l'ascension de l'escalier en colimaçon. Les murs de béton poli sont décorés jusqu'au sommet du phare de photos en noir et blanc de tempêtes maritimes et de nuages obscurs. Parfait pour mettre les touristes dans l'ambiance. « Un lieu entre ciel et mer, avec une vue à tous les vents.

— Je vois ça. »

Le phare a été vidé de ses entrailles, de tout le système optique, et un lit à baldaquin ancien occupe désormais le centre de la pièce. Les fenêtres neuves offrent un panorama à trois cent soixante degrés. Des rubans LED ont été montés au plafond et quelques premières lattes, posées sur le sol, annoncent ce qui devrait être un futur parquet façon pont de bateau.

« C'est joli, non ? Rasmus m'avait envoyé par téléphone des photos de la chambre et de la vue.

— Superbe ! » Je repousse quelques cartons de carreaux muraux vers une fenêtre avant de m'asseoir.

« Et la vue ? Que pensez-vous de la vue ? Rasmus la qualifie d'imbattable.

— Il a raison. » Je pose mes coudes sur l'appui de fenêtre, coule mon regard vers le mur de neige qui dérive dans un flux régulier. Il fait tellement gris que je ne vois plus la terre. Même le hangar a disparu dans la brume épaisse. « Tout à fait imbattable.

— Merci. » Anniken respire péniblement.

Un long silence s'ensuit. Nous ne faisons tous deux qu'écouter le souffle de l'autre.

« Anniken. Je ne sais pas quoi faire de plus.

— Vous n'avez qu'à rentrer, répond-elle d'un ton las. Je le sais maintenant, moi aussi. Il n'est pas là. Mon Dieu, fait-elle en suffoquant quand les barrières tombent enfin. Il n'est plus là… »

Je garde le téléphone plaqué contre mon oreille longtemps après qu'elle a raccroché. Le chalutier a disparu, le vent mugit, les vagues cinglent l'îlot sans relâche. Devant moi, des flocons de neige légers virevoltent élégamment les uns autour des autres, comme les danseurs d'un pas de deux exotique.

Je pense à Frei.

Chapitre 16

Cours de danse avec Frei,
Stavanger, 24 octobre 2011

J'ai revu Frei dès le lendemain de notre rencontre au Café Sting. Elle évoluait au milieu d'une foule d'enfants et de parents aux visages peints et aux coiffures étranges, au centre culturel Sølberget. D'après l'affiche à l'entrée, c'était un festival familial d'un jour, pour enfants et jeunes de tous âges.

On avait monté une scène dans le hall. Des créatures de fable, déguisées, aux yeux noirs et au sourire carnassier, dansaient et sautillaient autour du public, des drapeaux bleus de l'ONU à la main.

Si je l'ai rencontrée là, c'était loin d'être un hasard. J'avais passé des heures dans le coin, à errer sans but, entre le centre culturel, les expositions et les vitrines des magasins. J'attendais dix-huit heures. Un papier sur une porte vitrée au deuxième étage, juste à côté d'un atelier d'origami pour enfants, indiquait que c'était l'horaire du cours bihebdomadaire de danse sportive.

Pour essayer de faire passer le temps plus vite, j'avais même assisté à une pièce de théâtre, l'histoire d'un jeune garçon dont le serpent en chiffons prend vie quand ils sont seuls, ce qui ne m'avait été d'aucun secours notable.

Frei a monté l'escalier au petit trot, sans me voir. Elle portait un legging anthracite, un sweat à capuche et des baskets noires. Derrière moi, on allumait un micro et une voix féminine pleine d'entrain annonçait que tout était prêt pour l'atelier trolls et lutins, au sous-sol.

Je me suis excusé d'un sourire auprès d'une femme habillée en sorcière quand j'ai malencontreusement bousculé sa fille, vêtue pour la circonstance d'un costume d'abeille ou de bourdon tricoté maison, avec deux raquettes de badminton assorties scotchées dans le dos. Puis j'ai continué vers l'escalier.

En montant, je suis passé devant deux stands qui proposaient des cours de tressage africain et de tatouage au henné, à l'entrée de la bibliothèque, au premier. Du hall commençaient à s'élever les rythmes luxuriants de tambours effrénés.

Arrivé devant la salle de danse, j'ai pris le temps de maudire ma puérilité quasi infinie, sans pour autant avoir ni capacité ni volonté d'y remédier. Et je suis entré.

Je me suis retrouvé dans une espèce de sas surchargé et, au milieu du pêle-mêle de vêtements, écharpes et chaussures, j'ai pu identifier le sweat et les baskets de Frei. Une porte vitrée séparait le sas de la salle de danse, où six couples et une prof étaient en plein cours.

Frei dansait avec un homme svelte, soigné, aux cheveux noirs épais plaqués en arrière. Sa gomina était quasi phosphorescente alors qu'ils évoluaient dans les bras l'un de l'autre, flottant enchevêtrés au-dessus du plancher, dirigés par les mouvements parfaitement cadencés de leur chorégraphie.

« Élégance et légèreté, tout le monde, criait la prof de danse dans un norvégien mâtiné d'accent étranger, tout en tapant dans ses mains et manœuvrant avec fluidité entre les couples. Et on fait la passe. »

Devant la chaîne stéréo, un quadragénaire roux aux mains jointes sous le menton fixait les danseurs d'un air rêveur.

« Plus de passes. Encore, encore, encore ! » La prof a tapé dans ses mains avant de pivoter vers l'homme roux, dans son coin, en lui faisant signe. « *Señor* Alvin, venez ! »

Il a trottiné pieds nus vers ses bras ouverts. Plaçant sa main droite autour de la taille de cet homme et étirant le bras gauche sur le côté, coude plié et paume levée, elle l'a conduit dans le demi-cercle des danseurs. « Allez, *temperamente !* Avant, côté, ensemble. Arrière, côté, ensemble. Allez, un, deux, trois, quatre, cinq, six ! Tous ensemble : un, deux, trois, quatre, cinq, six ! »

Derrière moi, la porte s'est soudain ouverte à toute volée et une femme corpulente est apparue en soufflant. « Juste Ciel ! Ils ont commencé ? » S'engonçant entre moi et la porte vitrée, elle a jeté un coup d'œil dans la salle.

Après quoi elle a ôté ses baskets et s'est extirpée de son espèce de poncho en patchwork multicolore. « Voilà, a-t-elle déclaré en souriant, avant d'ajouter, la bouche en cœur et avec un clin d'œil : « *¡Bailar pegados!* » Elle a ouvert la porte vitrée d'un geste vigoureux et s'est glissée dans la salle par le côté. « Alvin ! Alvin, mon chéri, je suis désolée d'être en retard. »

Un bref instant, Frei et son partenaire aux cheveux luisants ont ralenti leur passe, juste à temps pour voir Alvin et la femme aux bourrelets se retrouver dans une étreinte brûlante sur la piste de danse, au moment où la porte vitrée, qui jusqu'à présent s'était refermée bien gentiment grâce au groom électrique, se plaquait soudain sur mes doigts.

Des élancements cuisants remontaient dans mon bras, et j'ai dû mobiliser toute la force que j'avais en moi, me dominer de tout mon être, pour la repousser et libérer mes doigts. J'ai aussitôt mis le cap sur l'escalier. Les larmes avaient jailli de mes yeux et mes doigts injectés de sang pulsaient comme des grenades à manche au bord de l'explosion.

« Thorkild ?

— Oh, non… » Je me suis arrêté sur la première marche, ai caché ma main blessée sous ma veste et me suis retourné. « Frei. » Des vivats bruyants ont résonné dans le hall, suivis d'une invasion de tambours et autres percussions africaines.

« Que faites-vous ici ?

— Mission policière importante, ai-je répondu en collant mon bras contre mes doigts douloureux. Filature.

— Vraiment ?

— Absolument. Vous n'êtes pas au courant ?

— Au courant de quoi ? »

Le rythme des percussions atteignait de nouveaux sommets et le public s'est mis à battre du pied et à taper dans ses mains en cadence.

« Le tueur d'origamis court de nouveau en ville. Une affaire atroce. Parfaitement épouvantable. »

Frei a lancé un regard vers la pièce où un garçon asiatique de sept, huit ans pliait des personnages en papier, avec trois filles d'une dizaine d'années et leurs parents, puis elle s'est de nouveau concentrée sur moi. Appuyée contre une colonne, elle m'a fixé, un demi-sourire aux lèvres.

« Ça va, votre main ?

— Super.

— Je vous conduis aux urgences ?

— Non.

— OK. Vous venez ?

— Où ?

— Danser.

— Non, je…

— Vous n'avez pas envie ?

— Si, bien sûr, mais, je veux dire, et votre partenaire ?

— Robert ? » Frei a rigolé. « Je vous ai parlé de lui au Café Sting. Le petit ami d'oncle Arne ? Merveilleux danseur, et sûrement amant insatiable aussi, vous ne croyez pas ?

— Très certainement, ai-je murmuré en sentant les douleurs sourdre par les pores de mes doigts pour entrer dans le rythme dansant qui emplissait le centre culturel du sol au plafond.

— Allez. » Elle a tendu les mains vers moi. « Je sais que vous le voulez. »

Au moment de regagner la salle de danse, avec Frei, je ne sentais plus mes doigts. La seule chose que je sentais, c'était un picotement intense au point de rencontre de nos paumes, et le parfum de ses cheveux. Si j'avais penché la tête davantage, ses boucles auraient effleuré ma joue et mes lèvres.

Chapitre 17

Je sursaute en entendant cogner à la porte en bas du phare. Je relève la tête de l'appui de fenêtre et ouvre les yeux sur la buée moite que mon souffle a déposée contre la vitre. Je grelotte, mes vêtements sont froids, mes bottes raides et serrées, comme si elles avaient rétréci pendant mon sommeil.

De nouveau résonnent des coups monocordes quelque part au-dessous de moi. Des échos sourds qui vibrent à travers l'édifice jusqu'à l'endroit où je me trouve et font frémir l'enduit. J'essuie la buée avec ma manche et regarde au-dehors : il fait toujours aussi gris, impossible de distinguer le jour de la nuit. Rien qu'un flux ininterrompu de flocons de neige et les vagues qui roulent vers l'île.

Soudain, j'aperçois un homme entre le hangar à bateaux et le phare. Il est vêtu d'un ciré et me fait signe d'une main tout en montrant la mer de l'autre, comme s'il cherchait à attirer mon attention sur quelque chose dans le blizzard.

Je vais m'approcher de la vitre pour mieux voir, quand un violent coup en bas me fait sursauter encore. L'instant suivant, le calme total revient, comme si je me trouvais soudain dans un vide. Je regarde de nouveau par la fenêtre : l'homme en ciré n'est plus là.

Une brèche dans le mauvais temps s'est ouverte entre le hangar et le ponton, la neige y tourbillonne en une tornade miniature sur les rochers. Je distingue vaguement une forme émergeant d'algues épaisses qui s'entrechoquent mollement au bord du rivage : la ligne, les couleurs, les structures se démarquent du paysage.

Je me lève et vais me diriger vers la porte quand un nouveau coup retentit. Un bruit de métal contre métal chante dans les murs, le vent siffle et fait rage dehors. Je rejoins l'escalier et me penche au-dessus de la rampe pour essayer d'identifier l'origine du vacarme en bas du colimaçon. « Il y a quelqu'un ? » Je crie si fort que ma voix se casse et finit en quinte de toux éperdue.

Personne ne répond et je commence à descendre les marches. La porte d'entrée bat si violemment que tout l'escalier en tremble, je dois m'arrêter et m'agripper à la rampe, tout en essayant de protéger mes oreilles de ce bruit atroce.

L'entrée est couverte de neige et la porte en métal ouverte. Je saisis la poignée et entreprends d'enlever la neige à coups de pied avant de sortir en refermant derrière moi.

L'individu coiffé d'un suroît a disparu, et il n'y a pas non plus d'empreintes de pas dans la neige. Je dévale les marches en béton en me tenant à la rampe. Autour de moi, la neige déferle avec la mer et se rue sur l'îlot, les vagues écumantes arrosent les rochers et le ponton vermoulu. La tempête se prépare.

Je m'arrête. Rien n'indique qu'il vient d'y avoir du passage, mais je repère de nouveau cette forme dans l'eau. J'approche. Le vent forcit. La neige est moins dense à présent, je vois les lumières des maisons sur la côte.

Je fais le dernier tronçon en me retenant à quelques touffes de végétation et aux crevasses dans les rochers. Les lumières jaunes de la côte scintillent telles les lanternes d'un vieux navire, puis la neige s'interpose de nouveau, rend tout gris et blanc.

Je respire et sens le goût du sel remplir ma bouche au moment où j'arrive au bord de l'eau. Ici, la mer est profonde et noire, surmontée de crêtes blanches qui fouettent les rochers, agitant le corps devant moi.

Il flotte visage vers le bas. Seuls le dos et quelques cheveux gluants sont visibles, le reste est sous la surface ou caché par les tentacules d'algues. Je vais me pencher pour chercher une faille ou une corniche me permettant d'approcher suffisamment pour saisir le corps, quand une grosse vague se dresse devant moi. Je parviens de justesse à me jeter en arrière avant qu'elle s'en empare et le projette sur le rocher où je me trouvais à l'instant.

« Qu'est-ce que… »

Le corps retombe devant moi, puis glisse sur la surface lisse. Et il roule dans l'eau. Le torse brise la surface, le corps s'immobilise entre les algues, face vers le bas, bras légèrement écartés.

J'halète et respire profondément avant de descendre le rocher sur le ventre, tout en restant à l'affût d'autres vagues. J'avance, me retenant aux coquillages et aux aspérités du rocher, jusqu'à ce que je sois assez près pour attraper le cadavre du bout des doigts. J'arrive bientôt à le tirer vers moi et à le remonter, puis me relève et le traîne, jusqu'au hangar à bateaux.

« Qu'est-ce que… », fais-je en soufflant quand je m'arrête enfin et le couche sur le sol. Mouillé, épuisé, je m'affale à côté du corps froid. Ce n'est pas Rasmus. Ce n'est même pas un homme.

Chapitre 18

« Bjørkang », répond la voix au bout du fil, avec une curiosité mêlée d'autorité exagérée. Il semble ivre. Derrière, quelqu'un joue de l'accordéon.

« Thorkild Aske à l'appareil. Je vous dérange ?

— On est samedi, c'est réunion du club d'accordéon. » Il s'arrête un instant avant de reprendre : « Vous avez dit qui ?

— Le détective privé. » J'entends le *lensmann* parler à voix basse et l'accordéon s'arrête. Je me bouche l'autre oreille pour tenter d'exclure le vent. « Je suis au phare.

— Mais bon Dieu, qu'est-ce que vous faites encore là-bas ? Vous n'avez pas vu la météo ? Il va y avoir une tempête ce soir.

— Oui, mais…

— Vous êtes seul ?

— Non. » Je me lève, me mets à marcher autour du cadavre pour tenter de relancer ma circulation sanguine et empêcher le froid de s'installer.

« Bien, dit-il en respirant péniblement. Alors, voyez à foutre le camp fissa avant que la tempête vous prenne.

— J'ai trouvé un cadavre. Dans la mer.

— Le Danois ? » La personne avec qui il se trouve cesse de marmonner. Ils deviennent tous deux parfaitement silencieux.

« Il y a d'autres gens disparus dans le coin ?

— Non.

— Ce n'est pas Rasmus. C'est une femme.

— Pouvez-vous répéter ? Vous avez trouvé quoi dans la mer ?

— Une femme. Elle a l'air d'avoir passé un bon moment au fond de l'eau. »

Le silence dure un certain temps, puis la voix grave du *lensmann* revient. « Vous êtes sûr ? »

Alors que j'écoute sa respiration traquée, mon regard retombe sur la femme morte.

Son corps est boursouflé, gonflé comme un ballon de plage en habits d'humain. Elle n'a pas de visage, son séjour dans l'eau ne lui a laissé que son cuir chevelu et ses cheveux mi-longs. L'un de ses avant-bras a été arraché au niveau du coude et il ne demeure de sa mâchoire inférieure qu'une béance sombre dont dépassent les anneaux blancs du cartilage de la trachée et le violacé de l'œsophage. Le muscle gris de sa langue pend comme une cravate entre ses seins, sous la grotesque capuche de chair qui entoure le crâne.

Elle a l'air jeune, porte une chemise de nuit fine sous un T-shirt imprimé d'une photo de cheval. Le sang s'est amassé dans ses jambes jusqu'aux genoux, et dans sa nuque, qui est violet foncé. Son bras, son moignon, le haut de sa poitrine sont couverts de lividités cadavériques bronze. Sa peau parcheminée est hérissée.

« Allô, Aske ! Vous êtes là ? » La voix au bout du fil semble creuse. Une autre basse s'y mêle et il y a de la friture sur la ligne, les deux hommes se parlent, plus fort, avec plus d'agitation.

« Oui, je suis là.

— Vous êtes sûr que…

— Vous ne pourriez pas venir, Bjørkang ? poursuis-je, non sans agacement. Cet endroit me fout les jetons et je voudrais partir. Vite.

— D'accord. Je vais tout de suite réquisitionner un bateau et je vous rappelle sous peu. OK ?

— OK. » J'entends des craquements dans l'appareil et il raccroche.

Mon téléphone à la main, je ne quitte pas des yeux la femme sans visage. Les flocons se sont déposés et forment une pellicule blanche qui la transforme en l'un de ces anges qu'on dessine couché dans la neige, en écartant les bras, mais version morbide. Un ange de neige avec seulement une aile et demie.

Je vais au tas de déblais entre le hangar à bateaux et la maison du gardien de phare et commence à transporter des ardoises et de la ferraille, que je dispose en cercle autour du cadavre. Après quoi, j'entre dans le lobby et arrache le plastique devant la porte du restaurant.

J'enroule le cadavre dedans, puis le recouvre d'ardoises et de ferraille. Dès que j'ai fini, je repars vers le phare.

Je gravis les marches du perron au trot, hors d'haleine, avant de refermer la porte derrière moi et de monter tout en haut, où je m'installe de nouveau devant la fenêtre. Peu après, mon téléphone sonne.

C'est Arnt Eriksen, le collègue de Bjørkang. Il semble essoufflé.

« Aske, c'est vous ?

— Oui.

— Bjørkang vient de m'appeler. » J'entends qu'il est en plein air. Des cailloux crissent et une femme parle dans un autre téléphone.

« Où êtes-vous ?

— Je suis en train de redescendre de Sørøytoppen. Avec mon amie, on allait monter à notre chalet quand Bjørkang a téléphoné.

— Vous allez venir me chercher ?

— Oui, dit Arnt. Détendez-vous. Je vais passer prendre Bjørkang chez lui dès que nous serons en bas du coteau. Il a renvoyé les gars du club d'accordéon chez eux et rangé sa bouteille de cognac. Hé hé. » Son rire paraît affecté et forcé.

« Pourquoi m'appelez-vous ?

— Je me demandais juste…

— Vous vous demandiez quoi ?

— Eh bien, Bjørkang a dit que vous aviez trouvé quelque chose dans la mer. Une… femme ?

— C'est exact.

— À quoi ressemble-t-elle ?

— Comment ça ? Vous savez qui c'est ?

— Quoi ? Non ! », se récrie l'agent d'un ton plaintif. La voix de femme à côté de lui est plus basse maintenant, comme si elle aussi était curieuse de savoir pourquoi Arnt m'appelle. « Je voulais juste vérifier qu'il avait bien entendu. Je veux dire, il n'y a pas d'autre disparu que le Danois ici, alors…

— Alors quoi ?

— Non, oubliez ça. Ne bougez pas, on arrive. »

Arnt Eriksen raccroche et je porte de nouveau mon regard sur l'îlot. Loin en bas, je vois le plastique et la masse sombre, la neige passe juste au-dessus. J'ai mal à la joue et sors deux d'Oxynorm de leur blister. Je sens que je n'ai plus envie d'être ici, seul dans la tempête. La femme sous la bâche, Rasmus, le bar, ce phare, l'île entière me donnent soudain une nausée intense et écrasante. « Je n'aurais jamais dû venir ici, dis-je pour moi-même en avalant les gélules. Cette histoire va mal se terminer. »

Chapitre 19

« J'ai cru que c'était elle, Frei », dis-je quand Ulf décroche enfin. J'attends depuis une éternité au sommet du phare et n'ai ni vu ni eu de nouvelles de Bjørkang, Arnt ou du bateau censé venir me chercher.

« Où es-tu ? demande Ulf en allumant une cigarette avant de recracher bruyamment la fumée.

— Sur l'île du Danois. Je viens de remonter une femme de la mer. Quand je l'ai vue dans les algues, j'ai cru une seconde que c'était Frei.

— Pourquoi ?

— Pourquoi ? Comment ça, bordel ? Tu n'as pas entendu ce que je viens de te dire ? Je viens de trouver une femme sans visage dans la mer !

— Si, je t'entends. Mais ce n'est pas la première fois que tu vois un mort, n'est-ce pas ? » J'entends la tension dans sa voix, bien qu'il s'efforce de la dissimuler.

« Non, réponds-je avant de respirer. C'est juste que je n'étais pas préparé.

— Qui est-elle ?

— Je ne sais pas. Une jeune femme, une petite vingtaine d'années peut-être. Aucune idée de qui c'est. Le *lensmann* dit que personne n'a disparu.

— Elle est avec toi, là ?

— Non. Je l'ai enroulée dans du plastique et je l'ai laissée sur les rochers.

— Bien. » Ulf tire violemment sur sa cigarette tout en ronronnant de pure volupté entre les bouffées. « Et si on parlait d'autre chose pendant que tu attends qu'on vienne te chercher. Parce qu'on va venir te chercher, non ?

— Oui, j'ai prévenu le *lensmann*. Ils sont en route.

— Bien. Et si tu me racontais d'abord pourquoi tu as cru que c'était Frei ? Frei repose dans un cimetière à Tananger.

— C'est juste... Je suis stressé, finis-je par articuler en respirant profondément. Je viens de prendre deux Oxy et ils n'ont pas encore commencé à agir.

— Attends, débite-t-il d'un ton insouciant tout en grillant sa cigarette. Ça va venir, tu vas voir.

— Non. » Mon regard est attiré par la chape de nuages anthracite au-dessus de moi. « Rien ne fait effet ici, même le ciel est enfermé derrière un mur d'obscurité et de neige.

— Le ciel ? » Ulf s'arrête. Je l'entends retenir sa fumée avant de la recracher doucement. « Comment ça, le ciel, Thorkild ?

— Rien », réponds-je avec mauvaise humeur. Je sais que j'en ai trop dit. « Je suis allé parler à Liz, comme tu le voulais, dis-je pour tenter de changer de sujet.

— Ah, quelle bonne nouvelle. » Ulf parle d'un ton calme et mécanique. Il me laisse continuer, en attendant un blanc pour réorienter la conversation dans la direction où je ne veux pas aller. « Ça s'est bien passé ?

— J'ai latté la tête d'Arvid.
— Pourquoi ?
— Parce que c'est un salaud.
— Clairement. Ça t'a fait du bien ?
— Absolument.
— Bien, Thorkild. Vous avez eu le temps de parler un peu de papa-maman ?
— Non.
— Bon, une autre fois peut-être.
— Putain ! » Je serre tellement les dents que les élancements de ma joue remontent jusque sous mes yeux. J'appuie sur mes paupières, essayant de convoquer par la force de la pensée les substances qui pourront m'aider à quitter cette chambre de douleur glaciale pour entrer dans une autre. « Elle refuse de venir. » Je sanglote en me cramponnant au téléphone. « Pas par ce temps. Rien ne marche, je t'ai dit. Je n'arrive même pas à chier, ici.
— Écoute-moi, Thorkild. Et si on respirait un peu ensemble ? On s'apaise et on parle deux minutes en attendant que ça agisse. Et puis tu achèteras un truc pour ton ventre quand tu auras quitté l'île. Du Duphalac. OK ? Tu peux faire ça ? Tu veux ?
— Oui, dis-je dans un soupir. Je peux.
— Bien. J'allume une cigarette et on recommence à zéro. OK ? Ça te va ?
— Ça me va. »
Ulf allume une cigarette, aspire une bouffée, j'entends le grésillement du tabac. Il retient la fumée dans ses poumons, remplit son arbre bronchique jusqu'aux racines les plus profondes avant d'expirer du pur plaisir et de soupirer d'aise en chuchotant : « OK, Thorkild, parlons. »

Les flocons qui tombent dehors ondoient sur les courants aériens, parfois ils s'immobilisent, comme s'ils allaient partir en chute libre, puis le vent les reprend et les chasse dans la nuit. De toutes parts, la mer roule sur l'îlot.

« Je t'ai raconté la fois où je l'avais revue ? » Je plaque ma joue contre la vitre froide, où la vibration est plus forte.

« À de nombreuses reprises, Thorkild. À de nombreuses reprises.

— D'un seul coup, elle était là, entre les jets d'eau. » Je sens que j'ai envie de rire, malgré mes spasmes de froid. En même temps, quelque chose se libère en moi. Des fils se détachent les uns des autres. Les nerfs et les muscles se déploient de tout leur long, guidés par de petits flocons de neige blancs qui dansent dans mon ventre et vont chercher l'oxycodone, le remonte dans mes vaisseaux vers le cerveau, où l'attendent les récepteurs de la douleur. Chaque parcelle se branche sur la bonne prise et me réassemble de l'intérieur, fragment par fragment. « C'était elle, mais pas elle, tu comprends ? Elle telle qu'elle est maintenant. C'est comme ça que j'ai su que ce n'était pas un rêve.

— Raconte-moi plutôt pourquoi tu es descendu dans les douches, Thorkild. Parle-moi de ta rencontre avec le petit ami d'Arne Villmyr, Robert. Je sais qu'il est venu te voir en prison et que vous avez parlé, ce jour-là. Que t'a-t-il dit ?

— Je l'ai tout de suite reconnue », poursuis-je sans tenir compte de ses questions. Il neige, pas seulement dehors, mais à l'intérieur aussi. Pas les tourments chaotiques d'une tempête, mais la chute sur moi de filaments de cristaux, moelleux et de la taille du duvet de canard. Une expérience sensorielle parfaite, qui ne peut se produire qu'avec un cerveau entièrement raccordé.

« Il t'a parlé de Frei… et d'un autre ?

— Non ! » Une espèce de déséquilibre commence à gagner mon corps et je sens la colère monter en moi. « Je ne veux pas en parler maintenant, dis-je, agacé.

— Nous n'en avons pas encore parlé, ronronne Ulf d'un ton indifférent en continuant de fumer sa cigarette. Ça pourrait être un bon moment pour regarder cela ensemble pendant que nous attendons ce bateau.

— Non, non ! » Je me suis mis à aboyer.

« OK, Thorkild, je ne voulais pas te forcer. »

Dehors, il va bientôt faire complètement nuit. Les rayons grêles d'une lumière céleste froide traversent la neige et atteignent l'îlot et la mer en certains points, le reste est bleu noir, blanc ou gris, et diffus. « Chut. » Je pose la main sur le haut-parleur de mon téléphone. Mon regard est vissé sur quelque chose tout en bas, au ponton.

« Qu'est-ce qu'il y a ? » J'entends à peine la voix d'Ulf à travers mes doigts. Près du ponton, où la lumière tangue au rythme du ressac, une forme humaine se hisse hors des vagues. Sitôt sortie, cette forme humaine s'arrête, regarde autour d'elle et se repose, les mains sur les genoux.

« Il faut que j'y aille », dis-je à voix basse. La silhouette se redresse de toute sa hauteur et se dirige vers le hangar à bateaux, près duquel se trouve le corps de la femme sans visage, enroulé dans le plastique. « Il y a quelqu'un. »

Chapitre 20

Je rassemble mes affaires et dévale l'escalier. Dehors, la tempête bat son plein. Le vent s'est emparé d'un mât de radio battu par les embruns et le secoue sur son socle en béton. L'inquiétant bruit du métal contre le béton déchire les tympans.

Je ne vois personne, pas de bateau non plus au ponton, où des ombres noires se voûtent et se vrillent au vent, alors que la neige qui fait rage nous maintient dans une contrée de brume grisâtre. Une nouvelle averse blanche roule sur l'îlot au moment où j'attrape la rampe et descends les marches de béton du phare.

Le corps n'est plus là où je l'ai laissé. Seule une empreinte dans la neige fondue presque transparente montre où se trouvaient à l'instant la tête et le buste. Je suis en train d'examiner l'empreinte d'ange à une seule aile quand j'entends soudain un craquement fracassant en provenance du ponton.

Je regarde derrière moi, des cascades de mer frappent l'îlot. Le ponton monte et descend bruyamment au gré des brisants. Soudain, je revois la forme humaine de tout à l'heure, au milieu de l'ouvrage vermoulu. Des vagues de plusieurs mètres de haut fusent en l'air et retombent en pluie sur lui – car c'est un homme. Son corps se fond quasiment dans l'arrière-plan sombre et la neige drue entre nous. Il porte une combinaison et un masque de plongée, et semble traîner le corps de la femme sans visage vers le bord du ponton.

« Eh ! » J'agite les bras en avançant de quelques pas. « Attendez-moi ! »

L'homme s'arrête un instant et regarde dans ma direction. Il m'observe à travers la neige puis change de prise et continue de la tirer.

« Attendez, putain ! » Je me mets à courir doucement vers le ponton. Je le vois se pencher en avant et regarder l'eau comme s'il envisageait de sauter.

De nouveau, un pilier du ponton craque à grand bruit. L'ensemble de la structure tangue fortement, gémit et tire sur ses amarres métalliques. L'homme en tenue de plongée est maintenant tout au bout, le cadavre de la femme sans visage dans les bras. Ils ne bougent pas, se tiennent parfaitement immobiles, fouettés par les embruns.

Un nouveau paquet de mer écumante se précipite sur le ponton branlant. L'eau jaillit et le recouvre, suivie du fracas des piliers. Je regarde encore : ils ne sont plus là.

« Non ! » Je hurle en faisant quelques pas mal assurés avant de m'arrêter. Le ponton est en train de se détacher. Une seconde plus tard résonnent de nouveaux claquements. La structure se hisse soudain de toute sa hauteur hors de l'eau avant de retomber lourdement, à la renverse, et de glisser des rochers vers les masses sombres de l'océan.

Puis je les revois, non loin du ponton arraché. L'eau est moins profonde là-bas, plus claire, et je discerne deux ombres, l'une flotte la tête vers le fond, seul un petit point de son dos vient rompre la surface, l'autre est juste au-dessous, comme à m'observer au travers de cette pellicule floue.

Après quelques secondes d'immobilité, je m'élance vers le bord au moment où l'homme disparaît en emportant le corps.

« Eh ! Vous allez où ? » Je suis au désespoir. « Où est le bateau ? »

Je dérape sur le sol mouillé, perds pied, tombe, me cogne la joue, la tête, et échoue entre deux pierres, à guère plus de cinquante centimètres de l'eau.

J'ai la tête enfoncée dans les algues, la mer qui remonte entre les rochers sous-jacents lessive mon visage. Des frissons courent le long de mon échine tandis que j'essaie de me libérer de cette position avilissante.

« Qu'est-ce qui vient de se passer, putain ? » dis-je dans un murmure quand je parviens enfin à remonter vers des zones plus sûres. À quatre pattes sur les rochers, j'halète comme un chien trempé. Le ponton a disparu dans les ténèbres. Il ne reste derrière moi que quelques bouts de béton détachés, qui s'accrochent à l'armature de fer rouillée dépassant du rocher. Le couple dans l'eau n'est plus là, comme s'il n'avait jamais existé et que je venais de m'éveiller d'un de ces rêves qui paraissent si réels.

Je m'étends de tout mon long, le visage vers le ciel. La neige dérive à grande vitesse, l'obscurité repose comme un couvercle sur l'île. Mon attention est bientôt attirée par un faible bruit provenant de la porte du hangar.

Je rassemble mes forces et essaie mentalement de chasser mes douleurs faciales et crâniennes avant de finalement me lever et de m'y rendre. Je m'accroupis devant la porte et essaie de regarder par une fente dans la partie basse.

Je me relève et trouve le cadenas en tâtonnant. Le loquet est neuf, je pars fouiller dans le tas de déblais, à la recherche d'un bout de métal suffisamment plat pour s'insérer entre le verrou et la porte.

Le bois craque quand j'enfonce le tube que j'ai trouvé et le tire vers moi. Une rondelle de verrouillage sort avec quatre clous épais, puis la porte entière s'ouvre d'un coup sec et manque de me renverser lorsque le vent la saisit. Je bondis dans le hangar sans même chercher à refermer derrière moi.

Je distingue les contours d'un groupe électrogène flambant neuf encore dans ses caisses, seul le pot d'échappement a été déballé et posé au milieu de la pièce, à côté de quelques mâts d'éclairage en métal léger et de la coque d'un jacuzzi d'extérieur. Cinq combinaisons de plongée toutes neuves sont accrochées chacune sur son crochet au mur.

Le bout de plastique transparent dans lequel j'avais enroulé le corps a été soufflé sous la porte et s'est coincé dans le pot d'échappement. Le vent s'en empare et le frotte contre les autres pièces détachées du groupe électrogène et le sol en béton. J'avance et me baisse pour le ramasser.

Je le porte à mon visage : dans les fibres du plastique subsistent des relents écrasants de chair morte, de peau, de muscles et de viscères en décomposition.

L'empreinte du corps est toujours visible, des fils orangés de sang et de fluides corporels dessinent une silhouette.

J'enroule le plastique et le range sous un tuyau du groupe électrogène. J'appelle Bjørkang au téléphone, sans obtenir de réponse.

Arnt et Harvey ne décrochent pas non plus et, aussitôt après, la batterie de mon portable se vide. Je décide d'attendre dans le hangar jusqu'à ce qu'on vienne. Je repère quelques caisses sur lesquelles monter, contre le mur du fond. Je suis transi jusqu'à la moelle et j'ai un mal de tête cuisant, après ma chute sur les rochers. Mon corps me lance, ma joue me brûle, mes jambes semblent ankylosées.

Je tire la bouteille d'eau de mon sac et la pose entre mes jambes, le temps de chercher dans mes poches le sachet contenant les blisters, plaquettes, gélules et autres comprimés sans emballage. Je jette les médicaments dans ma bouche, m'adosse au mur, les bras serrés contre le corps, ferme les yeux et essaie de me concentrer sur le vent qui souffle.

DIMANCHE

Chapitre 21

Quelque part à l'extérieur, j'entends gronder un bateau. Je retire mes doigts de sous les manches de ma veste, descends des caisses et sors du hangar.

Une brume ocre se déploie entre les flocons encore en suspens dans les airs. La rumeur du moteur s'accentue et j'aperçois à travers la neige un vieil homme dans une barque qui se dirige vers le phare.

« Alors vous êtes toujours en vie ? » crie Johannes. Son bateau vire et se positionne parallèlement à l'îlot.

« À peine », réponds-je en grelottant. Je m'arrête devant les vestiges du ponton que la tempête a emporté dans la nuit et attends que Johannes manœuvre pour accoster.

« Qu'est-ce que c'est que ce bordel ? s'exclame Johannes en voyant les bouts de ponton. Où est le reste ?

— Disparu dans la nuit.

— Harvey m'a contacté sur mon talkie-walkie pour me demander de venir vous chercher dès que le temps le permettrait. Plusieurs de ses filières se sont détachées dans la tempête et elles partaient vers le large. Il est toujours là-bas. Il paraît que le vent va forcir en tempête dans la matinée, alors on n'a pas beaucoup de temps.

— Avez-vous vu le *lensmann* ?

— Bjørkang ? Non, pourquoi l'aurais-je vu ? Il n'est que quatre heures et demie du matin, vous savez. Les serviteurs de la social-démocratie ne se lèveront pas avant quelques heures encore.

— Je l'ai eu au téléphone hier soir. » J'embarque aussitôt qu'il se range entre l'armature en fer dépassant du rocher et les lourdes chaînes qui cliquètent nerveusement au bord de l'eau. « Ils étaient censés venir dès qu'ils trouveraient un bateau.

— Eh bien, ils ont peut-être eu plus important à faire. » Le vieux pêcheur commence à reculer son esquif. Au-dessus de nous, l'aube point et le ciel est en train de redevenir gris. « Vous auriez sûrement tenu le coup encore un moment s'il l'avait fallu.

— J'ai trouvé une femme morte dans la mer.

— Ah ? » Johannes crache entre ses incisives. Il pousse la barre de commande et enclenche la marche avant. La barque chemine laborieusement dans la houle, à une vitesse de misère. « Vous êtes sûr que c'était une femme ?

— Oui.

— Où est-elle maintenant ? demande-t-il, presque indifférent, comme si je parlais d'un hamster jamais aimé ou d'un poisson rouge qui avait un souffle au cœur.

— Quelqu'un est sorti de l'eau et l'a emportée.

— Qui ça ?

— Un homme. »

Johannes fait un signe de tête à part lui, sans rien dire, en dirigeant sa barque pour éviter une grande plaque d'algues et de déchets en plastique qui dérive fébrilement au sommet des vagues grossissantes, sous un ciel en rapide évolution.

« Le Draug est un macchabée sans visage, fait-il soudain. Un pêcheur mort qui dérive sur l'océan ou navigue sur une moitié de bateau à la voile déchiquetée. Un présage de mort et de désespoir.

— Lui arrive-t-il parfois de mettre une tenue de plongée et de grimper sur la terre pour ramener les morts dans la mer ? » J'essaie de rire, mais mon rire se coince dans ma gorge. Le vent saisit les derniers flocons échevelés et les chasse sur l'eau.

« Non. Pas ça. » Le visage de Johannes est dur, parcouru d'un réseau veineux violacé juste sous la peau.

« C'est ce que je me disais. »

Il est cinq heures quand le bateau atteint le rivage de Skjellvik. Je saute à terre et aide Johannes à remonter son esquif dans le hangar. Nous marchons ensuite au bord de la route, vers le bout de la baie, où une vieille maison à la peinture écaillée affronte dans toute sa nudité le vent et les intempéries du large.

« Auriez-vous un téléphone mobile à me prêter ? dis-je dans le vestibule, qui sent le miel et l'huile de foie de morue, une fois que Johannes a enlevé ses bottes et enfilé de grosses chaussettes de laine grise. Le mien est déchargé. »

Johannes pointe son index. « Prenez le fixe du salon. C'est moins cher. Et vous pouvez utiliser mon chargeur. »

Mes chaussettes humides collent au revêtement en vinyle. Je mets mon téléphone en charge avant d'aller composer le numéro de Bjørkang sur le fixe.

Son portable est éteint.

« Vous avez le numéro de l'agent ? Arnt quelque chose ?

— Eriksen. Arnt Eriksen. Regardez dans l'annuaire. » Johannes plie une couverture en patchwork trouée sur ses jambes. « Mais si vous attendez un peu, on n'aura qu'à les contacter par talkie-walkie.

— Talkie-walkie, oui… Rasmus en avait un aussi.

— Qui ? » Johannes me lance un regard interrogateur.

« Rasmus. Le Danois du phare.

— Oui, c'est plus facile. Ça ne coûte rien, vous savez. » Il fait claquer ses lèvres. « Entièrement gratuit.

— Vous avez bien raison ! » Je m'assieds sur un canapé bordeaux des années cinquante.

« Vous disiez que vous étiez quoi ?

— Oubliez ça. »

Harvey est le premier à répondre sur le réseau ondes courtes. Il est toujours au parc à moules et déclare qu'il viendra dès qu'il aura rattaché ses filières.

Après lui avoir parlé, j'appelle la police de Tromsø. Personne n'a eu de nouvelles de Bjørkang, que ce soit pour réquisitionner un bateau ou pour aller chercher quelqu'un à un phare dans la nuit. Je parle de la femme dans la mer, mon interlocuteur me demande où elle est maintenant, j'explique qu'un plongeur est sorti de l'eau et l'a emmenée sous les vagues, l'homme soupire et me prie d'appeler le poste du *lensmann* dès qu'il ouvrira. Sur quoi il raccroche.

Johannes me rapporte de la cuisine un mug de café et emporte le sien dans le vestibule, où il se rhabille pour sortir. « Le vent forcit de nouveau, commente-t-il, debout sur le seuil. Il faut que j'aille clouer les portes de certains des hangars à bateaux, mais je ne vais pas tarder. »

Je remonte mes pieds du sol froid, m'adosse au dossier dur et essaie de trouver une espèce de position de repos. « Vous croyez qu'ils sont sortis cette nuit et qu'il a pu leur arriver quelque chose dans le mauvais temps ?

— Non. Allongez-vous et détendez-vous un peu, débite Johannes d'un ton stoïque. Vous m'avez l'air d'avoir besoin de repos. »

Je vois dans ses yeux qu'il n'est pas aussi calme qu'il voudrait le faire croire. Il me fixe, puis porte son regard sur la mer, de l'autre côté de la fenêtre. À la fin, il tourne les talons et sort. Je m'endors aussitôt.

Chapitre 22

À la radio, un météorologue du cru annonce qu'on attend une tempête dans l'après-midi, avec des rafales à cent quarante-cinq kilomètres/heure aux endroits les plus exposés. Les gens sont priés de rester chez eux et d'éviter dans la mesure du possible routes et ponts. Les prévisions à long terme indiquent de nouvelles précipitations se déplaçant vers le nord. Ce fort champ dépressionnaire associé à la pleine lune accroît les risques d'inondation, avec des marées d'un mètre et demi au-dessus de la normale.

« Oui, ce n'est pas rien », commente Johannes quand j'ouvre les yeux et regarde autour de moi. Il a posé son talkie-walkie sur la table, à côté de l'édition du jour du quotidien local et d'un sachet de beignets. « La dernière fois qu'on a eu une grande marée, j'ai dû pomper dans la cave et déterrer tout le système de drainage autour de la maison. Tout simplement un monstre. C'était impossible de poser les filets, en plus. Après, ils sont bourrés de saloperies.

— Quelle heure est-il ? » Je me redresse et pose mon café froid sur la table.

« Onze heures du matin. Vous étiez parti loin, mon garçon. Je n'ai pas voulu vous réveiller. Vous aviez l'air d'avoir besoin de ce sommeil. » Johannes se penche pour prendre un beignet, puis pousse le sachet vers moi.

J'en attrape un, le trempe dans mon café et en croque un morceau. Ma bouche est engourdie. Le café réveille au moins mes papilles, qui me signalent que c'est dégoûtant, tandis que mon ventre me rappelle que pour que quelque chose puisse entrer, il faut qu'autre chose sorte.

« Quelqu'un a appelé ? » J'abandonne le beignet sur la table, à côté du café froid.

« Non, répond Johannes. Mais j'ai eu Harvey il n'y a pas longtemps. Il est en route.

— Et le *lensmann* ? »

Johannes sectionne un beignet en deux en mordant dedans. « Non. » Il engouffre l'autre moitié et porte son café fumant à ses lèvres. « Rien. »

J'allume mon portable et constate qu'Ulf a appelé cinq fois. Il y a aussi un message d'Anniken Moritzen, qui me demande de passer à son bureau à mon retour à Stavanger. Je me ressers un café avant d'appeler le poste du *lensmann*. Un répondeur m'informe des horaires d'ouverture, en dehors desquels toute demande doit être adressée au commissariat de Tromsø.

Au commissariat de Tromsø, personne n'est en mesure de me dire où se trouvent Bjørkang et l'agent, et mon interlocutrice n'a aucune envie de se prêter aux devinettes que je lui propose pour déterminer pourquoi ils ne sont ni l'un ni l'autre au bureau et ne répondent pas au téléphone.

« Pauvres cons. » Je repose mon téléphone sur la table.

« Hmm. » De pure délectation, Johannes remue les orteils dans ses chaussettes en laine, tout en se passant la langue sur les dents, mains serrées autour de sa tasse. « Et puis ils sont nombreux en plus », commente-t-il avec un clin d'œil qui fait ressortir ses sourcils ébouriffés, telles les branches épineuses d'un fourré. Ses cheveux gris coupés court dans la nuque sont ramenés en arrière. On dirait l'un de ces aventuriers des photos en noir et blanc, ceux d'avant-guerre, qui partaient découvrir des choses et d'autres dans les contrées arctiques.

« Nombreux ? fais-je d'un ton bilieux en trempant mes lèvres dans le café. Les flics ou les cons ? »

Johannes va répondre quand quelqu'un cogne à la porte, avant d'entrer d'un pas lourd dans le vestibule. Harvey apparaît sur le seuil, avec un sourire contraint et épuisé.

« Vous voilà. » Il se frotte les mains pour faire circuler le sang.

« Il y a du café dans la cuisine. » Johannes soulève le sachet. « Et des beignets. »

Harvey s'en va vers la cuisine. « Vous avez réussi à revenir à terre, alors », fait-il en nous rejoignant. Il prend un beignet et s'assied à côté de moi sur le canapé. Ses vêtements sont humides, ses cheveux partent dans tous les sens. Il a le teint plus gris que dans mon souvenir, et des lèvres fines, exsangues.

J'acquiesce d'un signe de tête.

« Quelle nuit ! poursuit Harvey en frissonnant. Certaines filières avaient dérivé presque jusqu'aux Steinholmene quand je les ai récupérées. J'ai dû me contenter de les attacher aux filières qui avaient résisté et de les lester avec une vieille meule de pierre que j'ai trouvée à terre. J'irai arranger tout ce bordel quand la tempête sera passée.

— Notre gars du Sud, là, dit qu'il a trouvé une femme dans la mer cette nuit. » Johannes frotte amoureusement ses orteils les uns contre les autres avant de se lever pour éteindre la radio.

« Ah, grogne Harvey. Sûr que ce n'était pas le Danois ?

— Il dit que quelqu'un est venu la chercher après qu'il l'avait remontée sur le rocher, énonce calmement Johannes. Quelqu'un qui sortait de l'eau. »

Harvey nous observe tour à tour avant de secouer la tête et de me regarder par-dessus sa tasse. « Vous étiez allé vous servir au bar, peut-être ?

— Vous avez vu le *lensmann* et l'agent ? poursuis-je, ignorant ses insinuations.

— Bjørkang ? Non. Quoi ? Ils sont dehors en ce moment ?

— Ils étaient censés venir me chercher au phare hier soir, mais ils ne sont jamais venus.

— En plus, il faut leur signaler que tout le ponton a été arraché cette nuit et que maintenant, il dérive dans le fjord, glisse Johannes. Ça pourrait abîmer un bateau en cas de collision.

— Vous les avez appelés ?

— Pas de réponse. Que ce soit leurs numéros personnels ou le bureau.

— Ni l'un ni l'autre ? » Harvey s'avance au bord du canapé, le regard plus éveillé.

« Non. »

Harvey prend son téléphone et cherche un numéro dans son répertoire. « Répondeur, annonce-t-il en raccrochant. Vous avez essayé le poste de Skjervøy ? » Il attrape le sachet de beignets, en prend un autre. « Ils doivent au moins savoir où est le bateau. »

Je secoue la tête.

Harvey appelle le *lensmann* de Skjervøy en arpentant la pièce. Au bout de quelques minutes de conversation, il revient s'asseoir sur le canapé et me lance : « Vous n'avez pas entendu de bateau cette nuit ? »

Je secoue la tête. « Rien d'autre que le grondement d'un chalutier dans la journée. Pourquoi ?

— Le *lensmann* de Skjervøy dit que le bateau n'a pas bougé du port de plaisance de Blekøyhamn ces dernières semaines. Il n'a eu de contacts ni avec Bjørkang et Arnt ni avec Tromsø ce week-end et il n'était pas au courant qu'on devait chercher quelqu'un au phare cette nuit.

— Ça ne me plaît pas tout ça. » Je finis ma tasse en une gorgée. « Il est loin, ce port de plaisance ? »

Harvey se lève. « Je conduis. »

Chapitre 23

La pluie cingle la voiture de Harvey, qui file sur le chemin, entre flaques de bouillasse et tas de neige. Quand ça secoue trop, Harvey doit lever le pied pour maintenir son pick-up dans la trace.

« Cette tempête-ci, ça ne va pas être du gâteau », commente-t-il alors que la voiture s'engage dans une côte escarpée, au bord de laquelle des arbres tanguent violemment. « Vraiment pas. Et il faut que je reparte au parc à moules fixer les lests par un moyen ou par un autre, au cas où les filières se détacheraient encore.

— Vous n'avez pas peur ?

— *Fuck, yeah !* Ô que si, putain ! s'exclame Harvey. Mais qu'est-ce que je peux faire ? Si je perds mes filières, c'est la clef sous la porte l'an prochain.

— Vous pensez qu'Arnt et Bjørkang sont là-bas ? Dans la tempête ? »

Les vagues battent les rochers et des lignes de têtes de poisson séché claquent contre le cadre d'un séchoir en contrebas de la route. J'entrevois Blekholmen et le toit du phare dans la grisaille.

« Je ne sais pas, répond Harvey alors que nous arrivons au sommet de la côte et poursuivons vers le centre de Blekøyvær et le port de plaisance. Mais si jamais ils y sont, le bateau-ambulance est conçu pour résister à tous les temps. »

Je me rends compte que je ne suis toujours pas bien physiquement, après l'épisode de la veille sur les rochers, et chaque minute qui passe voit croître mon trouble face aux événements de ces dernières vingt-quatre heures, mon sentiment aussi que ce n'est que le début.

« À quoi il ressemble, ce bateau ? » Nous prenons enfin une petite route qui descend fortement vers un supermarché et un magasin de bois.

« Il est jaune vif », répond Harvey. La voiture dépasse lentement des gens qui courent des magasins au parking, voûtés au-dessus de flaques d'eau et de mares de boue. « Avec une grue blanche sur le pont. »

Nous avançons jusqu'à un autre parking, devant le port de plaisance. Au début d'un môle de pierre en fer à cheval, un écriteau sur un hangar à bateaux indique *Capitainerie de Blekøyvær.*

« Il n'est pas là, dis-je quand il se gare devant.

— Je vois ça. » Harvey sort son portable. « Je vais rappeler le *lensmann* de Skjervøy… Allô ? Le bateau n'est pas au port. » Harvey tambourine des doigts sur le volant. « Attendez, je vais voir. » Il me fait un bref signe de tête avant de sortir de la voiture, mettant le cap sur le hangar.

Dès qu'il est dehors sous la pluie, je prends mon propre téléphone pour appeler Anniken Moritzen.

« Où êtes-vous ? » me demande-t-elle quand elle décroche enfin. Elle semble venir de se réveiller. À moins qu'elle aussi ne soit allée supplier Ulf de lui donner plus de médicaments. Plus d'antidouleurs, plus de somnifères pour s'engourdir, plonger dans le sommeil, et pouvoir ainsi séparer ses nuits de ses jours.

« Je suis au port de Blekøyvær.

— Je croyais que vous rentriez à Stavanger.

— Je cherche le bateau du *lensmann* et de son agent.

— Pourquoi ?

— J'ai trouvé une femme morte dans la mer. » Je glisse la main dans la poche de ma veste et tire deux gélules d'Oxynorm de leur emballage. « Au phare de Rasmus. » Je déglutis rapidement. « J'ai eu le *lensmann* et un agent au téléphone hier soir et ils devaient venir me chercher, mais ils ne sont jamais arrivés.

— Une femme… commence-t-elle d'un ton hésitant. Vous êtes sûr ?

— Oui. Elle était dans l'eau depuis un certain temps, mais même si ce n'est pas toujours facile à voir, ce n'était pas lui, Anniken. Ce n'est pas Rasmus. » Je sens que je regrette d'avoir téléphoné. Il est bien trop tôt et je n'ai pas pris le temps de réfléchir à la conversation au préalable.

« Il faut que je voie. » La voix d'Anniken a perdu sa langueur, elle parle plus vite à présent, un déchaînement de paroles alors qu'elle se laisse gagner par la panique. « Vous vous trompez peut-être, une mère…

— Je ne me trompe pas.

— Mais comment pouvez-vous savoir, vous venez vous-même de dire que ce n'était pas facile à voir.

— Ne venez pas », l'interromps-je. Une silhouette noire sort du hangar à bateaux et se met à courir sous la pluie vers la voiture. « Pas encore. Il n'y a rien à trouver ici. Je vous rappellerai quand j'en saurai plus.

— Non, attendez, gémit-elle, désespérée. Je ne comprends pas… »

Je raccroche, avant de chuchoter pour moi-même : « Putain de con ! Qu'est-ce que tu fous, Thorkild ? »

Harvey s'assied dans la voiture en claquant la portière. « Personne n'arrive à les joindre. Le bateau-ambulance a passé toute la semaine au port, mais il n'était pas là ce matin quand le premier employé est arrivé. » Il pousse le chauffage à fond et souffle sur ses doigts. « Le *lensmann* de Skjervøy a parlé à la police de Tromsø et aux sauveteurs en mer.

— Et maintenant ? » Je sens mon téléphone vibrer, mais le laisse dans ma poche.

« Ils envoient un bateau. » Les yeux de Harvey suivent le va-et-vient des essuie-glaces sur le pare-brise. « Ils ne vont sûrement pas tarder à le trouver. Le bateau-ambulance est hyper solide et extrêmement bien équipé. Si ça se trouve, ils ont eu des problèmes de moteur ou sont allés sur une des îles plus au large. »

J'essaie de voir le paysage marin pluvieux au-delà des essuie-glaces. « Je viens d'avoir sa mère. La mère de Rasmus.

— Que lui avez-vous dit ?

— J'ai merdé.

— Comment ça ?

— Je lui ai donné de l'espoir. »

Harvey se penche sur son volant en me regardant. « Dites. Je suis obligé de vous demander.

— Allez-y. » J'ai murmuré sans quitter des yeux la pluie qui danse sur le môle, au-dessus des bateaux et de la mer.

« Que s'est-il passé au juste au phare cette nuit ? Avec cette… femme que vous dites avoir trouvée ?

— Elle était dans l'eau. Une jeune femme, une vingtaine d'années peut-être. Sans visage, il lui manquait un avant-bras. En chemise de nuit avec un T-shirt par-dessus. Pieds nus. Comme si elle dormait dans les algues.

— Et ensuite vous dites qu'un homme est sorti de la mer pour l'emporter ?

— Oui.

— Vous avez vu qui c'était ?

— Non.

— Vous étiez soûl ? »

Je me tourne vers lui. Des gouttes de pluie luisent sur son visage, ses cheveux sont mouillés. « Non.

— D'accord. » Harvey éclate de rire en tapotant ses doigts contre le tableau de bord. « Il fallait juste que je vous le demande.

— Il y a quelque temps, j'ai eu une espèce d'accident… » Mon regard cherche de nouveau la pluie dehors. « J'ai eu une lésion cérébrale, certaines structures endommagées ne marchent plus comme il faut. Parfois, je vois des choses qui ne sont peut-être pas là ou je sens des présences même si je suis tout seul. On se met à douter de soi, de ses sens, mais en l'occurrence, ce n'était pas un de ces moments-là. » Cette dernière phrase, je la dis surtout pour moi.

« Eh. » Harvey lève une main un bref instant avant de saisir de nouveau le volant. « Oubliez ça. J'y crois, moi, à ces trucs-là, vous savez. À fond. »

Les bateaux amarrés à l'intérieur du môle se balancent doucement et tirent sur leurs amarres quand ils tombent au creux de la vague.

« Vous pensez que c'était l'un d'eux ?

— Qui ?

— Que c'était soit Bjørkang soit Arnt que vous avez vu sortir de la mer et emporter le corps ?

— C'était peut-être Rasmus.

— Rasmus est mort, répond Harvey.

— Sûr ? Notre seul élément tangible, c'est son bateau qui a dérivé dans la baie. Nous n'avons pas de corps, pas de scène de crime, rien. »

Harvey me dévisage, surpris. « Soit, je vous l'accorde. Mais pourquoi se cacherait-il sur l'îlot comme un revenant ?

— Il avait peut-être quelque chose à voir avec la femme sans visage ?

— Quelque chose qu'il ne veut pas que l'on sache. » Ses fossettes se dessinent soudain sur ses joues. « Aha, je vous vois venir. C'est des vrais trucs de détective que vous nous faites là.

— J'ai besoin d'un endroit où loger. » Je sors un nouvel Oxynorm et le mets dans ma bouche en espérant que ce sera la gélule qui fera la différence, dans mon combat contre le mal de ventre.

« Alors vous restez ?

— Je ne vois pas d'autre solution. »

Nous quittons le parking et reprenons le chemin de la route principale. J'ai la bouche complètement sèche et n'arrive pas à accumuler suffisamment de salive pour avaler la gélule, qui s'est collée à ma langue. Je dois la libérer à l'aide de mes incisives puis la rouler entre mes molaires et mastiquer. C'est acide, intense, et je suce frénétiquement pour saliver et déglutir, puis je recrache la capsule dans ma main et la mets dans ma poche de veste.

« Vous savez s'il y a une auberge dans le coin, ou un endroit où je pourrais louer une maison pour quelques jours ? » Je me lave les dents avec ma langue. « Tromsø, ça fait trop loin pour des trajets quotidiens et je voudrais éviter d'avoir à dormir dans ma voiture jusqu'à ce que j'aie terminé ce que j'ai à faire ici. »

Harvey s'arrête à l'intersection de la route principale et se tourne vers moi. « J'ai peut-être une solution qui pourrait nous être utile à tous les deux. Allons d'abord chercher votre voiture et vous n'aurez qu'à me suivre. »

Chapitre 24

Je gare ma voiture de location à côté du pick-up de Harvey et sors sur le parking devant l'entrée principale de la maison de retraite de Skjellvik. Le vent est plus fort ici, au sommet de la côte qui surplombe la baie, mais la pluie s'est interrompue.

« Vous plaisantez ?

— Non. » Harvey rit en dirigeant son regard sur le bâtiment qui fait face à la résidence médicalisée. « J'ai acheté ça il y a six ou sept ans. Au départ, c'étaient les douches des soldats allemands, pendant la guerre. Comme la municipalité ne s'en servait pas, j'ai acheté et j'ai fait des travaux pour le diviser en trois logements que je loue maintenant à la municipalité, justement. Les services de soins à la personne.

— Vous êtes un vrai entrepreneur. » Je me baisse vers le coffre de ma voiture.

« Les petits ruisseaux font les grandes rivières. Quoi qu'il en soit, l'un des appartements est vide en ce moment et vous pouvez le prendre pour, allez, disons trois cent cinquante couronnes par jour ?

— Eh bien. » Je lance un coup d'œil méfiant vers le bâtiment. « Je suppose que c'est mieux que de dormir dans la voiture.

— Super. » Harvey me tend la main. « Vous payez d'avance, n'est-ce pas ? Au fait, les factures et tout, ça risque d'être compliqué, j'espère que ça vous ira comme ça.

— Sûrement. » Je suis en train de payer quand la femme de Harvey arrive. Coiffée d'un bonnet blanc, elle porte un manteau marron, avec un col en fourrure tachetée de gris, ouvert sur un jean et assorti à des chaussures d'hiver bordées de la même fourrure tachetée.

« Salut. » Elle noue ses mains autour du cou de son mari. « Tu as pu rentrer de la ferme. Dieu merci.

— Oui. J'ai dû passer par la vallée.

— Tu viens d'arriver ?

— Non, je suis allé à Blekøyvær avec Thorkild.

— Ah ?

— Bjørkang et Arnt ont disparu.

— Disparu ? » Lâchant son cou, elle fait un pas en arrière. « Comment ça ?

— Ils sont sortis sur le bateau-ambulance hier soir pour chercher Thorkild au phare et il dit qu'ils ne sont jamais arrivés. »

Merethe serre le col de son manteau contre ses joues. Son menton, sa bouche et son nez se perdent dans la fausse fourrure. « Tu veux que j'appelle Mari ?

— Pas tout de suite, répond Harvey. Nous en saurons sûrement plus dans quelque temps. Attends au moins mon retour.

— Quoi ? » Merethe saisit son bras. « Tu ressors ?

— Je suis obligé, mais juste dans la baie, et je rentrerai dès que les filières seront suffisamment bien attachées. En attendant, tu t'occupes de Thorkild, d'accord ? Il va louer l'ancien appartement d'Andor et Josefine pour quelques jours.

— Je ne sais pas si on peut louer les appartements comme ça, on a tout de même un contrat avec le service des affaires sanitaires et sociales.

— *Relax, honey*, c'est juste pour deux jours. De toute façon, d'après ce qu'on m'a dit, les nouveaux occupants ne se bousculent pas au portillon. »

Merethe secoue la tête, lâche le bras de son mari et avance vers moi. « D'accord, alors suivez-moi, Thorkild, je vais vous montrer… vos quartiers. » Elle s'adresse à Harvey : « Sois prudent.

— *Always*. À plus, Thorkild. » Il nous fait signe avant de monter en voiture et de s'en aller.

« Ça consiste en quoi, votre boulot d'animatrice ? dis-je alors que nous traversons le parking.

— J'organise des activités pour les résidents dans le cadre de la centrale du bénévolat. Des matchs de boccia, des séances de thérapie, des promenades en groupe, par exemple. Un dimanche sur trois, nous faisons venir le prêtre pour une prière dans le grand salon. Je fais aussi des gardes, en cas de besoin. C'est une bonne façon de passer du temps avec ma mère, qui s'est retrouvée seule à la mort de mon père, tout en mettant un peu de beurre dans les épinards.

— Votre mère habite ici aussi ?

— Oui, elle a une chambre au service de psychogériatrie. »

Nous arrivons au logement du fond, Merethe sort une clef et ouvre. « Voilà. » Elle me la tend, nous entrons tous les deux. « L'homme qui habitait ici est mort pendant une excursion en car en Suède avec nous. Infarctus.

— Où est sa femme ?

— Elle est morte le soir même. *Of a broken heart.* Si, si, ça existe, ajoute-t-elle en voyant mon regard. C'est triste, non ?

— Triste, oui.

— Ça me noue toujours la gorge de penser à ce genre de choses. L'enterrement aura lieu mercredi, d'ailleurs. Leur fille vit dans le sud de la Suède et elle n'a pas voulu vider l'appartement avant les funérailles. On a rassemblé toutes leurs affaires dans le cagibi et la chambre à coucher. Je vous suggère de dormir sur le canapé. »

J'enlève mes chaussures et le regrette aussitôt. Le sol est glacial, tout comme l'appartement en général. Aucune chaleur, aucune lumière dans ce salon sombre, avec un vieux canapé, un fauteuil, une commode, une étagère et un meuble télé. Les tapis sont roulés et rangés dans un coin, à côté d'un carton marqué *Livres* et d'un autre marqué *Photos + Divers*.

« Harvey dit que vous êtes une espèce de médium ? » Merethe se dirige vers le disjoncteur. Elle ne mesure guère plus d'un mètre soixante et doit se hisser sur la pointe des pieds pour atteindre les fusibles.

« Je suis ce qu'on appelle "clairvoyante", mais de temps à autre, je fais aussi de la thérapie holistique et de la thérapie par les cristaux, dans l'établissement.

— Et vous allez bientôt passer à la télé ? *Le Miroir des esprits* ?

— Le pouvoir, fait-elle en riant. *Le Pouvoir des esprits.* » Elle va à la fenêtre, ouvre les rideaux, allume le chauffage électrique. Bientôt, tout le salon sent la poussière brûlée. « On va commencer à filmer après Noël. C'est grisant, non ? »

J'acquiesce et m'assieds sur le canapé à côté d'elle. Merethe porte de grosses bagues de verroterie à la plupart des doigts.

« Nous autres, les humains, nous pouvons communiquer par des énergies guérissantes. » Elle frotte la pulpe de ses doigts contre son jean serré. « Des énergies que nous portons tous en nous, au-delà des frontières du monde physique, spirituel et psychologique.

— Vous leur parlez ?

— Oui. Tout le temps.

— À quoi… ressemblent-elles ?

— Que voulez-vous dire ? » Elle promène ses ongles sur sa cuisse en faisant un bruit légèrement râpeux.

« Est-ce que vous…

— Est-ce que je vois des gens morts, d'affreux cadavres et ces choses-là ? »

Je hoche lentement la tête.

« Non, Dieu merci ! s'exclame-t-elle en riant, avant de poser doucement la main sur ma cuisse. Qui pourrait vivre avec ça ?

— Oui, hein ?

— Toute vie est entourée d'un champ énergétique que certains d'entre nous peuvent voir, et avec lesquels ils peuvent parfois communiquer. » Elle m'adresse un petit clin d'œil, me tapote la cuisse. « Nos corps sont électriques, Aske. Vous ne saviez pas ?

— Non. »

Merethe pose ses mains, paumes ouvertes. Ses pierres tintent contre le plateau de table quand elle remue ses doigts. « Vous voulez me parler d'elle ?

— Qu… qui ? » Je coasse plus que je ne parle, alors que je me sens tiré de l'abîme de pensées dans lequel je m'étais laissé sombrer.

« Détendez-vous. » Merethe se rapproche et prend mes mains dans les siennes. Elles sont chaudes, lisses, même le métal de ses bagues est tiède contre ma peau. « Je l'ai sentie dès notre première rencontre. Vous avez une cape de chaleur accrochée à vous, qui se déploie autour de vous. Je la sens en ce moment même. » Elle ferme les yeux et effleure le revers de mes mains de ses pouces. « Vous étiez ensemble ?

— Non. » Je retire mes mains dans un geste réflexe. « Je ne la connaissais presque pas. »

Merethe rouvre les yeux. « Mais vous êtes attaché à elle ? »

Je ne réponds pas, me renfonce dans le canapé et glisse ma main dans la poche de veste où je garde une plaquette d'Oxynorm.

« Je crois qu'elle est en colère contre moi, dis-je finalement.

— En colère ? » Merethe me considère avec surprise. « Pourquoi serait-elle en colère ?

— Elle ne veut plus venir. » Je sens ma voix chevroter et j'ai du mal à respirer. « J'ai beau essayer, elle refuse de venir.

— Vous savez donc qu'elle est là ?

— Évidemment. Puisqu'elle est revenue.

— Revenue ? » Merethe penche la tête sur le côté. « Comment ça ?

— Je conduisais, elle est morte, mais ensuite elle est revenue, dis-je comme si c'était la chose la plus naturelle du monde. Mais maintenant, elle ne veut plus venir. Je ne sais pas ce que j'ai pu faire, si c'est cet endroit ou si c'est mes médicaments. Je me suis déjà débarrassé de certains de ceux qui ne marchaient pas. »

Merethe tend de nouveau ses paumes ouvertes vers moi et me fait signe de l'imiter. Je relâche la plaquette de gélules dans ma poche et obtempère.

« Je voudrais lui parler… Je ne sais pas combien de temps je vais tenir comme ça.

— Thorkild. En tant que clairvoyante, je reçois des informations sous forme d'émotions, d'images, d'odeurs et de symboles que je peux essayer d'interpréter et de transmettre à la personne avec qui je fais une séance. Ce dont vous parlez, c'est ce que fait un médium “à transe”, c'est complètement différent. Il s'agit alors de prêter une partie de soi au monde des esprits. C'est douloureux, très éprouvant, alors j'hésite à faire ce genre de choses.

— S'il vous plaît. » Je lui attrape les mains. « Il faut que je sache. Je ne peux pas continuer comme ça. »

Merethe m'observe un long moment, avant de lâcher prise. « OK, ajoute-t-elle en me tapotant la cuisse. Je vais y réfléchir, Thorkild. » Elle se lève. « Donnez-moi juste un peu de temps. »

Je passe plusieurs minutes sans bouger après son départ. Finalement, je vais au lavabo, je remplis un verre d'eau et l'avale avec deux Oxynorm, et regagne le canapé. J'essaie de penser à Frei mais n'y parviens pas.

Chapitre 25

Il est treize heures cinquante-cinq quand on frappe à la porte. Je me lève du canapé où je somnole depuis le départ de Merethe.

« Siv. » La femme sur le seuil me tend une main au hâle peu naturel quand j'ouvre la porte et que nos regards se croisent. « Je suis infirmière cheffe de service à la maison de retraite. » Elle porte une tenue de travail parme et des chaussures d'hôpital, a des cheveux blonds qui descendent jusqu'aux épaules.

« Enchanté », réponds-je en lui serrant la main.

C'est une petite femme menue, aux mains rugueuses et aux ongles rongés. Elle doit avoir une petite quarantaine d'années, mais a la peau fine et fripée de quelqu'un qui fume comme une cheminée et s'est fait installer un lit de bronzage à domicile.

« Je venais pour vous montrer la cantine.

— OK. » J'attrape ma veste sur le cintre dans le couloir, enfile mes chaussures et verrouille la porte.

« La résidence médicalisée de Skjellviktunet compte trois unités. » Tandis que nous rejoignons l'autre bâtiment d'un pas vif, l'infirmière en chef Siv discourt d'un ton mécanique, comme si j'étais quelqu'un dont le père sénile attendait dehors, à l'arrière de la voiture. Ou un nouveau patient, je ne suis pas sûr.

Le bâtiment principal est une construction tout en longueur, flanquée de trois ailes, une vers la route et deux autres, obliques, à l'arrière. « Les services offerts ici vont de l'ambulatoire aux soins permanents », explique Siv. Nous arrivons devant la porte automatique coulissante. « Au total, nous disposons de trente-neuf chambres individuelles, plusieurs places de rééducation fonctionnelle en séjour court ou long ainsi que de places renouvelables. Les deux ailes arrière font office de maison de repos, l'une pour les patients atteints de démence sénile, et l'autre en soins somatiques, essentiellement palliatifs. »

La cantine est une salle rectangulaire comprenant douze tables contre les murs et quatre au milieu. Elle donne sur les deux ailes arrière, leurs fenêtres, leurs sorties de secours et leurs escaliers en métal.

Quatre tables sont occupées par onze résidents. Deux couples chacun à leur table près de la porte, et dans un coin près de la fenêtre quatre hommes aux cheveux gris ou blancs ramenés en arrière. Et puis Johannes, que je remarque soudain à une table près du mur, en compagnie de deux femmes âgées.

« Je vous présente Thorkild Aske, clame Siv assez fort, avec une précision toute militaire, en observant l'assistance hétéroclite. Il va loger quelques jours dans l'appartement d'Andor et Josefine.

— Mais où vont dormir Andor et Josefine ? » s'inquiète une voix grinçante à la table de Johannes. C'est une dame frêle, affaissée sur son fauteuil roulant. Quand elle parle, son dentier danse dans sa bouche.

« Ils sont morts », lui répond l'autre femme, bien en chair et vêtue d'une robe d'été fleurie à manches courtes. Ses boucles argent sont désordonnées, sa chevelure en bataille d'un côté est aplatie de l'autre, comme si elle venait de sortir du lit.

« C'est le fils d'Agnes ? demande la voix aiguë sur le fauteuil roulant.

— Mais non, bécasse, répond l'autre. Tu sais bien que le petit d'Agnes est mongolien.

— Il n'est pas mongolien, il est autiste, rectifie la femme en fauteuil de sa voix mal assurée, avec un signe de tête indulgent dans ma direction. Le pauvre. Tu t'es perdu ?

— Thorkild Aske », dis-je aussi fort que ma voix le permet. Je m'approche de la table et fais une courbette théâtrale aux deux femmes.

« Voici Bernadette, dit Siv. Et cette belle dame en fauteuil roulant, c'est Oline. »

Je leur serre la main à chacune et salue Johannes d'un signe de tête.

« Que faites-vous donc ici ? » Je m'assieds. Siv s'en va vers une autre table.

« Plusieurs fois par semaine, je rends visite à ma sœur, en psychogériatrie, et je dîne souvent ici, répond Johannes. Tout à l'heure, en plus, il va y avoir l'hommage à Andor et Josefine dans le grand salon.

— Oh, mais ce que tu as maigri. » Oline se penche vers moi et passe une main froide sur mon bras. « Agnes ne te nourrit pas assez ? » Elle continue de me caresser la main tout en remuant son dentier dans sa bouche et en m'observant d'un regard mélancolique. « Mon petit. » Elle sourit en me tapotant la paume, avant de fouiller dans son sac à main sur ses genoux.

« Tiens, chuchote-t-elle en me glissant une pièce. Tu iras t'acheter une glace tout à l'heure.

— Merci. » Je vais lui expliquer que je n'ai pas besoin de ses dix couronnes, que je suis assez grand pour m'acheter une glace tout seul, mais Johannes intervient.

« Les repas ne sont plus ce qu'ils étaient, déclare-t-il alors qu'un jeune homme asiatique sort de la cuisine avec un chariot et entreprend de servir les personnes présentes.

— Ah ? » Je feins de m'intéresser, la main serrée autour de la pièce que m'a donnée Oline. Je sens que l'odeur de nourriture déclenche une contraction douloureuse de mon estomac.

« Le cuisinier. » Bernadette se penche au-dessus de la table, vers Oline et moi. « Ces gens-là, vous savez. » Elle secoue la tête alors que l'Asiatique vient dans notre direction.

« Voici Babu. Il vient de Birmanie, annonce Oline quand l'homme s'approche pour nous servir. Non, non, poursuit-elle d'un ton animé en me montrant à Babu, qui allait poser une assiette devant elle. Donnez-la au petit. Je n'en veux pas, de ces machins-là.

— Désolé… » J'arrête Babu dans son geste, en me caressant légèrement le ventre. « J'ai mal au ventre.

— Ils ne s'y connaissent pas du tout en poisson, continue gaillardement Bernadette. C'est ça, le problème. Ils viennent d'une tout autre culture, vous comprenez.

— Hmm. » Je fais un signe de tête gêné à Babu, qui continue son service à notre table en ignorant la conversation.

Oline soulève le couvercle du plat que Babu a enfin eu le droit de poser devant elle. Elle fait une grimace, le referme et s'adresse à lui avec un sourire chaleureux : « Quand est-ce que Sofia va revenir en cuisine ? s'enquiert-elle d'une voix chevrotante.

— Son congé se termine mi-janvier, répond Babu en dialecte du Nord-Norge, avec un accent étranger.

— Dites-lui qu'elle nous manque.

— Chut, le voilà ! coupe Bernadette, avec une tape sur la main d'Oline quand un petit homme trapu aux cheveux noirs et raides apparaît à la porte de la cuisine. C'est ce sale Lapon de Lakselv.

— Qu'est-ce que vous avez trouvé, avec Harvey ? » Johannes se penche au-dessus de la table tandis que Babu repart en cuisine. « Vous avez vu Bjørkang et son agent, au port de plaisance ? »

Je secoue la tête. « Ils sont allés prendre le bateau hier soir. Depuis, personne n'a eu de nouvelles. Tromsø envoie un navire à leur recherche. Et peut-être aussi un hélicoptère, dans le courant de la journée. »

Johannes me regarde en engouffrant une pomme de terre entière. Il la mastique rapidement et la fait descendre avec une gorgée d'eau. « Pas bon, marmonne-t-il avant d'en prendre une autre. Pas bon du tout. »

L'instant suivant, Babu vient m'apporter un paquet de pruneaux, qu'il me tend avec un grand sourire. « Pour le ventre. » Il s'incline légèrement puis repart dans la cuisine sans que j'aie pu le remercier.

« Ça marche, commente Oline en mangeant son dessert avec une mine imperturbable. Les pruneaux, ça fait aller, vous allez voir.

— Bon, alors je vais retourner à l'appartement pour essayer. »

Chapitre 26

Les pruneaux n'ont pas aidé. Je suis assis sur le canapé à écouter le murmure de la radio quand mon téléphone sonne. Un homme se présente comme étant du commissariat de Tromsø et me prie de venir le lendemain matin à onze heures. Je lui demande s'ils ont des nouvelles du *lensmann* ou s'il y a eu des contacts avec le bateau, mais il ne fait que répéter que j'ai rendez-vous le lendemain à onze heures et qu'il est important que j'arrive à l'heure.

Sur quoi, il raccroche.

Je décide de prendre un bain pour voir si l'eau chaude aide. J'ouvre le robinet et me déshabille. Assis sur l'abattant des toilettes, je contemple l'eau qui se déverse, la vapeur qui monte. Soudain, je perçois fugitivement l'odeur des douches de la prison de Stavanger et revis mes minutes au bout de la corde à sauter ; je repense au silence, je ressens à nouveau les souffrances. Puis je songe à Frei, aux barrières qu'elle a dû franchir pour revenir.

L'eau clapote. Mon téléphone se met à sonner dans le salon et je me redresse vivement en regardant la baignoire avec envie. Je traverse en vitesse la pièce froide pour répondre.

« C'est moi, annonce Liz à bout de souffle. Je suis là. »

Je tire les rideaux et vois sur le parking les phares d'une voiture au moteur allumé.

« Qu'est-ce que tu fais là ?

— J'ai vu ta voiture. » Liz tousse violemment dans le combiné. « Arvid est parti en week-end entre copains à la montagne. Je me suis dit que j'allais te rendre visite.

— Comment as-tu su où j'étais ?

— J'ai roulé un peu et…

— Tu aurais pu juste m'appeler.

— Oui, mais je voulais que ce soit une surprise. J'ai fait des cupcakes. Je ne sais pas comment ils sont, mais je me disais que…

— … L'appartement du fond, devant toi. Je suis dans mon bain. »

J'ouvre la porte d'entrée, regagne la salle de bains et ferme le robinet. La baignoire est remplie aux trois quarts. Je me glisse doucement dans l'eau et m'enfonce en ne laissant dépasser que mes genoux et ma tête.

« Coucou ? » Dans le couloir, il y a un bruissement de sacs de courses, la porte de l'appartement se referme. « Thorkild, tu es là ? » J'entends Liz enlever sa veste et ses chaussures d'un seul et même geste, énergique et mal coordonné.

Le pendule émotionnel de ma sœur balance vivement entre deux extrêmes : d'une part, l'orgie chaotique d'autoflagellation et de glucides, de l'autre, la foi aveugle en une bonté et une justice cosmiques sans équivalent, à part peut-être dans les contes de fées ou les films de Disney. Elle est aussi dotée d'une capacité unique à se relever de ses déceptions, toujours alourdie de quelques kilos supplémentaires, mais elle se relève, masque ses bleus, habille les agressions psychologiques et se laisse à nouveau envahir par le bien. Tout en s'emplissant de fantasmes désespérés de perfection – le mari parfait, l'ami parfait, le frère parfait.

« Oups, te voilà », dit-elle avant franchir tant bien que mal la porte de la salle de bains. Elle a les cheveux en bataille d'un côté, les joues rouges. Elle pose ses deux sacs de provisions par terre. « Tu es dans la baignoire ?

— Je lave mes péchés, réponds-je en passant mes doigts rugueux sur mon visage et mes cheveux.

— D'accord. » Elle retrousse les manches de sa chemise en approchant. « Je vais t'aider, alors. » Elle prend la bouteille de shampoing que j'ai posée sur le rebord de la baignoire. « Ça faisait longtemps. » Elle remplit sa main de shampoing et repose le flacon par terre. « Il te fallait toujours un gant de toilette sur les yeux quand tu étais petit, rappelle-t-elle en me shampouinant.

— N'était-ce pas le cas de tout le monde ?

— Non ! » Elle pouffe. « Pas moi. On n'avait même pas le droit de te rincer les oreilles avec la douche parce que tu avais peur que l'eau te rentre dans la tête. » Liz s'arrête et rit en reposant ses mains sur mon crâne.

« Monsieur le juge, dis-je dans un murmure, un petit sourire aux lèvres. Le témoin ment.

— Tu croyais risquer de devenir… Oh oh… » Elle part d'un fou rire. « … hydrocéphale ! Oh, seigneur ! fait-elle d'un ton chantant en se remettant à shampouiner. Dieu sait où tu étais allé chercher tout ça.

— Mensonges et encore mensonges.

— Ne dis pas ça, Thorkild. » Liz claque doucement sa main sur mon oreille avant de reprendre son shampoing. « Tu sais que c'est vrai.

— Soit. Allez, sors d'ici. » Je désigne la porte. « Laisse donc ce vieil homme finir son bain. »

Toute gloussante, Liz quitte la pièce d'un pas guilleret, avec ses sacs. Je ferme les yeux et sombre dans l'eau chaude. Dès que je suis entièrement recouvert, je les ouvre et regarde en l'air. La surface est trouble et l'eau savonneuse me pique les yeux. Je reste ainsi jusqu'à ne plus pouvoir retenir mon souffle. Puis je sors de la baignoire et m'habille.

Quand j'arrive dans le salon, Liz a mis le couvert, assiettes en carton, tasses, serviettes, grandes boîtes pleines de brownies et de cupcakes, Thermos de café toutes chaudes.

« Viens t'asseoir. J'espère que tu vas aimer, tout est fait maison, je me demande si le fond des brownies n'est pas trop dur, mais…

— Je n'ai pas faim.

— Oh. » Liz me considère d'un air triste.

Je m'assieds à côté d'elle sur le canapé et me sers une tasse de café. « J'ai trouvé une femme morte dans la mer hier soir, dis-je en m'appuyant contre le dossier, ma tasse à la main. Elle n'avait même pas de visage.

— Quoi ? » Liz lâche son gâteau entamé, le cupcake à la crème au beurre rose avec des billes de sucre argentées retombe dans son assiette, sur le côté.

« J'ai appelé le *lensmann*. Il était censé venir me chercher avec son agent, mais ils ne sont jamais venus. »

Liz me regarde sans rien dire.

« Et maintenant ils ont disparu. J'ai rendez-vous à la police de Tromsø demain.

— La police ?! » Elle hésite avant de continuer. « Savent-ils… qui tu es et ce qui est arrivé à Stavanger ? »

Je hausse les épaules en buvant une gorgée de café. « Sûrement. Quoi qu'il en soit, ce n'est plus comme avant. Je n'ai pas le choix. »

Liz saisit la moitié restante de son cupcake et l'engloutit. « La dernière fois, ils t'ont enlevé ton boulot… » Elle mastique furieusement. « Ils t'ont envoyé en prison. » Elle déglutit et mastique, mastique et déglutit, tout en essayant d'achever son raisonnement. « Toi qui… qui…

— Ils ne pouvaient pas faire autrement. Ce qui est arrivé à Stavanger, c'était ma faute.

— Comment peux-tu dire une chose pareille ? » Liz pose deux brownies sur son assiette et en prend un troisième dans sa main. « Cette fille et son petit ami ont tout ruiné pour toi. Tout.

— Liz, non. Tu ne sais pas ce qui s'est passé. Ce que j'ai fait.

— Parce que tu refuses de raconter, Thorkild. » Elle parle plus bas maintenant. « Même ce qui s'est produit quand tu étais en détention, ce que tu as fait. Contre toi-même.

— Il n'y a rien à en dire.

— Mais on peut, si tu veux. Arvid ne revient que demain. Je peux rester ici chez toi. On peut peut-être juste rester ici, toi et moi, à parler.

— De quoi donc ? » Je lui présente mon affreux sourire tombant. « On commence par moi et ma lésion cérébrale ou on s'occupe d'abord de tes bleus sur le corps ? »

Debout à la fenêtre, je regarde Liz qui retraverse le parking avec ses sacs en pleurant. Encore une fois, c'est moi qui suis allé trop loin, qui ai jugé bon de me ranger du côté de tous ses oppresseurs au lieu d'être le frère de ses rêves.

Dehors, il fait sombre, des branches sans feuilles pendent comme des trompes au-dessus des toits de voitures. Plus loin, surplombant la baie et le phare, je vois un clignotement, un faible scintillement dans l'anthracite du ciel. Aussitôt après, la lumière perce totalement et se déploie sur tout l'îlot. Un lourd martèlement croît dans les nuages.

Les chocs sourds, répétitifs, suivent la lumière qui danse sur les rochers et à la surface de la mer. Un collègue m'a raconté un jour que le bruit des pales d'un hélicoptère naissait de la pression aérodynamique qui survient quand la rotation approche de la vitesse du son.

Le vent et l'obscurité font chalouper légèrement la lumière du projecteur de l'hélicoptère Sea King qui se dirige progressivement vers le nord, à la recherche du bateau du *lensmann* et de l'agent.

« J'ai pris ma décision, dis-je en chuchotant sans perdre de vue l'oiseau de métal ni cesser d'écouter ses battements d'ailes frénétiques. Si tu ne viens pas à moi, c'est moi qui irai à toi. » La lumière de l'hélicoptère est sur le point de sortir de mon champ de vision et le bruit s'éteint. « Il faut juste que je me prépare. »

Chapitre 27

Avant-dernier jour avec Frei,
Stavanger, 25 octobre 2011

Frei m'a appelé le lendemain du cours de danse à Sølvberget. J'étais en réunion avec le commissaire de police adjoint et l'inspecteur, nous passions en revue la liste des documents de l'affaire de la plainte contre l'agent de police.

« Qu'est-ce que vous faites ?

— Je suis en réunion.

— À quelle heure finissez-vous ?

— Eh bien… » J'ai regardé ma montre avant de me détourner de la table de conférence. « De quoi s'agit-il ?

— Vous venez aujourd'hui aussi ? »

Je voyais que l'inspecteur de police me suivait d'un regard intense, tout en feuilletant vaguement un tableau de service. Le commissaire adjoint pianotait d'un air indifférent sur son téléphone, comme il l'avait fait pendant toute la réunion.

« Euh. Bien sûr.

— OK. Vous passez me prendre quand vous aurez fini ?

— Où ?

— Chez oncle Arne.

— D'accord. »

J'ai raccroché en adressant un sourire sans conviction à l'inspecteur, qui m'a fait un bref signe de tête avant de rassembler ses affaires et de suivre au petit trot son commissaire adjoint, lequel avait déjà quitté la pièce sans un mot.

À mon arrivée dans le quartier du Paradis à Storhaug, Frei était assise sur le perron, elle lisait le flyer de vente à emporter d'un restaurant thaï. Elle a remis le prospectus dans la boîte aux lettres et nous sommes partis en ville.

« Qu'avez-vous fait aujourd'hui ? s'est-elle enquise au moment où nous quittions Frue Terrasse pour nous engager dans Hjelmelandsgata.

— Réunion, paperasse, préparation d'une interview que je vais mener demain. »

Nous marchions à un bras de distance. Le ciel était sans nuages, il faisait chaud, il n'y avait quasiment pas de vent. On entendait le bavardage bruyant d'oiseaux qui volaient entre les arbres nus d'un bosquet, au bout de Hjelmelandsgata, près de Admiral Cruys Gate.

« Une interview ? »

Frei portait un haut blanc ample aux manches remontées, un jean taille basse gris, serré, elle avait un sac à main et aux pieds des baskets blanches. Moi, j'étais encore en tenue de travail, laquelle consistait généralement en une chemise simple de couleur neutre aux manches retroussées, sans cravate, et un pantalon de costume sombre. Je m'habillais souvent comme ça, même au plus froid de l'hiver, parce que je me sentais trop vieux pour le jean depuis que j'avais vingt-cinq ans. Je préférais aussi acheter le même vêtement en plusieurs exemplaires, juste avec une certaine nuance dans les teintes. Une sorte d'homme des pubs Dressmann, mais sans le sourire et les traits de caractère nécessaires.

« On ne dit plus interrogatoire ?

— Si, si. Appelons ça un anglicisme bien commode. Enfin. Certains d'entre nous aiment parler de conversations ou d'interviews, surtout quand il y a des policiers dans l'histoire. Ça introduit une certaine distance entre ce que beaucoup de ces fonctionnaires font eux-mêmes dans l'exercice de leur métier et ce qui les attend chez nous, à l'Inspection générale de la police, ai-je répondu en souriant.

— Et ça marche ?

— Si vous saviez. »

Frei m'a dévisagé. Son regard était ouvert, curieux, mais teinté aussi d'autre chose en marge, une certaine électricité : « Alors, qui allez-vous *interviewer* demain ?

— Un agent de police d'ici.

— De quoi s'agit-il ?

— Faute grave dans l'exercice de ses fonctions.

— Ce qui signifie ?

— Vous n'êtes pas étudiante en droit ? »

Frei s'est arrêtée. « Vous planifiez les questions que vous allez poser ?

— Absolument. Il est primordial de préparer la séance, de trouver un scénario, d'identifier les bonnes questions d'un point de vue stratégique et de respecter ensuite l'ordre dans lequel elles doivent être posées.

— Comment pouvez-vous savoir à l'avance ce que vous allez demander ?

— Le suspect a donné ses explications. Ce sont les preuves, les témoignages et les affirmations du plaignant, ainsi que sa propre déposition, qui jettent les bases de mon interrogatoire. J'ai donc déjà une bonne vue d'ensemble de l'affaire et de ses protagonistes. Le principal est en fait de trouver le bon moment pour la conversation.

— Comment ça ?

— Eh bien, en principe, dans toute enquête, on entend d'abord le plaignant, ou les témoins de l'incident, puis le mis en examen lui-même donne ses explications, n'est-ce pas ? »

Frei a hoché la tête et j'ai continué. « On recueille les informations nécessaires sur ce qui s'est passé pour établir un déroulé des événements crédible. Il ne devient stratégique d'interroger le mis en examen qu'une fois qu'on a ce scénario, à savoir quand nous en savons assez pour que les indications qui apparaissent dans la conversation puissent être vérifiées et éventuellement réfutées.

— Qui a porté plainte contre lui ?

— J'ai dit qu'on avait porté plainte contre lui ? » J'ai souri en secouant la tête.

« Donc vous avez déjà parlé à la personne qui... » Elle a hésité, esquissé un petit sourire. « ... aurait éventuellement porté plainte contre l'agent ?

— Bien entendu. Il est important de déterminer aussi tôt que possible s'il s'agit d'une enquête administrative, et donc d'une affaire disciplinaire interne au commissariat, ou d'une enquête judiciaire. La plupart des dossiers que nous recevons nous sont envoyés par erreur alors que ce sont des affaires administratives ou des affaires disciplinaires sans infraction à la loi. En général, on fait le tri assez rapidement sans avoir besoin d'une interview.

— Mais là, donc, ce n'est pas le cas ?

— Non. La personne que je vais entendre demain a aussi été impliquée dans une autre affaire que nous avions eue précédemment, mais qui avait été classée, il est donc possible que les chefs d'inculpation changent. On verra. »

Nous avons continué vers le centre, par une petite rue flanquée d'arbres pleins d'oiseaux.

« Changent en quoi ?

— Vous savez que je ne peux pas répondre. » J'ai souri à part moi. Elle était bienfaisante, cette promenade sur la presqu'île aux maisons de bois et de pierre, au son des gazouillis, du bruissement des feuilles mortes. Je me sentais un autre, pas Thorkild Aske, avec tous ses défauts, ses repères, ses endroits où il devait être, ses gens à rencontrer et à caractériser suivant des critères choisis, mais juste cet individu sans nom qui enregistrait le bruit des chaussures sur l'asphalte, l'odeur d'automne, la femme à ses côtés.

« Il est dans le pétrin ? »

Frei s'est arrêtée de nouveau et m'a regardé, plus longuement que la dernière fois.

« Comment ça ? » Nous étions à l'ombre d'un arbre gigantesque au tronc vert algue.

« Rien. » Frei a cligné des yeux rapidement avant de saisir mon bras et de m'entraîner.

J'ai pilé et l'ai retenue. « Qu'est-ce qu'il y a ? Vous le connaissez, cet agent ? »

Frei refusait de me regarder. « Non, il n'y a rien », a-t-elle répondu furtivement. Cette fois, son regard a croisé le mien, un très court moment. Elle s'est penchée vers moi, les mains entre nous et le visage baissé, si bien que ses cheveux ont frôlé mon menton. « Détendez-vous. Je suis curieuse, c'est tout. »

Ma tête a glissé lentement en avant. J'ai senti que je respirais par le nez, sans bruit, mécaniquement, comme si j'essayais de rester d'un calme parfait, de ne pas remuer un muscle de peur que le moindre effleurement brise le mirage.

Tout à coup, Frei a levé les yeux vers moi et, avant d'avoir eu le temps de réfléchir, je me suis penché. Mes lèvres ont à peine frôlé sa lèvre supérieure et le bout de son nez avant qu'elle se retire. Elle a reculé contre le mur de pierre qui bordait un côté de la rue. « Qu'est-ce que vous faites ? » Les yeux écarquillés, elle a serré ses mains sur son buste, comme pour le protéger de moi.

« Je… je suis navré. » J'ai fait un pas en arrière, pour laisser encore plus de place au vide qui avait soudain grandi entre nous. « Bon sang, j'ai cru, je…

— Non, a dit Frei dans un souffle en secouant la tête avec découragement. Nous deux, on n'est pas… Vous et moi, on ne pourrait jamais… »

Elle n'a pas terminé sa phrase, elle est simplement partie en courant dans la rue sans se retourner.

Je l'ai regardée jusqu'à ce qu'elle disparaisse. « Tu mens, ai-je chuchoté entre mes dents serrées. Tout le temps. » À la fin, j'ai fait demi-tour et je suis reparti là d'où nous étions venus, avant de prendre Storhaugveien en direction de la gare routière. Je marchais d'un pas vif vers mon hôtel, le visage en feu, assailli de toutes parts par les flammes de la colère et de la douleur.

Je savais que j'étais allé trop loin. Je n'avais pas respecté la règle du jeu et j'étais en train de perdre le contrôle de la situation.

LUNDI

Chapitre 28

Je n'arrive à Tromsø qu'à treize heures. Le ferry d'Olderdalen à Lyngseidet ayant été annulé, j'ai dû faire tout le tour par la route. J'ai mal partout d'avoir passé si longtemps au volant, à conduire dans la bouillasse, sur des routes de merde bourrées d'ornières.

La mer monte tout au bord du quai et, en prenant Grønnegata vers le centre, je constate que la rue est inondée. Il y a des gens de la Direction des routes de part et d'autre de la chaussée et des pelleteuses chargent des congères de neige mouillée dans des camions.

Une neige froide mêlée de pluie me frappe le visage et les cheveux quand j'ouvre la portière. Au commissariat, je vais à l'accueil prévenir que je suis arrivé. Une femme compacte d'environ vingt-cinq ans me prie de patienter et je m'installe sur un mauvais banc, entre deux jardinières de plantes artificielles. Je me lève quand un policier me fait signe de le suivre. Il disparaît bien avant que j'aie pu le rejoindre. Je le retrouve qui m'attend devant une autre porte, entrouverte, au bout d'un long couloir étroit orné de photos des anciens directeurs de la brigade.

« Par ici », dit le policier, un café à la main et un dossier sous le bras. Il me tient la porte. « Nous vous attendions. »

La pièce est nue, les murs sont tapissés de toile de verre, le sol revêtu de lino. Tout ce qu'elle a à offrir, c'est une table rectangulaire, deux fauteuils avec coussin d'un côté, et une chaise dure et inconfortable de l'autre. Je pourrais leur dire que, de nos jours, lors de ces séances, on s'assied sur un pied d'égalité, tout le monde a le même siège et on met une petite table devant, pas entre. C'est en tout cas ce que la psychologie du témoignage en vogue actuellement identifie comme propice à la communication.

« Voilà. » Le policier est grand, athlétique, il a des yeux bleu ciel, les lèvres fines. « Asseyez-vous. » Il désigne la chaise dure inconfortable.

« Je vous remercie. » Je m'arrête juste devant la table. « Dites-moi, je ne pourrais pas prendre un des fauteuils, plutôt ? Cette chaise a l'air terriblement inconfortable.

— Elle est très bien, cette…

— … Parfait ! Merci, merci, fais-je avant d'échanger les sièges et de prendre place dans l'un des fauteuils de mon côté de la table. Alors, de quoi allons-nous parler aujourd'hui ?

— Un instant, juste… », marmonne-t-il en regardant vers le couloir. Personne ne semblant arriver à la rescousse, il finit par fermer la porte. Il s'assied sur l'autre fauteuil avec coussin. « Bon, dit-il en ouvrant son dossier. Commençons donc par remplir ce formulaire. En attendant.

— Super. » Je me rends aussitôt compte que n'étant pas aux commandes, je suis dévoré de réticence.

C'était le cas aussi pendant les interrogatoires après ce qui s'est passé avec Frei. Ulf dirait que c'est la fierté professionnelle déplacée qui motive mon besoin infantile de sabotage, mais en ce qui me concerne, c'est juste que je ne trouve pas d'autre façon d'agir.

« D'abord, les renseignements personnels…

— Vous n'avez pas d'ordinateurs ici ?

— Si, bien sûr.

— OK : Thorkild Aske, né le 6 janvier 1971.

— Où ?

— À Skuflavik en Islande.

— Nationalité norvégienne ?

— Oui. J'ai mon certificat de nationalité quelque part si vous le souhaitez. »

Le policier agite la main sans lever les yeux de sa feuille.

« Célibataire ?

— Divorcé.

— Profession ?

— En recherche d'emploi. Est-ce que vous embauchez, d'ailleurs ?

— J'ai cru comprendre que vous aviez été enquêteur à l'Inspection générale de la police, à Bergen ?

— Exact, mais je ne le suis plus.

— Oui, je sais.

— Bien sûr que vous savez. »

L'homme hésite un instant avant de poursuivre sans me regarder. « Vous avez été condamné pour homicide involontaire et êtes sorti de détention récemment. Parlez-moi de…

— On ne pourrait pas juste dire que je sais que vous savez et passer à l'affaire qui nous concerne ? »

Enfin, l'homme lève les yeux sur moi. « Que pouvez-vous me dire sur ce qui s'est passé au… » Il cherche dans son dossier. « … phare de Blekholmen. » Il note quelque chose avant de reprendre. « Entre le samedi 24 octobre et le lendemain matin, 25 octobre, inclus.

— Alors vous ne les avez pas encore retrouvés ?

— Non, répond-il sans me regarder. Dites-moi, à partir de quelle heure étiez-vous au phare ?

— Du samedi, six heures du matin, au dimanche, cinq heures du matin. Et le bateau ? Vous l'avez localisé ? »

Un autre homme entre dans la pièce. Il est plus âgé que l'agent, et que moi, les cheveux argent, svelte, un nez aquilin effilé très aristocratique. Il s'arrête un instant devant la chaise inconfortable, puis, aucun de nous ne manifestant l'intention de procéder à un échange, s'assied.

« Je suis l'inspecteur principal Martin Sverdrup », se présente-t-il en me tendant la main. Il est du Nord, mais parle cette espèce de dialecte hybride vers lequel basculent parfois les politiques et autres gens du coin quand ils sont à la télévision ou en compagnie de gens civilisés.

Sa poignée de main est forte et rassurante.

« Thorkild Aske », réponds-je avant de me caler de nouveau dans mon siège.

Martin Sverdrup se frotte les mains et s'ébroue en remuant les épaules, comme si nous n'étions que trois bons amis réunis au coin du feu pour parler de la pluie et du beau temps, ou de la pêche du jour. Nous allons donc créer du lien en papotant. Méthode censée faciliter la transition vers les questions plus difficiles.

Autrement dit, les policiers du Nord sont formés au KREATIV, eux aussi.

« Café ? » Martin Sverdrup désigne la porte d'un mouvement de tête jovial et chaleureux.

« Qui, dites-vous ? » J'ai décidé de ne pas mordre à l'hameçon, aujourd'hui.

« Café, thé… Vous en voulez ?

— Non, merci.

— Une boisson gazeuse ? De l'eau ?

— D'accord, de l'eau.

— Ici, on n'a pas d'eau chère qui s'achète au supermarché, hein, mais l'eau du robinet est excellente, elle aussi. » Martin lance un coup d'œil vers son collègue, qui a son stylo à la main et une expression vide sur le visage, puis se concentre de nouveau sur moi. « Ça devrait aller, non ?

— Non, laissez tomber. Je vais plutôt prendre une tasse de camomille. » J'observe l'agent, qui regarde toujours dans le vide, son stylo à la main. « Ou du sirop. Vous avez du sirop d'orange ?

— Euh, je ne sais pas si… » Martin Sverdrup lance un regard interrogateur à son collègue. « Steinar ? On en a ?

— De quoi ? » L'homme lâche son stylo sur la table comme si on venait de le tirer d'une forme comateuse de rêverie éveillée.

« Du sirop. Sais-tu s'il y a…

— Laissez tomber, dis-je. Du café, alors. Noir.

— Bien. Parfait. » Martin Sverdrup s'adresse de nouveau à son collègue. « Tu cours en chercher un, alors ? »

D'un geste boudeur, Steinar repousse vers son chef le dossier et la feuille qu'il était en train de remplir, ainsi que le stylo, avant de se lever et de quitter la pièce.

« OK, Aske. » Martin Sverdrup parcourt rapidement les champs déjà remplis. « Revenons à vous. Vous savez pourquoi vous êtes ici ?

— Je pense, oui.

— Excellent.

— Oui. Formidable.

— Parfait. Alors, permettez-moi d'aller droit au but, comme on dit ici, dans le Nord.

— Oui, faisons cela.

— Expliquez-moi d'abord un petit peu ce que vous faites dans la région et pourquoi vous êtes allé au phare.

— Les parents du garçon qui a disparu du phare de Blekholmen dans le courant du week-end dernier m'ont payé pour que je parte à sa recherche. Sa mère lui a acheté le phare l'été dernier et il était en train de le rénover pour le transformer en une espèce d'hôtel insolite. À mon arrivée, j'ai contacté le *lensmann*, et je les ai rencontrés, lui et son agent, au poste. Ils m'ont ensuite conduit à Skjellvik, où je me suis trouvé un transport en bateau pour le phare le lendemain matin.

— Et quand avez-vous eu Bjørkang ou l'agent Arnt Eriksen au téléphone, déjà ?

— Le soir où j'ai trouvé la femme dans la mer.

— Une femme, oui. Pouvez-vous nous parler d'elle ?

— Jeune, petite vingtaine d'années, autour d'un mètre soixante, cheveux foncés mi-longs. Vêtue d'un T-shirt et d'une chemise de nuit.

— Traits du visage ?

— Aucun.

— Aucun ?

— Plus de visage, pareil pour l'un des avant-bras. Elle avait l'air d'avoir passé un certain temps dans l'eau. Le corps était à un stade précoce d'hydrolyse et avait déjà cet aspect savonneux qui…

— Et puis elle a disparu ?

— Oui.

— Soudainement ?

— Quelqu'un est sorti de l'eau et l'a emportée.

— Avez-vous vu à quoi ressemblait cette personne ?

— Il était en tenue de plongée.

— Avez-vous vu ou entendu un bateau ?

— Non.

— Il est donc remonté tout droit de l'eau ?

— Tout droit de l'eau. Comme une fusée. » Je fais un geste d'avion au-dessus de la table. « *Swish swish.* »

Les commissures de l'inspecteur principal retombent d'un cran alors qu'il s'efforce péniblement d'ignorer mon geste et mes *swish swish.*

« Avez-vous une idée de qui cela pouvait être ou de ce qu'il est advenu du corps ?

— Je n'aime pas jouer aux devinettes. »

Martin Sverdrup prend une autre feuille.

« Qu'avez-vous fait ?

— J'ai appelé Bjørkang aussitôt que je l'ai eu remontée sur le rocher, pour lui demander de venir nous chercher au phare.

— Quelle heure était-il ? »

Je sors mon téléphone et retrouve l'appel. « Dix-sept heures trente. J'ai aussi parlé à l'agent quelques minutes plus tard.

— Et quand les avez-vous vus ou avez-vous parlé à l'un d'eux ensuite ?

— Il n'y a pas eu d'autre fois.

— Sûr ?

— Sûr et certain.

— Prenez-vous des médicaments en ce moment ?

— Tout un paquet.

— OK. » D'un doigt, Sverdrup se gratte entre les jointures de son autre main. « Désolé. Allez, on va tous les deux respirer bien fort et puis on reprend. Qu'en dites-vous ?

— D'accord, réponds-je en baissant les épaules. Vous les avez retrouvés ? »

Martin Sverdrup secoue lentement la tête.

« Rien ? »

Il secoue de nouveau la tête. Encore plus lentement. « Nous cherchons dans la zone où nous pensons que l'avarie a eu lieu. Nous faisons une recherche systématique de l'épave au sondeur et pensons avoir d'assez grandes chances de les retrouver. Tôt ou tard.

— De préférence tôt.

— Avez-vous une idée de la raison pour laquelle ils ont pu emporter du matériel de plongée à bord ?

— Pardon ?

— Du matériel de plongée. Quelqu'un a pris du matériel de plongée dans le hangar à bateaux du port de plaisance et on ne sait pas qui c'est. Nous pensons que c'est eux qui l'ont emporté sur le bateau. »

Pourquoi Arnt ou Bjørkang se serait-il vêtu d'une tenue de plongée pour ensuite aller au phare et ne récupérer que le corps, en me laissant comme un con ? Et si c'est l'un d'eux que j'ai vu, où sont-ils maintenant ? Je songe soudain que si c'est bien là le scénario à partir duquel travaille la police, qu'ils sont effectivement venus au phare pendant que j'y étais, pour ensuite disparaître, les conséquences pourraient être lourdes pour moi. Très lourdes.

« Qui peut vouloir plonger en pleine tempête ? finis-je par demander.

— Eh bien, d'après vous, c'est précisément ce qu'a fait la personne qui a volé le corps de femme que vous prétendez avoir trouvé.

— J'ai peut-être rêvé, alors, réponds-je sèchement.

— Est-ce une possibilité ? demande Sverdrup d'un ton hésitant.

— Non.

— Sûr ?

— Qu'est-ce que je fais ici, Martin ? » J'écarte les bras d'un geste agacé. « Et si vous m'expliquiez plutôt quel est mon statut dans l'affaire ?

— Témoin, répond-il du tac au tac.

— Pour l'instant », précise soudain un homme à la porte. Le regard braqué sur moi, il se glisse dans la pièce, avance prestement, saisit le fauteuil libre, le tire de la table et s'assied à califourchon, en face de moi. Mon ancien patron de l'Inspection générale de la police m'adresse un bref salut de la tête tout en m'examinant de pied en cap. « Dites-moi, Martin, glousse Gunnar Ore en appuyant son torse sur le siège, les bras sur le dossier. Comment est-ce qu'on interroge un enquêteur ? Vous le savez ? »

Chapitre 29

« Comment ça va, Gunnar ?

— Extrêmement bien », me répond Gunnar Ore. Ses avant-bras robustes et velus sont encore plus gros et hâlés que la dernière fois que nous nous sommes vus, à l'époque où il était encore mon patron à l'Inspection générale. « Et toi ?

— Comme un coq sans pattes.

— Formidable.

— Oui, hein ? »

Nous nous dévisageons sans rien dire.

« Qu'est-ce que tu fais ici ? finis-je par demander. Tu es toujours à l'Inspection générale ?

— Non, je suis revenu au Delta.

— Le groupe d'intervention ?

— Exact. » Gunnar Ore hoche la tête sans détourner les yeux une seule seconde.

« Responsable de l'équipement, alors ? »

Ses lèvres fines ne sont qu'un trait sur son visage bronzé. Gunnar a beau avoir cinquante-trois ans, quand il bouge, les moindres muscles de son corps sont en tension sous sa peau, même ceux de son visage, qui se crispent et se décrispent avec élégance et légèreté alors qu'il serre les dents et affine ses lèvres plus encore. Quand il est arrivé du groupe d'intervention pour prendre ses fonctions à l'Inspection générale et devenir le nouveau directeur de notre délégation Ouest, la rumeur circulait déjà qu'il avait participé à l'opération de Torp deux décennies auparavant et que c'était, je cite, *un brillant tireur*. Où qu'il aille, Gunnar Ore attendait le respect et on trouvait naturel de lui en donner, qu'on le connaisse ou non. Il avait ça dans le sang et nul ne pouvait s'y soustraire.

« Toujours actif. Opérations sur le terrain, comme au bon vieux temps. J'ai besoin de sentir l'adrénaline, tu sais, dit-il en souriant pour la première fois, même si je souffre plus qu'avant en salle de muscu. L'âge nous rattrape tous.

— Qu'est-ce que tu fais ici, Gunnar ? »

Il étire à peine ses commissures puis le trait revient. « Eh bien, je vais te le dire, Thorkild. Il y a quelques jours, j'ai reçu un coup de fil d'un certain *lensmann* Bjørkang. Il voulait savoir ce que je pouvais lui dire sur un de mes anciens sujets de l'Inspection générale, un certain Thorkild Aske, qui, figure-toi, avait annoncé sa venue dans ce Nord hospitalier pour chercher un Danois noyé près d'un phare. J'ai expliqué au *lensmann* en question que j'avais espéré ne plus jamais avoir à entendre le nom de Thorkild Aske. Que la dernière chose que j'attendais était sans doute l'apparition dans une affaire de ce personnage honteux, qui avait choisi de trahir tous ses amis de la police, notre réputation, moi personnellement et tout ce en quoi nous croyons. »

Je vois ses maxillaires travailler alors qu'il parle les dents serrées. Il s'avance vers moi. « As-tu la moindre idée de la honte que ça a été de devoir défendre un putain de candidat à l'article 22 alinéa 1 dans ma propre équipe ? Hein ?! Conduite sous l'emprise de produits stupéfiants, homicide involontaire ?! Comment crois-tu que ça rejaillit sur moi, sur nous, sur ton équipe ? Tu y as réfléchi ?

— Manipulation et information, dis-je après un silence tendu où nous n'avons fait tous trois que nous regarder dans le blanc des yeux.

— Qu'est-ce que tu viens de dire, bordel ? » Gunnar Ore rapproche son siège. « Qu'est-ce que t'as dit ?

— Tu voulais savoir comment interroger un enquêteur. Eh bien, au fond, tous les interrogatoires s'articulent autour de deux éléments : la manipulation et l'information. Même quand on interroge quelqu'un qui a lui-même de l'expérience et qui connaît les méthodes. L'essentiel demeure ce qu'on enlève de soi avant d'entrer dans la salle d'interrogatoire.

— Et c'est ? » Martin Sverdrup fait danser son stylo-bille entre ses doigts, comme s'il était à un cours de communication policière interpersonnelle.

Gunnar Ore, en revanche, se tient parfaitement immobile, il me dévisage. Il est si près que je sens l'odeur de son après-rasage Hugo Boss et de son chewing-gum à la fraise.

« Soi-même. L'enquêteur qui entre dans la pièce est une page blanche, l'eau d'un aquarium, pas de préjugés, de colère, de fureur ni autres facteurs perturbants. Ce qu'on cherche à faire, c'est attirer l'attention de la personne interrogée sur sa propre responsabilité dans la situation où elle se trouve, tout en déterminant si les conditions légales de l'inculpation sont réunies. L'enquêteur doit alors bâtir une forme de confiance.

— L'enquêteur est une espèce de pute, quoi, crache Gunnar Ore en enfonçant ses doigts dans l'accoudoir avant de serrer les poings.

— Si tu veux, réponds-je calmement. Ensuite, le jeu commence : manipulation et information. La tromperie est un bon point de départ, même avec quelqu'un qui connaît bien les ficelles. Mélanger faits et fiction, donner l'impression qu'on en sait plus qu'en réalité, troubler, faire perdre ses repères au sujet.

— Pas de KREATIV, alors ? » Gunnar Ore a retrouvé son petit sourire.

« Ouh là, non ! Pas pour ces gens-là. Ici, il faut des trucs plus forts. Exclusivement des techniques de manipulation psychologique, si tu veux mon avis. Ce que je propose, c'est de commencer la séance en pénétrant dans la zone intime du sujet, de paraître menaçant. Il ne s'y attend sans doute pas.

— Comme ceci ? » Il rapproche son siège de quelques crans, nos visages se touchent presque.

« Excellent. Si j'étais toi, je ferais un peu de gentil flic-méchant flic, pression-récompense. » Je montre Sverdrup d'un signe de tête. « Vous êtes assez nombreux pour le faire.

— Moui, répond Gunnar Ore d'une voix rauque. Qu'est-ce que tu as d'autre ?

— Le coup de griffe sur l'ego ? Une attaque bien centrée sur l'estime de soi pour que le sujet tente de justifier ses actes en parlant, en expliquant. La manœuvre de Reid ou le détecteur de mensonges sont des voies douteuses, mais ça vaut la peine d'essayer, surtout en conjonction avec une ou plusieurs des méthodes citées.

— C'est tout ? chuchote-t-il entre ses dents.

— Non. » Toujours mon ton calme. « On a aussi la… *Verschärfte Vernehmung*.

— Oui. » Gunnar pousse un gros soupir. « Là, on se comprend.

— Qu'est-ce que c'est ? demande Sverdrup, curieux.

— L'interrogatoire poussé. Comme ceux de la Gestapo pendant la guerre, en gros, et ce sont les méthodes que les Américains utilisent aujourd'hui. C'est drôle, non ?

— Quoi d'autre encore ? » Gunnar Ore pianote avec impatience sur le dossier de son siège. « C'est tout ? Tu sais faire d'autres tours ?

— D'autres tours ? Eh bien, il ne faut pas oublier l'administration de substances psychoactives. Mais là, on va loin dans le monde des interrogatoires poussés.

— D'après la rumeur, tu te les administres très bien tout seul, en ce moment. » J'entends le broiement de ses mâchoires.

« Mais, poursuis-je en l'ignorant, il y a toujours une possibilité que le sujet souffre d'un quelconque trouble de la personnalité, et là, les règles du jeu changent vite.

— Pourquoi ? » Martin Sverdrup appuie de nouveau sur la mine de son stylo.

« Suivez attentivement, conseille Gunnar Ore. Ça, il connaît. Il est sur son terrain.

— Autour de sept pour cent de la population mondiale est atteinte d'une forme ou une autre de psychopathie. La moitié des détenus américains tombent dans cette catégorie et ils sont les auteurs de quatre-vingts pour cent des actes de violence. Des gens sans empathie, sans aucun recul sur soi, des menteurs chroniques sans remords ni maîtrise de leurs pulsions.

— Vous savez quoi, Martin ? » Gunnar Ore s'adresse à Sverdrup. « On en avait un comme ça dans notre service à une époque. Une vermine. » Sur quoi, il s'adresse de nouveau à moi. « Nous y voilà. Le psychopathe, oui.

— Qu'est-ce qu'on fait dans ces cas-là ? » Sverdrup tente bravement de reprendre le contrôle de la conversation. Gunnar Ore se tait, me regarde droit dans les yeux quand je reprends :

« Eh bien, ce serait totalement peine perdue d'essayer d'obtenir d'un psychopathe qu'il admette une quelconque responsabilité ou des remords. Ils sont incapables de comprendre la douleur physique, émotionnelle ou mentale qu'ils infligent aux autres. Leur comportement est dicté exclusivement par un besoin narcissique de satisfaire leur ego. L'enquêteur ne peut réussir l'interrogatoire d'un psychopathe qu'en étant conscient de cela et en ne tentant nullement d'en appeler à sa compassion, ses remords ou ses relations sociales.

— C'est là que ça devient rigolo, commente Gunnar. Écoutez et apprenez. »

Je hoche la tête, je sais où il veut en venir, mais je ne trouve aucun moyen de l'arrêter. C'est pourquoi je continue en me cuirassant pour la suite. « L'enquêteur se doit plutôt de feindre un certain émerveillement devant l'autonomie, l'invention et la force dont le sujet a fait preuve dans ses entreprises, en posant des questions comme : *Comment avez-vous réussi à tuer de cette manière ? Tant de victimes ? Si longtemps sans vous faire prendre ?* Etc., etc. On n'obtient donc d'aveux que si le psychopathe lui-même sent qu'ils vont assouvir un ou plusieurs de ses besoins égocentriques.

— Comment savez-vous tout ça ? s'enquiert Sverdrup.

— Thorkild a interrogé ce genre de tarés quand il était aux US avec son médecin, là. Le docteur Ohlenberg, c'est ça ? Plusieurs d'entre eux étaient… policiers ? »

C'est que Gunnar Ore dirige la conversation depuis le début. L'endroit où il va pouvoir synthétiser tout ce que je suis et ai été, cette vérité dévorante, comme une pierre à porter autour de mon cou jusqu'à la fin de mes jours. Cette ultime preuve de ma trahison de sa personne, de l'équipe et de l'ensemble de notre race de policiers. Le coup de tampon qui montre que dorénavant et à jamais, je suis l'un de ceux qu'autrefois nous méprisions tous les deux et détestions plus que tout :

« Ce qu'on appelle des *cops gone bad*, poursuit-il. Des policiers qui passent de l'autre côté de la barrière, qui tuent, qui braquent, qui violent et qui détruisent tout ce qu'il y a sur leur chemin.

— Quelque chose comme ça, oui.

— Des gens comme toi, hein ?

— Va te faire foutre, Gunnar ! »

Enfin, Gunnar Ore catapulte son fauteuil dans la pièce en le poussant violemment sous lui au moment où il m'attrape par le cou et nous hisse tous deux sur nos jambes.

« Pourquoi n'as-tu pas pu aller crever dans un fossé ! » gueule-t-il avant de me planter son poing dans le visage.

Je titube, pars en arrière vers le mur en face de la table, et m'affale au sol.

« Mais qu'est-ce qui… », entends-je dire l'inspecteur principal. Je lève la tête et le vois retenir le bras de Gunnar à deux mains, comme un taureau furieux qu'il essaierait désespérément d'éloigner de moi.

« Celui-là, c'était pour l'équipe. » Gunnar serre ses poings l'un contre l'autre, se libère de Martin Sverdrup, fait un pas en avant et m'assène un coup de pied dans le ventre. Un coup si violent qu'une douleur brûlante fuse dans mon estomac et me fait vomir. Un mélange d'eau, de café et de sang frais retombe sur mon col de chemise et par terre. Mon sang.

« Bon Dieu, mec ! » Martin Sverdrup attrape le torse de Gunnar par-derrière. Il a une telle cage thoracique que c'est tout juste si les bras de Sverdrup en font le tour, mais, chose étonnante, l'inspecteur parvient néanmoins à le tirer en arrière et à le ramener à la table. Gunnar se laisse lourdement tomber sur un siège. Martin marche dans ma direction, ramasse le fauteuil balancé et le range avant de me rejoindre. « Ça va ? s'enquiert-il, comme s'il était en présence d'un pauvre bougre qui venait de se faire faucher par un éléphant déchaîné.

— Parfaitement bien. » Je lâche un crachat sanguinolent sur le sol entre nous. « C'est l'été à Nauthólsvík. Je vais bien. » Je crache encore et renverse la tête contre le mur.

À la table, Gunnar a le visage enfoui dans ses mains, il nous regarde de travers entre ses doigts.

L'inspecteur principal fait quelques pas vers lui en brandissant son index comme une épée. « Écoutez-moi bien… » La voix tremblante de colère, il parle soudain en pur dialecte du Nord. « Je ne sais pas quel est votre contentieux, là, mais ceci est parfaitement inacceptable. Je vais…

— Dégagez d'ici », murmure Gunnar. Ses yeux se lèvent entre ses doigts pour se poser sur l'inspecteur principal, qui se fige sur place, le doigt brandi, comme s'il cherchait à connaître la direction du vent dans la pièce. « Je veux lui parler seul à seul.

— Non, pas question. C'est moi qui…

— Dehors. » Il y a cette fois une nuance plus grave, une vibration dans sa voix qui incite Martin Sverdrup à baisser son anémomètre et à reculer.

« C'est bon, dis-je en essayant sans succès de me relever.

— Bon sang », marmonne l'inspecteur principal juste au moment où son collègue parti chercher du café passe enfin la tête par la porte. Je vais dire quelque chose mais suis interrompu par Sverdrup : « Viens, Steinar. Ces deux abrutis ont besoin d'avoir la pièce pour eux pendant un moment. »

Je me renverse sur le ventre et crache encore du sang, avant de ramper jusqu'au siège à côté de Gunnar.

Je m'y accroche pour me relever. « Bon, fais-je en toussant quand je suis enfin installé et ai trouvé une position assise plus ou moins vivable. De quoi on parle, alors, chef ? »

Chapitre 30

« Tu as une gueule épouvantable, Thorkild, observe Gunnar Ore quand les deux hommes s'en vont en refermant la porte.

— Qu'est-ce que tu fais ici ?

— Je pourrais te poser la même question. » Il se renfonce dans son siège en se frottant la main. « C'est Ann-Mari qui t'envoie ? »

Pendant que j'étais aux États-Unis, Gunnar et Ann-Mari, mon ex-femme, se sont trouvés. Ça ne m'a rien fait. Le divorce était prononcé et notre mariage terminé des années avant la formalisation de notre rupture.

« Elle ne sait pas que tu es sorti de prison.

— Si, elle le sait. » J'attrape une feuille dans la pile de documents restés sur la table, la plie et essuie le sang de mon visage avec. « Elle s'est remise à m'envoyer des coupures de catalogues, des photos d'enfants. J'en ai reçu une dans ma boîte aux lettres juste avant de venir ici, un garçon et une fille H&M. Il faut que tu lui demandes d'arrêter.

— Mais putain. » Gunnar met les doigts devant son visage. « C'est juste qu'elle est fatiguée en ce moment.

Ça fait tellement longtemps qu'on essaie d'avoir des enfants et…

— Adopter ?

— Hein, quoi ? Tu crois que je ne…

— Pour l'amour du Ciel, Gunnar. » Je balance le papier imbibé de sang entre nous, sur la table. « Tu sais qu'elle ne peut pas avoir d'enfants ?

— Quoi ? » Gunnar Ore est en train de se relever, les poings serrés, mais il change d'avis à mi-geste et se laisse retomber sur son siège. « De quoi tu parles, bordel ? chuchote-t-il d'un ton las.

— Les médecins lui ont découvert des kystes ovariens. Il y a près de quinze ans. C'est pour ça qu'elle m'envoie ces coupures de catalogues, pour me montrer ce que je lui ai enlevé, moi qui n'ai pas voulu d'enfants quand elle pouvait encore en avoir. Putain, mec ! » Je crache. Il reste tétanisé sur son siège en face de moi. « Ils ont dû tout enlever de peur que cela n'évolue en cancer. Les ovaires, l'utérus et les ganglions lymphatiques, tout pour éviter des métastases. Tu crois que c'est quoi, sa cicatrice sur le ventre ?

— Elle s'est coupée, chuchote soudain Gunnar sans me regarder. Le bas-ventre, avec des ciseaux, le soir où je suis rentré en lui parlant de toi et de la fille dans l'épave à Sandnes. Un candidat au 22.1, défoncé, qui a un accident de voiture et tue la petite amie d'un policier sur lequel il est venu enquêter ?! Tu imagines le cirque médiatique que ç'aurait été si on n'avait pas été assez rapides ? » Gunnar abat de nouveau le plat de ses mains sur la table en secouant la tête. « Tout le travail qu'on a dû faire pour garder les chiens à l'écart de ton merdier. Chez nous dans l'unité comme au commissariat de Stavanger. C'est presque dommage de devoir dire ça, mais il aurait peut-être mieux valu que vous soyez tous les deux… »

On frappe à la porte et l'agent de police entre avec deux tasses de café fumant. « Euh, je vous apportais les cafés », explique-t-il à Gunnar d'une voix hésitante. Je me redresse sur mon siège et prends la tasse qu'il me tend.

« Pas pour moi. » Gunnar frotte son poing. « De l'eau, merci.

— On n'a pas d'eau en bouteille, juste du robinet…

— Peu importe, mon pote. Grand verre, eau froide. Vous allez y arriver. »

L'homme acquiesce. « J'en ai pour deux secondes.

— Une, deux ! » siffle Gunnar sans lever les yeux de ses mains. L'agent de police attarde son regard sur mon visage, puis sur les mains de Gunnar, avant de disparaître.

« Ils me croient vraiment impliqué dans la disparition du *lensmann* et de l'agent ? » Je souffle sur mon café.

« Bien sûr que non, répond Gunnar. Enfin, qu'est-ce que j'en sais, merde ? Je ne suis que de passage. Je vais donner un cours à un groupe d'officiers de l'armée ici la semaine prochaine. Il fallait juste que je monte voir. Si c'était vraiment toi. » Il rit. « Et te voilà.

— Et te voilà aussi. C'est tellement sympa qu'on aurait presque pu sortir les piques à saucisses et le chocolat chaud. »

L'agent de police revient muni d'un grand pichet d'eau avec des glaçons, qu'il pose sur la table. Gunnar boit une grande gorgée avant de reposer son verre et de se lever. « Et toi… » Il brandit contre mon visage un doigt aussi affûté qu'une épée. « … Tu n'appelles pas, OK ?

— Marché conclu. »

Il va s'en aller, mais s'arrête au niveau de l'agent, qui est au garde-à-vous, les mains le long du corps, le regard rivé à la table et aux papiers sanglants de son dossier, puis se tourne vers moi. « Au fait, ni texto ni coup de fil à Ann-Mari non plus, ne passe pas me voir à mon bureau de Grønland, n'envoie pas de cartes postales quand tu es en vacances, pas d'e-mails, pas de demandes d'ajout comme ami sur Facebook ou de coucous maladroits quand tu es sur l'autre trottoir. Repars dans ton épave de voiture ou dans tes douches, je m'en tape. Mais disparais. Tu n'existes plus, Thorkild Aske, compris ?

— Compris.

— Et autre chose : fous le camp d'ici. De cette affaire, quelle que soit la tournure qu'elle prendra. Tu n'as rien à faire ici.

— Bientôt.

— Non, tout de suite !

— Adieu, Gunnar.

— Va te faire foutre ! »

Gunnar passe la porte et, deux secondes plus tard, Sverdrup reparaît à son tour. Il jette un coup d'œil dans la pièce avec un air de chien apeuré. Dès qu'il s'est assuré que la voie était libre, il se glisse à l'intérieur en verrouillant derrière lui. Les deux hommes s'asseyent, l'agent trouve une nouvelle feuille dans sa pile, la fait délicatement passer par-dessus ma boule de papier sanglante au milieu de la table, attrape le stylo et se met à écrire.

« OK, fait Sverdrup en plaquant doucement ses mains l'une contre l'autre dans un geste de prière censé exprimer le calme et l'attention. Bon, c'est enfin fini, ce cirque. » Il articule bien chaque mot avec son accent du Nord bâtardisé tout en tambourinant des doigts les uns contre les autres. « Recommençons depuis le début. Avec vos mots. »

Une fois que nous avons terminé, et qu'ils m'ont demandé de garder mes distances pendant qu'ils recherchent les deux agents disparus, sans non plus m'en aller trop loin, je vais au centre commercial de mon premier soir à Tromsø. Je passe d'abord à la pharmacie, prendre du Duphalac, puis à la parfumerie où je rachète le même parfum à la même vendeuse. Elle ne sourit pas, s'efforce juste de se comporter calmement jusqu'à la fin de la transaction, comme elle l'aurait fait lors d'un braquage.

Dehors, de grandes plaques d'écume sont projetées sur le quai. Je monte en voiture et quitte la ville, en direction du nord, dans l'obscurité, sous de lourds à-pics, des sècheries de poissons décaties et des toits de fermes détruits que le vent a balancés par terre. Sur le rivage, je vois du bois flotté, des poteaux, des déblais qui dépassent de monceaux d'algues, alors que le vent rapporte du large des nuages de tempête déchiquetés.

Chapitre 31

Il est plus de dix-sept heures quand je regagne finalement la maison de retraite de Skjellvik. Le vent s'est apaisé. L'hélicoptère et le bateau de recherche ne sont plus là, le fjord n'est qu'une vaste houle bleu noir qui gronde nerveusement dans les ténèbres oppressantes de l'après-midi. Je prends mon téléphone et appelle Harvey.

« *Yes*, répond-il d'un ton léger. *Mr Aske, is it not ?*

— *The very one* », réponds-je, et Harvey éclate de rire. Je l'imagine levant son café à la gnôle vers sa fenêtre de cuisine pour trinquer.

« Ils ont retrouvé le bateau, annonce-t-il gravement.

— Quoi ? Vous êtes sûr ?

— Oui. Johannes vient de me le dire. Il l'a entendu sur son talkie-walkie. Un bateau de plaisance l'a découvert ce matin, rejeté sur le rivage de Reinøya par la tempête. J'ai aussi vu un bateau de police au phare aujourd'hui. Ils avaient l'air d'enquêter. Tous en combinaison blanche. Ils viennent de repartir.

— Les salauds…

— Qu'est-ce qu'il y a ?

— Rien. C'est juste que je suis tombé sur une vieille connaissance aujourd'hui, à Tromsø.

— Tromsø ?

— Je viens d'y aller pour un interrogatoire.

— Ah bon. Et ils ne vous ont rien dit ?

— Non.

— Pourquoi ?

— Stratégie policière. » Je m'appuie de tout mon poids contre le flanc de la voiture de location. « Rien ne sert de raconter ce qu'on sait à un témoin ou à un suspect potentiel avant qu'il soit stratégique de le faire. » Je me repasse intérieurement ma conversation avec Gunnar Ore et Sverdrup quelques heures plus tôt, au commissariat. Ce n'est évidemment pas une coïncidence si Gunnar a débarqué dans le Nord au moment de la disparition de deux policiers partis me chercher sur l'îlot du phare. Ils ont déjà commencé à échafauder un scénario. Qui m'implique dans la disparition de Bjørkang et Arnt. « Putain de bordel ! » Un spasme parcourt mon estomac et je me plie en deux.

« Ça n'a pas l'air d'aller, Thorkild.

— Non, pas du tout, réponds-je dans un souffle en me forçant à me redresser. Dites-moi, Reinøya, ça se trouve où ?

— Plus au sud. Vers Tromsø. Demandez à Johannes, apparemment il connaît le pêcheur qui a trouvé le bateau. Il faut que j'aille au parc à moules avant la nuit.

— Bjørkang et Arnt avaient emporté du matériel de plongée quand ils sont sortis.

— Comment le savez-vous ?

— La police me l'a dit.

— Ça ne paraît pas être un truc que Bjørkang aurait accepté de faire, observe Harvey. Il ne serait jamais allé plonger par ce temps, déjà qu'il n'aime pas spécialement la mer.

— Pourraient-ils avoir été impliqués dans des activités criminelles ?

— Pourquoi me posez-vous cette question ?

— Parce que… La personne qui est venue au phare l'autre soir était en tenue de plongée et la police m'a demandé spécifiquement si Bjørkang et Arnt pourraient avoir eu une quelconque raison d'emporter du matériel de plongée. Enfin et surtout, personne d'autre qu'eux deux ne savait que j'avais trouvé le corps. La seule conclusion logique est donc qu'ils ont un rapport avec la mort de cette femme et ne veulent pas qu'on apprenne son identité. Non ?

— Alors pourquoi ont-ils disparu ?

— Oui, c'est ce qui ne colle pas dans cette histoire. Pourquoi diable ne sont-ils toujours pas revenus ? Le problème est que s'ils ne reparaissent pas bientôt, je vais être dans la mouise. Dans une sacrée merde, vous comprenez ?

— Parce que ?

— J'ai le sentiment que la police est en train d'élaborer un scénario dans lequel les policiers avaient disparu après être allés au phare le soir où j'y étais. Je suis la dernière personne sur terre qui devrait se retrouver mêlée à une affaire de policiers disparus. »

Je pousse un gros soupir. Mes douleurs à l'estomac reprennent et je dois me recroqueviller jusqu'à ce que les crampes cèdent.

« Ça va ?

— Mon ventre, fais-je, les dents serrées. J'ai déjà pris trois doses de Duphalac sur le trajet du retour de Tromsø sans que rien ne change de ce côté-là.

— *Tough shit.*

— C'est le cas de le dire.

— Parlez-en à Merethe. Je sais que plus d'une fois, elle a aidé des résidents qui avaient des problèmes de constipation.

— Elle est au boulot, là ? » Je me tords de douleur sous l'effet de la crampe qui contracte mon estomac.

« Oui, jusqu'à vingt et une heures. Vous la trouverez sûrement à la cantine, après la thérapie, répond Harvey quand j'arrive à la porte de l'appartement. Au fait, poursuit-il pendant que je me débats avec les clefs. La fille des précédents occupants de l'appartement va venir mercredi pour l'enterrement. Elle va vider les lieux et rapporter leurs affaires dans le Sud. Si vous pouviez…

— Bien sûr. » Un nouveau spasme m'oblige à m'accroupir. « On s'appelle », conclus-je en me dirigeant vers l'entrée de la maison de retraite. Il est temps de trouver la femme de Harvey.

Chapitre 32

Un silence complet règne dans le couloir. Pas un fauteuil roulant, aucun déambulateur, juste le bruit de mes semelles au petit trot sur le lino fraîchement lavé.

La cantine est bondée. On a ajouté des chaises supplémentaires. Personne ne parle autour des tables. Pour une raison *x* ou *y*, la pièce semble chargée d'un silence tendu, intense.

Plusieurs tables ont été accolées au fond de la salle. Deux personnes y sont assises, tournées vers l'assistance. L'une est Siv, l'infirmière en chef, qui a un micro à la main, l'autre un vieil homme portant un postiche taupe, une chemise hawaïenne à manches courtes et une montre en or qui scintille à la lumière des néons juste au-dessus d'eux.

« Thorkild, entends-je chuchoter une voix, et j'aperçois Johannes, à la même table que la dernière fois, avec Bernadette, Oline et son fauteuil roulant.

— Et vous êtes ? » me chuchote Bernadette quand je me glisse sur une chaise.

Oline pose sa main froide sur la mienne :

« Regarde comme tu as grandi. Je me souviens quand tu étais petit et qu'Agnes t'emmenait à l'épicerie pour t'acheter une glace. Dieu ce que tu criais quand tu n'obtenais pas ce que tu voulais !

— Par ici. » Johannes me passe un de ses quatre blocs de bingo et un feutre rouge. « Deux rangées, dit-il en désignant du menton les blocs avant que je puisse protester.

— Le sept. Sept. Le sept. » Les haut-parleurs sont posés sur des tables, contre les deux murs latéraux.

« Qu'est-ce qu'elle a dit ? murmure Bernadette. Trente-deux, c'est ça ?

— Non, répond Oline, légèrement découragée. Sept. Le trente-deux est sorti juste avant. »

Le bruit de la cage en métal contenant les boules reprend, puis une nouvelle boule sort.

« Le quarante-trois. Quatre, trois. Le quarante-trois.

— Vous avez vu Merethe ? » m'enquiers-je.

Johannes écrit au feutre sur son bulletin. Ses lunettes sur le nez, il fixe ses trois grilles, accaparé par le jeu. « Il y a une pause après ces trois rangées, répond-il rapidement sans lever les yeux.

— Le vingt et un. Deux, un. Le vingt et un.

— Bingo ! s'écrie Oline en attrapant mon bras.

— Quoi ? » Je la fixe comme si elle était en train de faire une attaque : elle me griffe l'avant-bras et agite la main au-dessus de sa tête. « Bingo ! Bingo ! crie-t-elle en me tirant par le bras. Vois donc à te lever, mon garçon. Tu as un bingo ! »

Siv baisse ses lunettes sur son nez pour observer la cafétéria alors qu'Oline me tire de ma chaise. « Il y a eu bingo ?

— Oui, réponds-je d'une voix pâteuse en agitant mon bulletin comme un poisson mort. Apparemment. »

Je reste debout à attendre l'homme à la montre en or, qui se fraie un chemin vers nous. « Bon, dit Siv dans le micro quand il arrive enfin à destination. Vous pouvez y aller. »

L'homme saisit sa grille et suit les chiffres jusqu'au bout des deux rangées remplies. « Cinq, vingt et un, trente-deux, soixante-six, quatre-vingt-deux.

— Celle-ci est bonne. » La voix de Siv déraille dans la rangée de haut-parleurs. « La suivante, maintenant.

— Sept, quarante-trois, cinquante-sept, soixante-douze, quatre-vingt-dix.

— Elle est bonne aussi, entend-on dans les haut-parleurs. Alors on se prépare pour trois rangées. *Full house.* »

L'homme à la montre en or me rend mon bloc et repart vers la table des prix, où il prend tout son temps pour examiner chaque objet avant de finalement trouver ce qu'il cherche et de revenir à notre table.

« Tenez. » Il me tend un paquet de cinquante serviettes en papier décorées de lutins de Noël occupés à diverses activités de traîneau.

« Merci bien. » Je m'incline profondément puis retombe sur ma chaise dès notre poignée de main terminée. Je sens soudain la main d'Oline sur la mienne. Elle secoue lentement la tête : « Bon garçon, dit-elle avant de se pencher de nouveau sur ses bulletins.

— Alors, nous reprenons », annonce Siv. Puis on entend les boules, de nouveaux chiffres. « Le soixante-dix-sept. Sept, sept. Le soixante-dix-sept. »

Je pousse le paquet de serviettes de Noël vers Johannes, qui me les renvoie en secouant la tête. « Gardez vos gains.

— Le cinquante-neuf. Cinq, neuf. Le cinquante-neuf.

— Bingo ! jubile Oline en attrapant encore mon bras. Il a encore fait un bingo !

— Mais bon Dieu ! » s'exclame un vieux bonhomme, qui abat sa paume sur la table et jette son feutre.

Je baisse les yeux sur ma grille et constate qu'elle a raison. La troisième rangée est pleine aussi. À contrecœur, je me lève encore et contemple l'assistance d'un air perdu, pendant que l'inspecteur du bingo refait le chemin vers moi. Siv me lance un regard appréciateur en tripotant son micro comme s'il s'agissait de tout autre chose.

La procédure de lecture des chiffres se renouvelle, puis l'homme farfouille sur la table des prix et en rapporte un gâteau sous cloche qu'il pose religieusement sur la table devant moi.

« Le gâteau truffe ? fait Johannes dans un rictus. Je croyais que maintenant, c'était le fraisier pour trois rangées ?

— Ça ne marche pas avec moi, Johannes, dit l'homme à la montre en or. Tu sais très bien que le fraisier, c'est après la pause. »

Oline se penche vers moi. « Eh bien, c'est Agnes qui va être contente, tu vas voir.

— Nous allons maintenant faire une petite pause-café avant le dernier jeu de la soirée », annonce Siv au micro. Elle se lève et se dirige vers une grande table où le personnel apporte du café dans des Thermos argentées, du sucre en morceaux et de la crème.

« Je crois que je vais y aller… » Je pousse mon bulletin et la cloche à gâteau vers Johannes. Merethe n'étant pas là, je décide d'aller à l'appartement pour me faire une nouvelle séance de Duphalac et de forte poussée aux toilettes. « Merci à tous.

— Le gâteau est à vous. » Johannes me le renvoie. « Et puis de toute façon, je déteste les truffes.

— Et vous ? » Je regarde avec désespoir Bernadette et Oline, qui s'empressent toutes deux de secouer la tête.

Oline me tapote l'épaule en chuchotant. « Marche prudemment et fais attention à ne pas glisser, mon garçon. Et salue Agnes de ma part. »

Je ramasse le paquet de serviettes et la cloche et me dirige vers la sortie. Derrière moi, la sono crépite puis vient ce qui ressemble à l'harmonium strident d'un soixante-dix-huit tours enregistré en des temps immémoriaux. Une fille du Sørlandet se met à chanter. « *... Ma tante les disait conviés par les anges. Au ciel. Auprès de Jésus. Songe seulement si j'avais été auprès d'eux. Ô, toi, je veux rêver...* »

« Vous vous en êtes tiré ? me demande une voix féminine quand je referme enfin la porte derrière moi.

— Je vous cherchais, réponds-je alors que Merethe vient dans ma direction, un filet rempli de petites pierres de toutes les couleurs au creux de la main.

— Eh bien, me voici. » Elle me saisit le bras. « Que vouliez-vous savoir ? »

Chapitre 33

« Ça fait longtemps que ça dure ? » Nous nous dirigeons vers la sortie de la maison de retraite. Merethe me tient toujours par le bras, comme si j'étais un résident à raccompagner dans sa chambre pour qu'il se repose.

« Un peu plus d'une semaine. Depuis la fin de ma détention.

— Détention ? » Je sens sa main se desserrer autour de mon bras. « Mais n'êtes-vous pas…

— Longue histoire. Vous n'aurez qu'à demander à Harvey un jour.

— Ça n'a aucune importance. » Elle serre de nouveau mon bras. « Je vous aime bien.

— Merci, dis-je dans un souffle, en baissant les yeux sur le filet de pierres. Vous vous en servez pour quoi ?

— Ce sont mes cristaux. Pour les séances de thérapie. Harvey les achète en Russie. » Elle serre mon bras plus fort. « Bon marché.

— Vous les vendez… ?

— Bien sûr. Des jaspes, des quartz, des aventurines vertes, on les appelle pierres à vœux, des rhodochrosites rouges. Des lazur-apatites d'Afghanistan, des améthystes, des rhodonites, des fluorites de toutes les couleurs, blanches, noires, violettes, bleues, vertes et jaunes, il y en a même qui sont quasiment incolores. Des émeraudes, des malachites, des onyx, des cornalines, des rubis, des agates, des apatites, des béryls, des topazes, des sugilites, des quartz roses et des pierres de lune.

— … Cher ? »

Merethe cligne des deux yeux en même temps. « Je fais une marge, bien sûr.

— Et c'est celles que nous allons utiliser pour… pour…

— Précisément, confirme Merethe quand nous arrivons à l'appartement.

— Gâteau ? » Nous entrons dans le salon et je pose la cloche et le paquet de serviettes sur le plan de travail de la cuisine.

« Non, merci. Mais on m'a dit en passant que vous aviez gagné le gâteau truffe. C'est Berit qui l'a fait, l'une de nos résidentes, au service de rééducation. » Merethe ouvre le filet de pierres précieuses et plonge la main dedans. « Elle perd un peu la tête. Ses gâteaux ne sont plus ce qu'ils étaient, à vrai dire.

— Super, réponds-je en me penchant vers le plan de travail, pris d'un nouveau spasme.

— Vous êtes prêt ? » Merethe frotte deux pierres l'une contre l'autre. Elle me fait signe de la rejoindre. « N'ayez pas peur. La thérapie par les cristaux est sans aucun danger. Prenez juste cette couverture et mettez-vous par terre. »

Il fait chaud dans la pièce, j'enlève mon pull, n'ai plus que mon T-shirt. Je m'allonge sur le dos, devant elle.

« Vous prenez des médicaments ? »

Je hoche la tête.

Merethe frotte les pierres l'une contre l'autre dans sa main et me regarde. « Je le vois.

— Ah ?

— Myosis. Contraction du diamètre des pupilles. » Elle fait un signe de tête, la bouche fermée. « Ça ne pose aucun problème. Ça pourrait même vous aider. Avez-vous besoin d'autre chose pour vous détendre ?

— La radio », réponds-je d'une voix pâteuse. Je m'étire sur le sol pendant que Merethe part allumer la radio. « Et la cafetière, mettez-la en route.

— Comme ça ? demande-t-elle après avoir allumé la cafetière et trouvé une station qui passe du piano léger et dansant. »

J'acquiesce. « Non, attendez ! » Je me relève brusquement, saisis le petit sac qui est sur la table et cours à la salle de bains. Je sors le parfum de son emballage, ferme les yeux et la bouche et m'en vaporise une légère ondée droit dans le visage. J'avale ensuite deux Oxynorm et regagne le salon.

Merethe attend, assise au bord de la table basse. Elle fronce le nez en sentant la forte odeur de parfum, mais ne fait pas de commentaires. Une fois que je me suis réinstallé par terre, elle s'agenouille à côté de moi. « Il y a sept chakras dans le corps humain, explique-t-elle en chauffant une pierre rouge dans sa paume. Ce sont des roues ou centres d'énergie le long de la colonne vertébrale. Les chakras dirigent, distribuent et régulent l'énergie et les impulsions. Nous plaçons les pierres sur ces points pour que leurs vibrations se calent sur celle du chakra. »

Merethe entreprend de poser des pierres de diverses formes et couleurs en ligne droite, de ma taille à mon front, où elle place une pierre ovale violet foncé. Elle bouge ensuite un cristal étroit en un singulier motif sur mon ventre et mon bas-ventre, tout en parlant doucement, si doucement que je ne comprends pas ce qu'elle dit.

Je sens mes pensées s'envelopper de lourds nuages où couve l'orage, puis je me sens gagné par un sentiment de calme, de bien-être euphorique, qui pèse sur mes douleurs, réveille des cellules sensorielles nouvelles, meilleures, des récepteurs ésotériques qui ne peuvent s'animer qu'avec des médicaments. Ils me veulent tout le bien du monde. La pharmacopée commence enfin à agir.

« J'ai ressenti un gros chagrin, entends-je soudain dire Merethe à travers un voile blanc granuleux. La première fois que nous nous sommes rencontrés et que vous m'avez serré la main, à la maison. C'est pour ça que je l'ai retirée si vite.

— Comment ? » J'ai du mal à articuler. Mes paupières sont lourdes, je parviens à peine à les garder ouvertes.

Je sens les pierres une à une, sur mon ventre, ma poitrine, mon cou, mon front. On dirait qu'elles tournoient, encore et encore, tout en dévorant les tissus, peu à peu. Elles m'enfoncent dans le sol, je ne peux plus bouger.

« Ensuite, je l'ai vue entre Harvey et vous, sur le parking. »

J'essaie de chuchoter quelque chose, sans que mes lèvres semblent pour autant remuer.

« Elle flottait entre vous deux.

— Frei, gémis-je. Enfin.

— Je sens de nouveau son énergie maintenant, poursuit Merethe en faisant traîner ses mots, comme s'ils étaient douloureux à prononcer. Plus forte, plus insistante, on dirait qu'elle fait pression pour entrer.

— Vous la voyez ?

— Oui.

— Dites-lui qu'il faut que je lui parle. Dites-lui que j'ai pris ma décision. Je vais venir, si c'est ce qu'elle veut. » J'entends soudain Merethe serrer les dents, si fort qu'elles grincent.

« Elle a froid. » Merethe se met à claquer des dents et d'un seul coup, la pièce me semble se rafraîchir, comme si on avait ouvert une porte et fait entrer l'hiver. « L'obscurité, elle veut me montrer quelque chose dans l'obscurité, dit Merethe en grelottant, avant de s'orienter vers la fenêtre. Dehors.

— Où ? Au phare ? »

Elle ne répond pas. Elle tremble par terre à côté de moi.

« Posez-lui des questions sur moi, dis-je de ma voix pâteuse. Demandez-lui pourquoi elle ne veut plus venir.

— Elle plane.

— Oui, dis-je rêveusement tandis que mes paupières ne cessent de se refermer. Nous planons, tous les deux.

— Si sombre.

— Vous voyez la lune ? Vous la voyez ?

— Ça craque, chuchote Merethe. Du métal qui claque autour de moi. Dieu ce que j'ai froid.

— L'accident. Oh seigneur, l'accident.

— De l'eau. J'en entends de tous les côtés, je sens le goût du sel monter en moi. » Elle se met soudain à tousser en longues quintes suffoquées, comme si elle étouffait. « Tellement froid. » Elle grelotte, asphyxiée.

« Laissez-la entrer. Il faut que vous la laissiez entrer pour que je puisse lui parler.

— Oh, Seigneur ! » Merethe se prend soudain la poitrine comme si elle avait de la peine à respirer. Sa voix a changé, s'est parée d'une nuance qu'elle n'avait pas quelques secondes plus tôt. « Ce n'est pas normal. » Elle promène un regard traqué dans la pièce, comme si elle cherchait quelque chose. « Non, attendez. Je ne comprends pas ce que vous dites.

— Frei ! » Mon cri est fébrile. « Frei, tu es là ?

— Non, non, dit Merethe d'une voix plaintive. Je ne comprends pas. » Je sens sa main balayer furtivement mon avant-bras. Elle est gelée, un vrai morceau de glace.

« Frei ? » J'essaie de me relever, mais je suis terrassé, je ne peux pas bouger. Le calme qui m'habitait s'est volatilisé et un sentiment diffus de panique me gagne. « Pourquoi tu ne réponds pas ?

— Chut. » Je sens de nouveau la main congelée de Merethe sur mon bras. « Il faut vous taire, Thorkild.

— Quoi ? Non, lâchez-moi. Frei ! Attends-moi, je suis prêt. Prêt à venir. »

La main glacée de Merethe remonte sur mon épaule, puis sa paume appuie sur mes lèvres. « Je comprends maintenant, chuchote-t-elle en refermant ses doigts sur ma bouche. Ce n'est pas Frei. C'est quelqu'un d'autre… »

Chapitre 34

Merethe est agenouillée devant moi, sa main a glissé de mes lèvres et pend lourdement vers le sol. Parvenant finalement à m'extirper de ma torpeur médicamenteuse, je m'assieds.

Le regard lointain, elle m'observe, puis se tourne vers les rideaux derrière le canapé. Elle s'adresse à l'obscurité en chuchotant. « Qui êtes-vous ? » Elle tend les mains devant elle comme une aveugle qui vient de tomber sur un inconnu. « Pourquoi êtes-vous là ? »

De l'air froid filtre de ses lèvres et de son nez. Elle se balance légèrement d'un pied sur l'autre, secoue la tête et serre les paupières. « Je ne comprends pas. » Ses yeux se rouvrent, de l'air froid se déverse encore de sa bouche.

« Qu'est-ce qu'elle dit ? »

Merethe secoue de nouveau la tête. « Je ne sais pas. Je ne comprends pas. »

Je vais me lever, mais elle tend la main et me fait signe de rester assis. L'air de la pièce est épais, presque cristallisé, il descend lentement vers les rideaux et la fenêtre.

« Elle vous montre. Je ne comprends pas ce qu'elle dit. On dirait du charabia, ou une langue étrangère.

— Frei. » Je fixe les rideaux, derrière le canapé, où Merethe a braqué son regard. « C'est toi ? » Je me lève et contourne la table pour aller à la fenêtre. « Je t'en prie, dis quelque chose. Je ne peux plus attendre. J'ai besoin d'une réponse. Tu veux que je vienne ? »

J'approche, un goût rance d'eau salée monte dans ma bouche. Le courant d'air froid me percute de plein fouet au moment où je saisis les rideaux pour les écarter. Merethe se met à crier derrière moi.

Pivotant sur moi-même, je vois sa poitrine se soulever violemment, elle suffoque. Ses pupilles sont dilatées de terreur, son corps tressaille.

« Qu'est-ce qui se passe ? dis-je, affolé. Je ne comprends pas ce qui se passe ! »

Elle s'arc-boute encore, avance la poitrine en écartant les bras. « *Mne xólodno.*

— Quoi ? » Je pose les mains sur ses épaules. « Qu'est-ce que vous dites ?

— *Mne xólodno !* répète Merethe, de plus en plus fort. *Mne xólodno ! Mne xólodno ! Mne xólodno !!* »

Je tente de plaquer ma main sur sa bouche, mais elle la chasse et se met à se griffer l'intérieur des joues, comme si elle essayait désespérément de sortir quelque chose de sa gorge. Nos visages sont trempés, le moindre pore exsude de la sueur.

« Que faites-vous ?

— À l'aide », implore Merethe. Elle a les yeux écarquillés, baignés de terreur, un affreux gargouillis s'élève de son larynx. Elle siffle, halète, comme si elle se noyait dans sa propre salive.

« Arrêtez ! » J'essaie de lui retirer les doigts de la bouche.

« *Mne xólodno ! Mne xólodno !* »

Soudain, je l'aperçois. Pas Frei, mais une femme sans visage ni mâchoire, juste une capuche de chair autour d'un crâne dénudé, couvert d'algues. Elle se tortille dans la terreur noire des pupilles de Merethe, qui hurle.

« Je la vois ! » Bouche bée, je recule d'un pas chancelant. « Je la vois, putain ! Dans vos yeux. Elle est là. La femme sans visage. Elle est là ! »

Subitement, les cris cessent. Merethe me regarde, ses yeux ne sont que ténèbres d'épouvante. Elle sort les doigts de sa bouche et laisse ses mains retomber lourdement sur ses flancs. Elle semble sur le point de parler, mais garde finalement le silence, ne bouge pas. Son corps oscille légèrement et à la seconde suivante, elle s'effondre.

Il y a un choc sourd quand sa tête heurte le coin de la table et elle s'écroule de tout son long sur le sol.

Je rampe vers elle et vais la remonter sur mes genoux quand je constate qu'il y a un problème avec sa mâchoire. J'essaie de lui fermer la bouche, mais sa mâchoire inférieure ne fait que retomber dans cette béance anormale. J'aperçois alors une coupure au niveau de son oreille et le blanc luisant de l'os qui en émerge.

« Attendez une seconde, Merethe ! » Je m'apprête à courir chercher de l'aide quand on tape fort à la porte.

Siv l'infirmière ouvre, accompagnée d'un aide-soignant plus jeune. « Qu'est-ce qui s'est passé ? Les habitants de l'appartement voisin ont téléphoné pour se plaindre du bruit.

— Appelez un médecin ! » dis-je. Merethe gémit de douleur quand je la relâche pour me redresser. « Immédiatement !

— Qu'avez-vous fait ? crie Siv alors que l'aide-soignant est sur son portable.

— Elle s'est décroché la mâchoire en tombant. »

Siv accourt et m'aide à basculer Merethe en position latérale de sécurité.

« Ils arrivent tout de suite », annonce l'aide-soignant en rangeant son portable dans sa poche. Il vient s'agenouiller à côté de Merethe et Siv, tandis que je me hisse sur le canapé pour appeler Harvey.

Chapitre 35

Harvey décroche, je ne lui laisse pas le temps de parler. « Harvey ! Il faut venir ! Il est arrivé quelque chose à Merethe !

— Merethe ? » Je l'entends ralentir un moteur de bateau avant de reprendre, en parlant plus fort, d'un ton plus sec. « Comment ça ?

— Elle est tombée, dans l'appartement. L'ambulance est en route. Dépêchez-vous.

— J'allais juste me rendre au parc à moules. Ne partez pas avant que je vous rejoigne. »

Le moteur de Harvey se remet à rugir et il raccroche.

Je pose mon téléphone sur la table et observe Siv et l'aide-soignant, de part et d'autre de Merethe. Siv l'a recouverte d'un plaid et lui a aussi mis une serviette de bain sous la tête pour offrir un support moelleux à sa mâchoire inférieure, qui semble s'être décrochée entièrement quand Merethe a heurté le coin de la table. Les articulations se sont luxées et ne sont désormais retenues que par la peau du crâne.

Même à distance, j'entends son souffle rauque, encombré. L'air semble rencontrer de la résistance sur le chemin de la sortie, il atteint les lèvres d'une façon qui n'est pas naturelle. Parfois vient une faible plainte quand elle doit bouger. Siv lui tient la main et l'aide-soignant lui caresse doucement les cheveux. Au bout de dix minutes, nous entendons une voiture se garer juste devant l'appartement, Harvey débarque en courant dans le salon, la mine crispée, les yeux noirs de peur.

Il s'arrête un instant au milieu de la pièce avant de se jeter à genoux devant Merethe puis de se traîner tout contre elle.

« Comment est-ce arrivé ? demande-t-il, le dos tourné, penché sur sa femme.

— On faisait de la thérapie par les cristaux. Merethe allait m'aider pour mon ventre, comme vous l'aviez suggéré, quand elle, enfin, quand nous avons vu quelque chose, une personne, qui, qui…

— Une séance ? » Harvey fait volte-face. « Vous avez fait une séance de spiritisme ?

— Ou… oui, je crois, réponds-je, au désespoir. Je suis désolé, Harvey. Je ne savais pas que… Elle est tombée. Tout à coup, elle s'est écroulée et elle a heurté le coin de la table. »

Harvey me dévisage longuement, avant de forcer finalement un sourire sans fossettes. « Détendez-vous, Thorkild. » Il se penche de nouveau vers sa femme et chuchote près de son visage. « Ça va aller. Tu m'entends, on va se sortir de ça aussi, *honey*. »

Au loin résonne une sirène. Bientôt le parking se remplit de lumières vives. L'aide-soignant s'élance dehors pour accueillir les ambulanciers. Il revient aussitôt avec un homme et une femme qui portent une mallette et un brancard. L'homme s'assied à la tête du brancard.

« Elle a la mâchoire décrochée, explique Siv. On voit la tête de l'articulation qui dépasse, ici. »

Elle désigne la plaie près de l'oreille. L'homme hoche la tête et pose délicatement la main sur l'épaule de Merethe :

« Vous êtes réveillée ? » demande-t-il en lui pressant légèrement l'épaule. Merethe geint puis redevient silencieuse. « Bien. » L'homme enlève sa main avant de s'adresser à Siv. « C'était il y a combien de temps ?

— Environ vingt minutes.

— Bien. Et elle est restée consciente pendant tout ce temps ? »

Siv me lance un bref coup d'œil et acquiesce.

« OK. » L'ambulancier commence son examen de la tête et de la nuque de Merethe, pendant que l'ambulancière examine sa poitrine, son ventre, ses bras et ses jambes. À chaque point, ils s'arrêtent pour lui demander si elle a mal. Elle gémit doucement et ils continuent.

L'examen terminé, ils posent délicatement une compresse sur sa plaie, près de l'oreille, puis l'homme lui éclaire de nouveau la bouche pour s'assurer qu'il n'y a pas d'hémorragie. Il termine par les pupilles. Il se relève en nous regardant.

« Nous allons lui donner des antidouleurs avant de la transférer sur le brancard. C'est primordial de la garder à tout moment en PLS, de vérifier qu'il n'y a pas d'hémorragie, et que rien ne descend dans sa gorge. Nous voudrions éviter de l'intuber, à cause de sa mâchoire, mais nous devons être préparés à le faire s'il y a un changement en cours de route. »

Quand l'ambulancière a injecté l'antidouleur, l'homme s'adresse à Siv : « Vous êtes infirmière ? »

Elle le confirme.

« Vous pouvez lui tenir la mâchoire pendant le relevage ? » Siv hoche encore la tête.

« OK. » La femme avance deux lattes lisses et les insère doucement entre le sol et le torse de Merethe, pour pouvoir la transférer sur le brancard d'un seul mouvement.

Un mince filet s'écoule de sa bouche, un mélange de sang frais et de sang coagulé. Je vois une grande tache sombre de sang coagulé sur la serviette de bain et sur le sol où elle était couchée. Les ambulanciers et Siv conviennent qu'elle les accompagnera dans l'ambulance jusqu'à Blekøyhamn, puis dans l'hélicoptère, vers le centre hospitalier universitaire de Tromsø. L'aide-soignant informera le personnel de la résidence de ce qui s'est passé.

« J'appellerai la police depuis l'ambulance, prévient Siv, dont le regard dur se porte tour à tour sur Harvey et sur moi. Je ne sais pas ce que ce type… » Elle pointe un doigt court et boudiné vers moi, qui suis assis sur le canapé. « … a fabriqué, mais il est manifestement sous l'emprise de quelque chose, et… et…

— Mais… Que croyez-vous que j'aie fait ?

— Enfin, regardez-la ! » s'exclame Siv. Les ambulanciers s'arrêtent un instant, eux aussi, et m'observent tous les deux. « Vous allez me faire croire qu'elle est juste tombée ?

— Du calme. » Harvey s'interpose entre Siv et moi. « C'est moi qui lui ai suggéré d'aller voir Merethe. Il a des problèmes digestifs, c'est tout. »

Siv va répondre quelque chose, mais elle respire et reprend : « Eu égard à tout ce qui s'est passé ici dernièrement, je vais tout de même appeler la police. Et puis autant vous le redire, Harvey : nous ne pouvons pas louer des appartements de la résidence à n'importe qui sur une initiative personnelle. J'ai déjà été claire sur ce point. Faites-le partir d'ici. Au plus vite. »

Siv rejoint au pas de charge le brancard qu'elle et les ambulanciers montent délicatement à la bonne hauteur avant de rejoindre l'ambulance. Dès qu'ils sont sortis de l'appartement, Harvey vient vers moi.

« Je… je… dis-je en me levant.

— Putain, vous l'avez vue ! » Harvey m'attire dans ses bras, attrape le dos de mon T-shirt et le serre fort au niveau du col. « Vous avez vu comme elle avait peur ? »

Incapable de parler, je reste apathique, pendu dans les bras de Harvey, à essayer de chasser de mon esprit la scène qui vient de se produire. Harvey finit par me lâcher, et chancelle devant moi. « Ils m'ont appelé tout à l'heure. » Sa voix est rauque, il chuchote.

« Qui ça ?

— La police de Tromsø. Ils veulent que j'y aille, demain matin. Ils m'ont d'abord demandé si je pouvais venir ce soir, mais j'ai pu repousser à demain.

— D'accord, fais-je de ma voix pâteuse en essuyant mon visage de mon avant-bras.

— Ils voulaient se renseigner sur vous, Thorkild. Savoir quand vous êtes arrivé ici, où vous logiez et dans quelle forme je vous trouvais, avant de vous conduire au phare.

— Ils optent donc pour le scénario où Bjørkang et Arnt viennent au phare le soir où j'y étais et il leur arrive quelque chose.

— Mais bon sang ! gronde Harvey.

— Oui, hein ?

— Dites… » On entend le gravier crisser sous les roues du brancard de Merethe. « … Je n'avais pas l'intention d'en parler, mais maintenant, je me sens obligé de le faire.

— Qu'est-ce qu'il y a ?

— Tout à l'heure, quand vous m'avez appelé. J'étais en route pour le parc à moules, juste un kilomètre après le phare. » Il hésite. « Enfin. Quand je suis repassé devant l'îlot, sur le chemin du retour, j'ai vu quelque chose.

— Quoi ?

— Quelqu'un. Ou peut-être deux personnes, je ne suis pas sûr. Il faisait tellement sombre, et j'étais assez loin. Mais elle était assise…

— Elle ? » Je sens que je dois me dominer pour ne pas me mettre à trembler.

« Je ne sais pas qui c'était, mais c'était une femme, j'en suis sûr. Je n'ai pas vu son visage, juste ses cheveux qui volaient au vent. Je ne l'ai aperçue qu'un court instant, ensuite l'angle de mon bateau par rapport au hangar a fait que je ne l'ai plus vue. Je ne suis même pas certain que c'était bien une femme et pas juste du bric-à-brac contre un mur, mais la porte du hangar était ouverte, et j'ai eu cette intuition dévorante, en regardant dans l'ouverture, qu'il y avait quelqu'un à l'intérieur. Quelqu'un qui se cachait derrière la porte en attendant que je sois passé. »

Nous entendons la portière arrière de l'ambulance se refermer. Aussitôt après les phares braqués sur les fenêtres du salon disparaissent, remplacés par le bleu profond du soir. « Il faut que j'y aille », annonce

Harvey en regardant les dernières lueurs. On dirait qu'il est soudain réveillé par la nuit et se rappelle l'urgence de la situation. « Il faut que j'aille chercher le petit et que je suive Merethe. »

Harvey s'en va sans regarder derrière lui. Il traverse rapidement le parking et grimpe dans son pick-up. Son véhicule parti, j'ouvre entièrement les rideaux pour faire entrer la nuit dans la pièce. Debout à la fenêtre, je médite sur la vitesse à laquelle les choses peuvent déraper une fois qu'on est sur la mauvaise pente, que ce soit à la table de cuisine familiale avec quelqu'un qu'on aime, en situation d'interrogatoire, ou dans la vie en général. On ne fait que foncer vers sa propre perte sans être en mesure ni de freiner ni de changer de cap.

« Cette fois, c'est vraiment parti en couille », dis-je aux flocons de neige qui volètent dans la lumière du lampadaire. Au loin, près du phare, un vol d'oiseaux fait des cercles sous une trouée dans les nuages d'où s'échappe un raï de lune qui plonge vers l'îlot. Soudain j'aperçois une lumière à une fenêtre, une lanterne carrée au milieu de tout ce noir, de tout ce froid.

« Harvey a raison. » Je plaque mon visage contre la vitre. « Elle m'attend là-bas. Il est temps de partir d'ici. »

Chapitre 36

Je suis à bout de souffle quand j'arrive à ma voiture, sur le parking. Je roule aussitôt vers les hangars à bateaux, au fond de la baie, et me gare là où le *lensmann* et l'agent s'étaient rangés quand nous sommes venus voir le bateau de Rasmus dans le hangar de Harvey.

Je m'élance hors de la voiture, passe en vitesse sous un séchoir à poissons bancal et zigzague entre flaques marécageuses et rochers glissants.

En ombres chinoises, les oiseaux montent et descendent dans le ciel au-dessus de la maison du gardien de phare. Lentement ils planent, les ailes presque immobiles. Je vois aussi d'autres oiseaux sur l'eau autour du phare, noirs avec des plumes blanches au cou, telles des lanternes en papier suivant le mouvement des vagues autour des rochers.

Le hangar à bateaux est partagé en deux, avec au fond une salle dédiée à la pêche, où l'on peut voir des filets, des flotteurs en verre, des seaux, des caisses et autres, ainsi qu'un youyou vert en plastique accroché au mur. La petite embarcation est suspendue à deux crochets, un à l'avant, l'autre à l'arrière. Elle est si légère que je parviens sans difficulté à la décrocher et la descendre sur l'eau.

En sautant à bord, je lui donne de l'élan d'un coup de pied. L'îlot entier et la mer tout autour sont baignés d'argent scintillant. Les oiseaux se sont déployés en éventail. Le phare et ses annexes sont plongés dans une puissante lumière surgie de la déchirure dans le ciel, une passerelle unissant deux objets célestes qui tournent l'un autour de l'autre.

« Comme nous, Frei… » Je sanglote convulsivement, les larmes et la morve coulent sur mon visage. « Comme nous. »

J'ai le dos en compote quand j'arrive enfin au ponton détruit. Je jette mon sac à terre avant de me hisser hors du youyou et de me traîner sur le rocher. Je cours au hangar à bateaux et ouvre la porte, il n'y a personne. Je repars, m'arrête de nouveau au pied des marches de pierre et lève les yeux. Les fils d'argent sans chaleur de la lune font briller l'ensemble du phare. Je respire profondément et me remets à courir.

Malgré les gouttes de pluie sporadiques et l'humidité de l'air marin, je ne prends pas la peine de refermer ma veste ni d'enfoncer mon T-shirt dans mon pantalon. La porte de la maison est barrée de rubans de police. Je les arrache et les balance par terre. Une fois à l'intérieur, je me précipite droit vers le bar.

« Merde, merde, merde ! » Je m'arrête au comptoir. Une vague odeur d'oignon subsiste dans la pièce, odeur qui n'y était pas la dernière fois, mais qu'il me semble avoir déjà sentie quelque part. Toutes les fenêtres sauf une sont occultées par des sacs en plastique noirs. Au milieu de la pièce se trouve un projecteur de chantier allumé, dirigé vers la seule ouverture non occultée.

J'ouvre cette fenêtre. Dehors, l'obscurité est totale. L'accroc dans les nuages s'est entièrement refermé. « Trop tard… »

Je passe plusieurs minutes à contempler le couvercle nuageux, j'attends, espère que la brèche va se rouvrir, mais rien ne se passe, des nuages encore plus sombres viennent se superposer. Pas de lune, pas de lumière, pas de Frei. Juste une barrière totalement noire qui ne laisse passer rien ni personne. Je finis par refermer la fenêtre et quitte le bar.

Sentant le moment venu de tenter à nouveau d'expulser ce qui est coincé dans mes entrailles, je descends à la discothèque, où, d'après l'écriteau, devraient se trouver des toilettes.

La porte du fond est fermée par un cadenas et je n'ai pas la clef. Je remonte en trottant à la réception, puis à l'étage. Là-haut, l'air est lourd et moite, avec un relent âcre de bois brûlé et de fibres de tissu humide.

Je me dirige vers l'une des portes entrouvertes. La pièce se situe dans l'aile qui semble avoir le plus souffert de l'incendie. Le plafond et les murs ont été arrachés à la fois dans la pièce principale et dans la salle de bains adjacente, qui est sans ameublement ni toilettes. Plusieurs outils jonchent le sol, à côté d'un projecteur et de quelques rouleaux d'isolant. C'est la seule pièce de l'étage que Rasmus ait commencé à rénover. Les autres n'ont pas bougé depuis les années quatre-vingt.

La pièce suivante est emplie de meubles, de vieux canapés-lits déhoussables empilés contre le mur côté façade, divers placards et meubles de rangement, et même quelques lits superposés ; le tout en pin blanchi. Les cloisons sont couvertes de suie et la moquette ponctuée de brûlures ovales qui vont jusqu'à la sous-couche en aggloméré.

Je ferme la porte et retourne à l'escalier et au couloir d'en face. Une plaque à côté de la première pièce indique qu'il s'agit de la salle de conférence 1. Rideaux tombés sur le sol, fenêtres couvertes d'insectes morts pris dans d'innombrables toiles d'araignées. Des chaises en fer à cheval autour d'une table avec un vieil ordinateur et, par terre, un manuel d'utilisateur du logiciel de traitement de texte WordPerfect.

Derrière la porte suivante, je découvre une salle de sport pleine de vélos d'appartement, d'appareils, de portants et d'haltères, et de miroirs poussiéreux. Un trou dans le mur aurait dû être bouché par une grille de ventilation. Non loin, je vois un squelette d'oiseau sur le sol. Je me dirige vers une porte latérale.

De minuscules toilettes avec un simple lavabo se présentent à moi. J'arrache mon pantalon et m'assieds sur la lunette. Des frissons fusent à travers mes pores quand ma peau entre en contact avec la surface froide. Je reste néanmoins assis et tire la porte juste assez pour laisser une fente de lumière entre le vantail et l'encadrement, je la retiens ainsi avec ma main tout en essayant de détendre mes muscles et de laisser la force de gravité faire ce qu'elle est censée faire.

Rien ne se passe. À la fin, je me lasse de pousser avec le vent qui siffle partout où l'air peut s'infiltrer et le froid qui me laboure les fesses. « Putain de merde ! » Je remonte mon pantalon, ouvre la porte à toute volée, quitte la pièce et redescends au rez-de-chaussée. Il est temps de mener à bien ce pour quoi je suis venu.

De retour au bar, je passe derrière le comptoir et prends une demi-bouteille de Smirnoff sur la tablette en verre. Je sors mes blisters et quelques plaquettes, remplis ma main de comprimés et de gélules de diverses formes et couleurs. « Espérons que ça suffira », me dis-je tout bas en les avalant avec une gorgée de vodka amère et brûlante.

J'aperçois alors un sac poubelle contre le mur, ainsi qu'une boîte en carton vide que je n'avais pas remarquée auparavant. Je vais l'ouvrir. Le sac contient plusieurs paires de gants en latex usagés, ainsi que des flacons à opercule vides qui, à en juger par l'odeur, contenaient du luminol.

Le luminol est un produit chimique luminescent qui se dilue dans l'eau et se vaporise pour chercher des taches de sang à l'aide de lampes UV, d'où les sacs en plastique pour occulter les fenêtres. Le fer contenu dans le sang catalyse une luminescence qui permet de repérer les moindres traces de sang, même celles qu'on a essayé de faire partir avec des produits chimiques.

Je cherche un numéro sur mon téléphone et appuie sur le combiné vert qui s'affiche à l'écran.

« Gunnar Ore, j'écoute, dit la voix avec une curiosité mêlée d'agacement.

— C'est moi.

— Thorkild ? Mais put… Il y a sept heures de cela, je t'ai clairement demandé de te tenir à…

— Pourquoi avez-vous fait des examens criminalistiques au phare ?

— Quoi ?

— Vous avez fait des examens criminalistiques ici. Pourquoi ?

— Nous ? Je te rappelle que je suis au Delta, tu ne te souviens pas ? Ou es-tu tellement parti dans tes brumes de merde que tu as déjà oublié ? La police scientifique, ce n'est pas mon domaine.

— Mais tu sais. »

Il y a un temps de latence. J'entends Gunnar Ore inspirer, puis expirer.

Il respire encore. « Dans le cadre de la disparition des policiers, le commissariat de Tromsø a envoyé une demande d'assistance à Kripos, qui a recommandé de faire des examens criminalistiques sur l'île, c'est tout.

— Pourquoi ?

— Tu dois bien te le figurer, non ?

— Alors tu es impliqué. » Je fais ce constat surtout pour moi-même.

Puis il intervient : « Allons. Réveille-toi, mec ! Qu'est-ce tu crois, putain ? Deux policiers disparus, un civil disparu, et maintenant toi qui te balades dans le Nord en parlant de monstres marins, de voleurs de cadavres et de femmes sans visage. Merde, mec ! Ce truc est une bombe à retardement. On a potentiellement un cocktail destructeur de dimension épique pour la presse à sensation, avec ton nom coincé quelque part au milieu. Et on téléphone à qui, à ton avis, quand le nom de Thorkild Aske apparaît et qu'on a les doigts qui démangent de tirer la sonnette d'alarme ? »

Je serre longtemps le téléphone dans mes mains avant d'essuyer finalement mes larmes et ma morve et de chuchoter :

« Qu'est-ce qui vous fait dire que les deux policiers disparus sont venus sur l'île la nuit de leur disparition ?

— Allons, Thorkild. À quoi tu joues, là ? »

Je regarde la pénombre devant moi et me force à avaler une gorgée d'alcool. « Vous avez trouvé du sang, n'est-ce pas ? »

Gunnar va dire quelque chose, mais se retient. J'insiste. « Où ? »

Nouveau silence.

« Allez, où ? » D'un bond, je descends du bar et commence à errer dans la pénombre. « L'endroit où vous en avez trouvé a une importance ? C'est pour ça que tu ne peux pas le dire ?

— Ils ont eu une réaction au luminol dans la maison, dans le bar, finit par dire Gunnar.

— Phénomène actif ?

— Non. Phénomène transférant entre des carreaux au sol, près d'un coin salon. »

Les taches phénomène actif indiquent que la victime a été tuée ou au moins a subi des lésions sur place, tandis que les taches phénomène transférant témoignent uniquement que la personne en question a saigné quand elle se trouvait là. Je vais jusqu'au canapé en velours et m'accroupis. Le sol est lisse et froid, comme s'il venait d'être lavé. « Le sang de qui ? Vous le savez ?

— Non.

— Alors, qu'est-ce qui vous fait croire que c'est celui de Bjørkang ou de l'agent ?

— Nous attendons l'analyse des échantillons.

— Tu es donc en train de me dire que pour l'instant vous savez de façon purement intuitive que le sang viendrait de Bjørkang ou de l'agent, et non de Rasmus ou de la femme sans visage ? Ou de quelqu'un d'autre, d'ailleurs. C'est comme ça que vous travaillez, maintenant ? Allons, Gunnar… Vous avez trouvé quelque chose. Quelque chose qui appartient aux policiers et sur quoi il y a du sang. N'est-ce pas ?

— Comme je viens de le dire… » Il élève à peine la voix sans se départir de son calme. « Nous attendons les résultats de…

— … J'ai vu un fantôme aujourd'hui. » Je l'interromps avant qu'il ait pu finir son putain de mantra en langage du pouvoir. Je sais qu'il ment et je refuse que notre dernière conversation se fasse exclusivement selon ses termes à lui.

« Vraiment ? Sérieusement, Thorkild. Des fantômes ? On en est là, maintenant ?

— Je l'ai vue dans les yeux d'une autre femme. C'était elle. La femme sans visage. Celle que j'ai trouvée au phare, dont personne n'a l'air de se préoccuper.

— Eh bien, comme je le disais… » Sa voix est plus dure à présent. Avec plus de basses. Sa pression artérielle a augmenté. « … Personne au commissariat ne croit ne serait-ce qu'à l'existence de cette femme dont tu parles. Les gens sont furieux que tu ailles balancer des accusations et des insinuations sur deux fonctionnaires de bonne réputation qui ont disparu. C'est minable, même venant de toi.

— Et toi, dis-je d'une voix à peine audible. Qu'est-ce que tu crois ?

— Moi ? Eh bien, je peux te le dire, Thorkild. Je crois que tu es une pièce de machinerie abîmée qui devrait se tirer de là avant de tomber encore et de ne plus pouvoir être réassemblée.

— “*Humpty Dumpty était sur un mur. Humpty Dumpty est tombé du mur.*”

— Oui, exactement, répond Gunnar Ore sans manifester de signe qu’il trouve la comparaison particulièrement drôle.

— “*Pas un homme dans ce pays…*”

— Bon Dieu, mec ! Ressaisis-toi, merde !

— Alors, quelle est l’hypothèse ? Quel scénario êtes-vous en train de construire ?

— Tu sais que je ne peux pas…

— OK, quel rôle pensez-vous que j’aie joué dans tout ça ? Tu peux au moins me dire ça, non ? »

Il part d’un rire rauque. « Détends-toi, Thorkild. Ce n’est pas ton genre, je l’ai dit à Sverdrup dès notre première conversation téléphonique. Malgré ce qui s’est passé avec cette fille sur Flypassvegen. Tu es un fuyard, un évitant qui abandonne dès que la situation devient difficile. Je lui ai expliqué que plus vite tu sortirais de l’affaire, mieux ce serait pour toutes les parties. » Il hésite. « Tu es quelqu’un qui choisit toujours la solution de facilité face à l’adversité, et cette fois tu étais sur la mauvaise île au bon moment, c’est tout.

— Qu’est-ce que tu veux dire, bordel ? » Soudain, le bloc de pierre que j’ai dans l’estomac se manifeste et je serre les dents en attendant que la douleur passe.

« Tu sais ce que je veux dire.

— Mon essai de libération conditionnelle par la petite porte ?

— Si tu veux.

— Je ne t’ai pas raconté ce qui s’était passé dans ces douches. Tu veux savoir ?

— Non, répond Gunnar Ore avec mauvaise humeur. Garde ça pour quelqu’un qui en ait quelque chose à foutre. Tire-toi juste d'i… » Il s'interrompt. « Tu disais *ici*.

— Quoi ?

— Tu as dit *ici*, tout à l'heure, quand tu parlais de l'examen de scène du crime. Tu es au phare, non ? »

Cette fois, c'est mon tour de ne pas répondre.

« Mais putain, Thorkild ! »

J'entends que ça vire à la tempête au bout du fil, mais c'est sans aucune importance. Je ressens enfin les effets de l'alcool et de mes œufs d'insecte, les crêtes hautes des vagues, leurs creux profonds.

« Il ne reste presque plus de temps… » Je cale la bouteille de Smirnoff au creux de mon bras, avant de me faire une place par terre contre les cartons de lampes en verre de Murano, puis de fermer les yeux.

« N'ai-je pas spécifié que tu ne devais en aucune circonstance…

— Désolé, patron, parviens-je à gazouiller. Comme tu le dis toi-même, je suis quelqu'un qui fuit et maintenant je dois m'envoler. *Cra ! cra !* »

Chapitre 37

Je ne sais trop combien de temps j'ai passé assis là après ma conversation avec Gunnar Ore. Tout à coup, je semble revenir à moi. Je me rends compte que j'entends de la musique : un son cristallin créé par des boîtes à rythmes et des synthétiseurs des années quatre-vingt. C'est comme si je me réveillais dans une soirée.

Je pose la bouteille de Smirnoff par terre. Elle se renverse, roule, s'arrête. J'ai la nuque raide, mal quand je lève la tête et ouvre les yeux. Il fait froid et sombre dans le bar, plus qu'à mon arrivée.

Je me lève et suis la musique dans le couloir, où le bruit est plus fort. J'arrive pile à l'escalier qui mène à la discothèque fermée du sous-sol quand une voix féminine pleine de fougue se met à chanter sur les nappes de synthé : « … *I feel the night explode when we're together. Emotion overload in the heat of pleasure…* »

Je descends jusqu'au bas des marches, où la porte d'abri anti-bombes qui était auparavant verrouillée est maintenant légèrement entrebâillée. De l'autre côté, j'entrevois les contours de lumières jaunes, vertes et bleues glissant sur le mur de la discothèque. Dans l'entrée pour y accéder, plusieurs vitrines transparentes s'alignent en une rangée bien droite, surmontée de plaques blanches, sans que je ne parvienne à distinguer ni le contenu des vitrines ni les inscriptions sur les plaques.

« ... *Take me I'm yours. Into your arms. Never let me go. Tonight I really need to know...* » Je franchis le seuil et pénètre dans le vestiaire, qui débouche sur une double porte ouverte. Le vestiaire est constitué de patères vides sur la gauche et de deux portes indiquant des toilettes pour hommes et pour femmes. L'air est vicié, renfermé, rien ne semble avoir bougé depuis que les yuppies des années quatre-vingt y dansaient, il y a près de trente ans.

Je me dirige vers la première vitrine, vissée dans le mur de béton à hauteur de visage, tandis que les boîtes à rythmes montent en puissance vers le refrain : « ... *Tell it to my heart. Tell me I'm the only one. Is this really love or just a game ?* »

Dans le caisson de verre, je vois un nid d'oiseau. Guillemot de Troïl (*Uria aalge*). Deux œufs sont posés sur une plaque de pierre nue. Ils sont verts, ponctués de zones irrégulières sombres, des taches, des flammes. La vitrine voisine abrite un roc fendu d'une crevasse où sont logés deux œufs de petit pingouin, grisâtres avec des mouchetures marron foncé.

Je passe devant d'autres nids en avançant vers la discothèque. Où le damier du vestiaire se poursuit. La décoration par ailleurs est toute d'acier et de verre, avec des coloris pastel aux murs et au plafond.

Une boule à facettes s'enroule sur elle-même au rythme de la musique, qui est maintenant un vieux classique dont j'ai de vagues souvenirs de mon jeune temps. Par terre, à côté de la cabine du DJ, deux machines à fumée crachent périodiquement des nuages duveteux sur la piste de danse vide alors qu'une voix d'homme chante… « *Never gonna give you up, never gonna let you down. Never gonna run around and desert you…* »

L'acoustique, la poussière, la fumée des machines nimbe les locaux d'un jaune soufre pulsatoire qui dérive entre la piste de danse et les tables et fauteuils.

Dans la cabine du DJ, il y a aussi un stroboscope : il émet des éclairs à haute fréquence qui se brisent sur la piste en dessinant de petits cumulonimbus dans la fumée.

« Qu'est-ce que c'est que cet endroit ? » dis-je d'une voix pâteuse en levant devant moi ma main, que je vois bouger en saccades mécaniques. C'est comme si j'évoluais dans l'un de mes rêves médicamenteux, tout plane.

D'un seul coup, je me fige. Une nouvelle dose de fumée jaillit sur la piste. Des particules de poussière sinuent autour de moi telles des aurores boréales dans le ciel. J'ai aperçu quelque chose.

Quelque chose qui ne devrait pas être ici.

Chapitre 38

Les cachets et l'alcool génèrent en moi une sensation d'immatérialité, de déconnexion, alors que je titube vers la femme adossée au mur, sur la banquette du fond, derrière une table, non loin d'une issue de secours.

Mais je sais qu'il en faudrait encore plus pour parvenir à faire ce qui m'attend. Aucune conduite rouillée ni autre accessoire défectueux ne doit pouvoir ruiner le grand finale de ce spectacle.

Sur la table sont allumées deux bougies chauffe-plats dans des pots à confiture. Elle a une main devant la face, comme si elle dormait, ou se protégeait simplement de la musique, de la fumée, de la frénésie de lumières.

La femme sans visage porte toujours la même chemise de nuit fine avec un T-shirt par-dessus. Le mur est moite et froid, comme si nous étions dans une maison au fond de la mer, où l'eau glacée appuierait sur la façade en béton, la battrait.

Je me penche vers elle et chasse délicatement les cheveux épais, couleur vert sève, de son visage. Ils sont froids, raides et craquent au toucher comme des vêtements gelés. Là où j'enlève la poussière se révèle une pellicule lisse et transparente, qui recouvre son corps. Elle est congelée, un morceau de poisson ou de viande qu'on vient de sortir du congélateur.

« Qu'est-ce que tu fais ici ? » De nouveau, je m'incline lourdement au-dessus de la table et gratte doucement la poussière de son corps congelé. C'est comme balayer de la suie sur un vieux bonhomme de neige, la saleté glisse dans le sillage de mes doigts, en laissant des fils noirâtres sur la pellicule de glace brillante. Au-dessous je vois sa peau violacée, couverte de lividités cadavériques bronze.

Je frotte mes paumes sur la table, repousse des décennies de poussière et de crasse sur le sol, faisant apparaître le plateau de verre. J'ai le sentiment de me trouver dans un endroit réservé aux morts et aux mourants, un poste de transition où la femme sans visage et moi attendons de pouvoir poursuivre notre voyage, d'une forme vers une autre.

La musique s'arrête, la sono semble avoir eu son compte et un silence inquiétant se déploie dans la salle. Interrompu seulement par le grondement du moteur de la boule à facettes et le souffle sporadique et rauque, presque asthmatique, des machines à fumée.

« Se pourrait-il qu'il y ait eu erreur quelque part ? » J'essuie le plateau avec ma manche de blouson jusqu'à ce que le verre soit assez propre. « Une permutation accidentelle entre vous deux ? » Je vide mes poches de leurs boîtes, blisters et plaquettes, sors les cachets voulus et les pose sur la table. « Tu comprends, c'était quelqu'un d'autre que je devais retrouver ici. »

J'aligne comprimés et gélules sur la table jusqu'à ce qu'ils forment un mot. Je pointe le doigt sur le prénom que dessinent les quatre lettres en observant la femme en face de moi.

« Elle… » Je regarde autour de moi en souriant. « C'est pour nous qu'on a organisé cette soirée. »

La pièce est moins poussiéreuse maintenant que la musique s'est éteinte. J'attrape quelques-uns des cachets qui forment le tronc de la lettre F, puis aspire la salive de mes joues et avale. Je vais en prendre d'autres quand, brusquement, la musique se rallume. Un crépitement râpeux crève les haut-parleurs, en apportant des roulements de batterie et la voix masculine grave qui chante… « *Ooh, give you up, oh, give you up. Oh, never gonna give, never gonna give…* »

La poussière se remet à se cambrer et se voûter dans la salle au rythme des pulsations des haut-parleurs. Je sors mon téléphone et appelle un dernier numéro. Avant d'être prêt, je dois encore parler à quelqu'un :

« Thorkild ? » La voix de Liz est douce, chaleureuse et, comme toujours, elle se demande non sans ambivalence à quel Thorkild elle va parler cette fois.

« Salut, Liz. » J'essaie de protéger ma bouche de la poussière.

« Où es-tu ?

— Dans une boîte de nuit, réponds-je en reniflant avant d'attraper d'autres cachets.

— Pardon ?

— Je suis dans une discothèque. » Je parle d'un ton calme, en coulant mon regard vers la boule à facettes grinçante qui tourne encore et encore. Les machines semblent s'être vidées de leur fumée, il n'en sort qu'une toux intermittente blafarde, suivie de nuages de poussière grise expulsés sur la piste de danse, où ils sont aspirés par la masse de vieilles cochonneries qui semble flotter dans la pièce. « Au phare.

— Mais… mais ?

— Quelqu'un a organisé une fête ici, pour nous.

— Pour qui ? demande-t-elle, tendue. Je ne comprends pas.

— Pour les morts. » Je balaie la fin du F et tout le R dans ma main. « Et pour ceux qui vont bientôt suivre. » Je me remplis la bouche d'œufs d'insectes, mon regard erre dans cette salle surréaliste drapée d'argent et de lumières clignotantes.

« Tu es fâché contre moi ?

— Non, Liz. Je ne suis pas fâché. » Mon corps ne me fait plus mal, j'éprouve une curieuse sensation, comme quand j'ai embarqué dans l'avion qui m'emmenait aux États-Unis. C'était juste quelques heures après qu'Ann-Mari et moi avions demandé une fois pour toutes la dissolution de notre mariage.

La médiation et la période de séparation de corps n'avaient été d'aucun secours, rien n'allait être d'aucun secours, nous le savions depuis longtemps. La séparation n'avait contribué qu'à creuser encore plus la distance qui nous séparait. En voyant dans le hublot cet avion qui traversait les nuages pour finalement ressortir de l'autre côté, j'ai été frappé par l'idée que l'ancien Thorkild ne débarquerait pas avec moi onze heures et demie plus tard, à l'aéroport international de Miami. De même, c'est un nouveau Thorkild qu'on a emporté hors des douches du sous-sol de la prison de Stavanger un an et demi plus tard, et encore un autre qui a franchi le portail de la prison il y a une petite semaine.

En fait, il y a eu beaucoup de Thorkild. Trop. Avant aussi. Depuis que le deuxième a quitté sa première maison en Islande pour aller en Norvège avec sa mère et Liz, à Oslo, il y a si longtemps. Mais celui-ci est le dernier. Le temps des Thorkild est révolu.

« Je t'ai parlé de la conduite, Liz ? » La poussière qui plane dans la pièce me pique les yeux et le nez. Le pavé dans mon estomac continue d'appuyer en refusant de bouger d'un millimètre.

« Non, chuchote-t-elle. Tu ne m'as pas raconté ce qui t'était arrivé en prison. »

À moitié debout, j'incline la tête et me retrouve ainsi le visage vers le mur, face à la femme. « Eh bien, alors il est le temps, fais-je, la voix troublée, en fermant les yeux. Avant que le groupe quitte la scène et que les portes se referment. »

Chapitre 39

Prison de Stavanger,
13 février 2012

Au début de ma détention, Robert, amant d'Arne Villmyr et partenaire de danse de Frei, que j'avais rencontré au centre culturel, m'a envoyé une lettre dans laquelle il demandait à me voir. Le jour de sa venue, je l'ai vu dans la voiture sur le parking, avec Arne. Ils se sont embrassés et longuement enlacés avant qu'il sorte.

Il y avait quatre parloirs à la prison de Stavanger. Nous étions dix-neuf détenus dans l'aile Nord. C'était les vacances d'hiver et trois salles de visite étaient occupées. La seule libre était destinée aux familles. Il y avait des dessins d'enfants aux murs, des boîtes de jouets Ikea et une table à dessin pour les petits. Aux extrémités d'un canapé en cuir étaient installés deux Winnie l'ourson en peluche, les bras écartés dans l'attente d'un câlin.

« Vous êtes prêt ? » m'a demandé le gardien alors que nous étions sur le seuil, à contempler la pièce. Devant nous, à l'autre bout du couloir, j'ai vu arriver

Robert avec un autre gardien. Il avait les mains jointes et la tête baissée, comme un nouveau détenu qui rencontrerait la communauté carcérale pour la première fois. « Vous avez une demi-heure. Ensuite, on a une mère qui vient avec son petit garçon pour lui présenter son père. On leur a réservé la salle jusqu'à la fin des heures de visite d'aujourd'hui.

— Ça ira », ai-je répondu en regardant vers le coin enfant, avec ses boîtes de jouets, sa table à dessin, et dessous le tapis bleu et jaune où deux girafes mangeaient les pommes d'un arbre démesuré.

« Attendez ici. » Le gardien est ressorti dans le couloir quand le pas de Robert et de l'autre gardien s'est fait entendre.

Je suis allé m'asseoir à un bout du canapé, à côté de l'un des nounours. Une seconde plus tard, le gardien rouvrait la porte pour faire entrer Robert. « OK, les gars. Une demi-heure. J'attends devant. »

Robert a marqué un temps d'arrêt au milieu de la pièce alors que la porte se refermait. Il était aussi bien habillé que lors de notre dernière rencontre, pantalon de costume, chemise blanche et écharpe sous sa parka, mais maintenant que je le voyais de près, les traits de son visage étaient légèrement plus épais que dans mon souvenir.

« Ne bougez pas », a-t-il dit au moment où j'allais me lever. Il a desserré le nœud de son écharpe et l'a posée sur la table à dessin avec sa veste. Passant la main dans son épaisse chevelure noire, il s'est assis à l'autre bout du canapé. Lui aussi trouvait difficile de poser Winnie l'ourson sur le sol froid et il l'a finalement pris sur ses genoux.

« On ne s'est en fait jamais salués, a-t-il commencé sans manifester l'initiative d'une quelconque forme de contact entre nos mains.

— Non. On s'est vus au cours de danse, c'est tout. Que voulez-vous ? »

Robert a hoché la tête en silence sans répondre à ma question. Dans sa lettre, il avait seulement écrit qu'il avait quelque chose à me dire, quelque chose dont nous devions parler. Après l'accident, j'étais reparti à Bergen, dans mon studio, où j'étais resté jusqu'au procès. J'avais été mis à pied dès l'arrivée des résultats d'analyses de sang. Les seules nouvelles que j'avais eues de l'Inspection générale de la police étaient l'appel téléphonique de mon boss, Gunnar Ore, pour me demander de garder mes distances vis-à-vis du bureau et des collègues et de ne pas parler à la presse, avant de conclure en me priant d'aller crever dans un fossé.

« Comment va… » Il a froncé le nez avant de poursuivre. « Votre visage ? »

Instinctivement, j'ai porté la main à la cicatrice rouge en demi-lune près de mon œil. Mon doigt a glissé vers ma joue, où ma peau avait éclaté en étoile, en écrasant les canaux lacrymaux.

« Tout cicatrise. » J'ai retiré mon doigt en prenant conscience de sa danse sur ma peau.

« Tout cicatrise, oui. » Il a changé de position. « Nous avons enterré Frei à Tananger. » Il était assis en biais à son extrémité du canapé, les jambes partiellement étendues. « Vous pourrez y aller quand vous serez libéré, si vous voulez. Arne et sa famille disent que c'est bon.

— Merci. » J'ai pincé fort l'oreille de Winnie.

« Ses parents sont repartis. Arne est dans la voiture, il ne veut pas vous parler. »

J'ai fait un signe de tête sans relâcher l'oreille de l'ours.

« C'est moi qui ai donné le GHB à Frei. » Robert a enfoncé ses mains dans le ventre du nounours sur ses genoux. « C'est pour ça qu'il fallait que je vous parle. Pour vous le dire.

— Pourquoi ? » ai-je demandé froidement.

Robert m'a regardé d'un drôle d'air. « Vous ne savez pas ? Vraiment ? » Il a secoué la tête. « Si. Je crois que vous savez. »

J'ai haussé les épaules, toujours sans relâcher l'oreille de l'ours. « Cela a-t-il une importance ?

— Non, peut-être pas. » Il m'a observé un certain temps avant de reprendre. « C'est pour ça que je suis venu. Il fallait que je vous le dise.

— L'avez-vous dit à votre petit copain, là, qui est dans la voiture, et à ses parents ?

— Ils savent, a-t-il répondu avec ce singulier sourire, enfin, pas un sourire, un rictus à mi-chemin entre la grimace et le sourire. Vous saviez qu'elle avait un petit ami ? Un… agent de police du commissariat de Stavanger ? »

De nouveau, j'ai haussé les épaules. J'ai senti que je me glaçais. Un nœud se formait dans mon ventre. « Simon Bergeland, ai-je finalement dit.

— Oui, précisément. Le policier sur lequel vous étiez venu enquêter. Un voleur, un agresseur et une ordure à tous points de vue, avec un diplôme de policier. Votre arrivée à Stavanger allait faire s'écrouler son monde. »

Je continuais de pétrir l'oreille de l'ours en peluche. Je n'arrivais pas parler, mes intestins s'enroulaient comme un nid de serpents. « Pourquoi ? ai-je répété.

— Pourquoi quoi, Thorkild ? »

Le demi-sourire de Robert s'était transformé en une fente dégagée de tout sauf de la répulsion et du mépris, dirigés non pas contre moi, mais contre nous deux, contre le fait que c'étaient nous qui étions là, qui demeurions, alors que Frei était dans un cercueil glacial à Tananger. Il a appuyé son menton sur la tête de l'ours en se mordant la lèvre inférieure.

« Pourquoi a-t-elle fait cela ?

— Au début, c'était sans doute juste de la curiosité à votre égard. Je pense aussi qu'elle voulait en savoir plus sur Simon, ce qu'il fabriquait réellement. Le lendemain de votre rencontre au Sting, elle est rentrée à la maison en me demandant si je pouvais lui procurer du GHB.

— Quel était son plan ?

— Plan, c'est un bien grand mot. Je ne sais pas tout, je ne voulais pas tout savoir, mais Frei et vous deviez tomber sur un contrôle routier en étant défoncés au GHB, ce qui aurait au moins accordé à Simon un peu de répit. Peut-être même un classement de l'affaire, qui sait.

— Un contrôle de police. » D'un seul coup, il est revenu, cet arrière-goût rance et acide dans ma bouche. « Vraiment ? ai-je fait en essayant de déglutir. Original.

— Simon lui avait envoyé un SMS disant qu'il allait y avoir un contrôle sur Tanangervegen ce soir-là et lui avait demandé de faire en sorte que vous preniez cette rue, avec du GHB dans le sang. Elle m'a expliqué ça quand je lui ai apporté la bouteille de cidre. Putain, gémit-il en enfouissant son visage dans ses mains. Vous n'avez pas idée de combien je regrette tout…

— Tanangervegen ? » J'ai eu un temps d'arrêt avant de me redresser sur le canapé. « Comment ça ?

— Le contrôle routier. » Robert me regarde de nouveau. Son demi-sourire est revenu. « C'était au bout de Tanangervegen.

— Non. Non, non, non ! » J'ai levé les yeux vers Robert en m'efforçant de faire échec à ce qui commençait à grandir en moi. « Vous vous trompez. Ça n'a pas pu être sur Tanangervegen. C'était…

— Non, Thorkild. » Robert me regarde calmement entre les oreilles du nounours géant. « Je ne me trompe pas. » Il a posé l'ours par terre et s'est approché. « Mais vous n'êtes pas allés à Tananger, a-t-il dit en posant une main légère sur mon bras. N'est-ce pas ? »

Je n'ai pas répondu. Je me sentais glacé, transparent. Tout s'était figé en moi, le moindre geste me faisait souffrir. C'était une douleur d'un genre nouveau, dont j'ignorais l'existence. Une douleur qui ne s'en allait pas, qui n'allait jamais s'en aller.

Robert allait parler encore quand on a frappé à la porte. L'un des gardiens a passé une tête à l'intérieur : « C'est bientôt terminé, les gars. »

Je n'ai pas bougé le moindre muscle. Robert s'est levé, a remis sa parka, son écharpe. « Je crois qu'il n'y a rien à ajouter. » Il a hoché la tête pour lui-même en remontant la fermeture Éclair de sa veste. « Vous n'êtes pas d'accord ? » Il s'est retourné vers la porte où était apparu le gardien avant de diriger de nouveau son regard sur moi. « Adieu, Thorkild. Je ne pense pas que nous ayons besoin de nous revoir. »

Et puis il est parti.

Après que le gardien m'a eu raccompagné à ma cellule, j'ai pris une serviette de bain et ma trousse de toilette et je me suis dirigé vers la salle de gym. « Comment as-tu pu ? » me chuchotais-je à moi-même en traversant rapidement la salle, passant devant deux hommes qui mettaient un filet de volley sous clef. « Comment as-tu pu me faire ça ? » Je me suis arrêté devant un placard, d'où j'ai sorti une corde à sauter, avant de poursuivre vers les vestiaires et les douches communes à l'autre bout.

Les vestiaires étaient vides. Un nuage de vapeur restait en suspens à l'entrée des douches et on pouvait voir des flaques d'eau entre les bancs.

Des filets de condensation ruisselaient sur le mur et un épais brouillard remontait sous le plafond, où les conduites partaient des douches et couraient vers l'autre bout de la pièce. J'ai entrebâillé la porte pour regarder dans la salle de gym. Les deux hommes avaient disparu et la lumière du plafond était éteinte. J'ai refermé et j'ai tiré un banc dans les douches.

J'ai ensuite ouvert toutes les douches en réglant l'eau au plus chaud et j'ai sauté sur le banc, lancé la corde par-dessus une grosse conduite qui était boulonnée au plafond. J'ai répété l'opération à deux reprises avant de faire un nœud coulant au bout.

Je suis descendu du banc et suis allé aux douches sur ma droite, qui toutes s'éteignaient automatiquement au bout d'une minute, je les ai rouvertes. Les plus anciennes de l'autre côté n'étaient pas automatiques et continuaient de cracher leur eau chaude qui cinglait le sol de pierre, sous une vapeur de plus en plus épaisse.

Je me suis hâté de remonter sur le banc, ai attrapé la boucle à deux mains, passé la tête dedans. Le bruit de l'eau claquant sur le sol et criblant les bondes rouillées était assourdissant. La vapeur adhérait à ma peau, m'empêchait d'avoir froid. La condensation refermait mes pores, isolait la douleur aiguë et informe que j'avais en moi.

J'ai saisi la corde au-dessus de la boucle, toujours à deux mains, appuyé mes orteils contre le bord du banc et sauté. *Voilà, Thorkild*, me suis-je dit alors que ma tête était projetée en avant, vers ma poitrine, et que la corde se resserrait autour de mon cou. *Le pire est déjà fait.*

Mon corps pivotait lentement dans un geste circulaire, mes jambes s'agitaient convulsivement dans le vide. Les douches de droite ne coulaient plus. J'ai senti que ça m'agaçait qu'elles ne puissent pas continuer jusqu'au bout. Soudain, mon regard est tombé sur une horloge, dans les vestiaires, à travers la vapeur. Un disque de métal et d'épaisses aiguilles. Dix-sept heures trois.

Pourquoi ne sommes-nous pas allés à Tananger ce soir-là, Frei ? Oh, putain, pourquoi n'avons-nous pas pu juste aller à Tananger…

Chapitre 40

« Elle s'est servie de toi. » La voix de Liz me tire de la somnolence embrumée dans laquelle je me suis plongé en parlant. Je rouvre les yeux au moment où le moteur de la boule à facettes au-dessus de la piste de danse abandonne enfin la partie. C'est comme si tout ce qu'il y avait à l'intérieur avait été broyé en milliers de parcelles de métal et de plastique qui ne font désormais que graviter les unes autour des autres sous la coque. « Elle t'a manipulé et elle allait te faire perdre ton travail. Je la déteste ! lâche Liz dans un sanglot douloureux. Même si elle est morte, même si je ne l'ai jamais rencontrée, je la déteste.

— Tu ne comprends pas. » J'essaie de me mettre en position assise. « Mais ce n'est pas ta faute. On est comme ça, tous les deux. C'est pour ça qu'on choisit des gens comme Arvid et Ann-Mari, des gens détruits et distants qui ne pourront jamais voir, qui ne voudront jamais entrer. Mais ce n'est pas une norme, Liz. Je savais depuis le début, pour Frei et Simon Bergeland. Le nom de Frei était dans le dossier. Elle a joué à un jeu avec moi, je l'ai laissée faire. Manipulation et information, hein ? C'est ce qu'on fait, tu sais, les gens comme moi. Les manipulateurs de la pensée.

— Je… je ne comprends pas.

— Tu n'as toujours pas compris que ton frère était un illusionniste ? Un putain de grand maître de l'écran de fumée, si accaparé par son rôle que… que… » Ayant soudain oublié le refrain de ma litanie, je ramasse les derniers cachets sur la table entre la femme sans visage et moi. C'est tout juste si je parviens à maîtriser mes mains quand je râcle ma paume sur le plateau de verre. Je veux porter les comprimés et les gélules à ma bouche mais plusieurs cachets tombent par terre ou entre ma veste et ma chemise.

« Tu l'as rencontré ? » J'entends que Liz essaie de prendre les rênes de la conversation. « Son petit ami ?

— Non. Il n'est pas venu à l'interrogatoire. Ensuite, j'ai entendu dire que l'Inspection générale l'avait cherché pendant quelque temps, mais qu'on ne l'avait jamais retrouvé. *Pouf !* fais-je en riant. Disparu. »

Je fais un petit signe de tête à la femme congelée sans visage pour lui dire au revoir avant de me lever et de reculer en titubant vers la piste de danse, où la musique s'est de nouveau arrêtée. La pièce est totalement silencieuse, on n'entend que la respiration asthmatique des machines à fumée et le bruissement de la boule à facettes cassée au plafond.

Je me rattrape à l'un des piliers qui délimitent la piste de danse, m'y attarde quelques secondes. Je peine à rester debout alors que j'essaie de voir à travers les nuages de poussière. Finalement, je repère le bonhomme blanc du panonceau vert indiquant l'issue de secours, respire profondément, prends mon élan et chancelle vers la sortie.

J'essaie de ralentir en saisissant la poignée en métal de ma main libre, mais je rate mon coup et m'écrase le visage contre la porte, sans rien sentir.

« Tu n'es pas obligé de faire ça », entends-je Liz chuchoter. Je ramasse mon téléphone, me relève et pivote, m'adossant à la porte. « Je ne m'en sortirai pas toute seule, Thorkild.

— N'aie pas peur. » Je tousse et me racle la gorge jusqu'à ce que j'aie suffisamment de salive pour déglutir. « Le métal froid va me faire fondre et zou… » Je frotte mes paumes sur mes paupières pour tenter de supprimer le voile que j'ai devant les yeux. En lieu de quoi je finis par y enfoncer davantage de suie et de saletés, et mes larmes commencent à couler, sans que je ne ressente pour autant de douleur dans la joue. « … c'est terminé. Plus aucun Thorkild. »

J'entends le souffle de Liz, encombré, irrégulier, entre les paroles qu'elle pense que je veux entendre et les larmes qu'elle n'arrive pas à retenir. Mais il ne s'agit pas de nous, de Liz et moi. Il ne s'agit que de moi, et de celle qui m'attend de l'autre côté des rivières.

Je me retourne et pèse de tout mon poids sur la poignée. Enfin elle cède, et la porte s'ouvre violemment.

L'air marin heurte mon visage et le froid m'arrache les poumons quand je respire. Au-dessus de moi, le ciel a déjà commencé à se lézarder. Je sors, me dirige vers les rochers et m'arrête devant une grosse pierre. Mon regard erre sur le paysage. « Dire que je n'ai pas vu… », fais-je en claquant les lèvres pour essayer de sentir le goût de l'eau salée sur ma langue. « … ni entendu ce que tu essayais de dire… »

Je hoquette un gargouillis, un rire avorté, qui reste coincé dans ma gorge alors que je vomis. Je titube sur les pierres glissantes qui séparent l'issue de secours du bord de l'eau et je vomis, encore et encore. Les vagues déferlent avec des nappes d'algues en forme de têtes, elles claquent contre le rivage.

« Ce que c'est beau ! » Je chantonne en louvoyant vers l'eau. Le visage vers le ciel, je distingue de profonds ravins dans la lune rayonnante. Des rivières d'argent s'écoulent de ses plaies et colorent le ciel d'iridescences métallisées, avec des irrégularités plus foncées sur les bords et vers le centre, plutôt un motif de flammes qui s'entortillent en vrilles de voies lactées.

« Thorkild », implore Liz. Je l'entends à peine désormais. La rumeur de l'océan avale sa voix. « Ne raccroche pas. S'il te plaît. Je te promets d'être une meilleure sœur, je ne t'embêterai plus, je… »

Écartant le téléphone de mon oreille, je m'arrête au bord des rochers. « On n'est pas allés à Tananger ce soir-là », dis-je tout bas à l'eau noire. Plus loin les rivières d'argent se mêlent à l'obscurité de la mer et la font s'éclairer de l'intérieur, une intense bioluminescence noire et métallique. Bientôt, moi aussi je serai transformé et je ferai partie de cette puissante énergie. « On a pris une autre direction, hein, Frei ? Une tout autre direction. »

J'écarte les bras, pose un pied légèrement devant l'autre et vomis encore. Le vomi coule sur mon menton et mes vêtements, mais ça n'a plus d'importance, l'eau le lavera. L'eau lavera tout, cette fois.

Au-dessus de moi, le ciel est enfin complètement ouvert, des couleurs froides relient les deux bords.

Le nid de serpents est prêt. Je ferme les yeux, pince les lèvres et force mon corps à avancer.

J'atteins les ténèbres dans un *plouf* sourd, roule sur le dos et reste là, à flotter, bercé par le pouls de la mer qui me tire d'avant en arrière, loin des rochers, vers la pluie d'argent. « C'est le dernier, dis-je dans un souffle, les flots submergeant mon corps et mon visage. Le tout dernier Thorkild. »

Chapitre 41

Dernier jour avec Frei,
Stavanger, le 26 octobre 2011

Lorsque je suis descendu du bureau au premier étage du commissariat de police de Stavanger, Frei se tenait là, appuyée contre la porte d'entrée. On m'avait appelé de l'accueil pour me dire que j'avais de la visite et, pensant que c'était Simon Bergeland qui se présentait enfin pour son interview, j'avais demandé qu'on lui ouvre.

« Qu'est-ce qui vous amène ici ? » Je me suis dirigé vers elle en retroussant les manches de ma chemise jusqu'aux coudes. Dehors, une brise douce a effleuré mes avant-bras et fait bruire les arbres devant le commissariat.

Frei portait une jupe courte à motif noir et blanc, des baskets noires, un pull blanc, ample et fin. Ses yeux étaient maquillés de noir et elle avait quelque chose qui ressemblait à un collier de chien noir autour du cou. « On va faire un tour en voiture ? » Ses lèvres étaient ourlées de rouge et les traits étaient plus foncés aux commissures. J'ai senti son haleine alcoolisée quand elle s'est penchée vers moi pour me donner une accolade brève et maladroite.

« Je ne peux pas », ai-je répondu quand elle s'est retirée. Elle avait les yeux rougis, comme si elle venait de pleurer.

« J'attends quelqu'un. »

Frei a tenté de sourire, elle semblait avoir du mal à tenir sur ses jambes. « Il ne viendra pas. » Elle a ri en se serrant contre moi, ses seins étaient pressés contre mon torse.

« Comment le savez-vous ?

— Je sais tout », a-t-elle déclaré en riant encore. Elle s'est de nouveau éloignée, a reculé, un ou deux pas en arrière, et s'est adossée à un lampadaire en serrant une bouteille de cidre dans sa main.

« Je n'en doute pas. » Je me suis contenté de la regarder, de savourer l'odeur de parfum et de shampoing qui s'était fixée sur mes vêtements. J'avais plus que tout envie de m'adonner de nouveau à l'illusion, de me foutre des conséquences et de m'en aller avec elle, de la soulever pour enfouir mon visage dans ses cheveux.

« Vous venez ?

— Arrêtez, Frei.

— S'il vous plaît. »

J'ai écarté les bras et regardé ma montre. Bientôt dix-huit heures. L'interrogatoire de Simon Bergeland aurait dû commencer trois heures plus tôt. Je savais qu'il ne viendrait pas aujourd'hui non plus, sauf si c'était lui que nous allions voir maintenant.

« Où allons-nous ?

— À Tananger. » Frei m'a lancé la bouteille de cidre.

Je l'ai ouverte et en ai bu. On aurait presque dit de l'acide pour batterie.

« Qu'est-ce qui se passe à Tananger ? » Je lui ai repassé la bouteille.

« Vous allez voir. »

J'ai encore consulté ma montre avant de répondre. « OK, alors. Mais c'est moi qui conduis. »

J'ai sonné à la porte et le policier de l'accueil est venu rouvrir. Je suis remonté en courant dans mon bureau, ai remballé mes affaires et rangé le matériel audiovisuel que j'avais préparé. J'ai essayé de rappeler Simon Bergeland une dernière fois : son téléphone était toujours éteint.

Frei fumait à côté de sa voiture. Nous nous sommes installés sans rien dire, j'ai passé la marche arrière et quitté le stationnement, puis je me suis engagé sur Lagårdsveien.

« Est-ce que je suis belle ? » a-t-elle soudain demandé sans me regarder. Elle avait la tête tournée vers sa vitre, vers les lumières de la ville.

« Extrêmement. Qu'est-ce qui se passe à Tananger ?

— Vous ne savez rien de moi, a-t-elle continué, ignorant ma question.

— Qui êtes-vous, alors ? » Suivant les indications de Frei, j'ai pris le premier rond-point, puis la nationale et l'E39 qui sortait de la ville. Un étrange chatouillement prenait naissance dans ma poitrine, gagnait mes épaules et mon visage.

« J'aurais pu être à vous », a-t-elle déclaré en se tournant vers moi. Ses pupilles étaient dilatées, presque comme si elle avait peur. « Pour de vrai.

— Non, je ne crois pas. » Je voulais sourire, mais quelque chose semblait tirer sur mes muscles, retenir mon sourire.

« Pourquoi ? » Frei a pris la bouteille de cidre dans la colonne centrale et s'est mise à la rouler nerveusement entre ses mains. Elle l'a ouverte, en a bu une gorgée, l'a refermée et a recommencé à la rouler entre ses mains. « Vous venez de me dire que vous me trouviez belle.

— Extrêmement belle, ai-je précisé.

— Alors ?

— Ceci n'est qu'un jeu, n'est-ce pas ? » Les réverbères étaient déjà allumés et, au-dessus de nous, les nuages de pluie se délitaient.

Frei a arrêté de faire rouler sa bouteille, s'est remise à regarder sur le côté. « Et s'il n'y avait que nous deux ? a-t-elle chuchoté vers la vitre.

— Il y a d'autres gens que nous ? » J'ai pivoté vers la banquette arrière dans un geste théâtral. « Hmm, il n'y a personne là, dites donc. Vous voyez quelqu'un de votre côté ? »

J'avais envie de lui dire que j'étais au courant, pour elle et le flic corrompu dont elle essayait de sauver la carrière, que peu importe les humiliations auxquelles elle pensait s'abaisser pour sauver ce trou du cul, j'allais le plaquer au mur, jambes et bras écartés. Je ne l'ai pas fait. Quelque chose continuait de me retenir. Une croyance naïve selon laquelle tant qu'aucun de nous n'interrompait le jeu, tout cela était vrai. Notre rencontre n'était pas forcée par les circonstances, des ombres froides se confondant dans une rue commerçante bondée, nous étions deux personnes, un homme et une femme qui se rapprochaient l'un de l'autre.

« Oui, ai-je finalement dit. S'il n'y avait que nous deux.

— Même si vous savez que je ne suis pas celle que vous pensiez, que je mens en permanence, que je me sers…

— Oui, ai-je coupé. Tout le temps, si vous voulez absolument le savoir. »

Je l'ai vue sourire dans la vitre latérale, elle roulait de nouveau la bouteille entre ses mains. « Merci.

— Merci ? » D'un seul coup, j'ai eu chaud à la poitrine, à la nuque, au visage ; une chaleur légère et ludique qui me chatouillait en descendant vers mon abdomen. Qui me donnait envie de rire. Indéfiniment. « Comment ça *merci* ?

— Je voulais savoir, c'est tout.

— Mais on n'est pas juste tous les deux, si ? »

Frei s'est redressée sur son siège, m'a enfin regardé droit dans les yeux. Elle a pointé l'index sur ma poitrine. « Un, a-t-elle dit avant de diriger son doigt vers elle-même. Deux.

— Ah, drôle. » J'ai ri, mon diaphragme s'emplissait d'autres picotements de chaleur légère. J'ai serré les mains autour du volant. Le cuir frais a renforcé le fourmillement de mes paumes, l'a intensifié, comme si quelque chose sous ma peau essayait de traverser, de sortir.

« Ouahou. » Elle m'a regardé la bouche entrouverte.

« Quoi ? » J'ai serré le volant plus fort. J'avais l'impression que mon corps voulait planer, que nous étions deux astronautes en entraînement à bord d'un quelconque engin de la Nasa en trajectoire parabolique.

« Est-ce qu'il ne vient pas de se passer un truc entre nous, là ?

— Ah bon ?

— Je crois, a-t-elle dit en riant.

— Au fait, dites-moi quand sortir. Je…

— Vous avez déjà dépassé la sortie. Depuis longtemps.

— Merde, ai-je marmonné en essayant de voir s'il y en avait une autre ou un rond-point, tout en faisant un effort pour rester assis calmement sur mon siège. Je fais demi-tour ?

— Non.

— On n'allait pas à Tananger ?

— Ne faites pas demi-tour. » Frei a posé sa tête sur mon épaule. « Je veux continuer. »

Au-dessus de moi, j'ai aperçu une brèche sombre dans les nuages de pluie, qui ne cessaient de rétrécir. Une forte lumière y était apparue. Pas le bleu acier du ciel auquel on est habitué à cette époque de l'année, mais une lumière plus chaude, plus terrestre, comme si je fixais un disque d'argent brûlant. Les nuages continuant de se rétracter, j'ai pu voir que c'était la lune.

J'allais dire à Frei qu'on aurait presque pu croire qu'elle saignait. Qu'une épaisse lave s'écoulait de sa surface scintillante, mais avant d'avoir pu dire quoi que ce soit, j'ai entendu un choc sourd sous moi. L'instant suivant je volais, je lévitais au-dessus de mon siège, les mains agrippées au volant. Frei volait aussi, j'ai pu voir son visage terrifié se détourner du mien et ses cheveux se dresser en auréole autour de sa tête.

Aussitôt après, il y a eu un claquement et j'ai senti la mienne être projetée en avant et heurter le volant.

La dernière chose dont je me souvienne, c'est le goût métallique du cidre dans ma bouche. Je l'avais encore le lendemain, quand je me suis réveillé et qu'on m'a annoncé que Frei était morte.

MARDI

Chapitre 42

Ceci n'est pas un nouveau Thorkild. C'est la première pensée qui me vient à mon réveil. Au-dessus de moi, la nuit est sombre et froide, des astres morts brillent comme des yeux de chat. J'entends le clapotis de l'eau, j'ondule avec les vagues.

Je suis sur une espèce d'engin flottant fait d'algues, de sacs plastique, de bouts de corde, de bidons et autres cochonneries qui dérivent en pleine mer. Ce radeau, c'est le ponton que la tempête a arraché le premier jour où j'étais au phare.

« Putain », gémis-je avant d'apercevoir à un ou deux mètres de distance un tout jeune oiseau qui, lui aussi, semble s'être installé sur cette île de déchets qui vogue dans la nuit. Il est énorme, marron foncé et moucheté de blanc, avec un grand bec. On dirait un aigle, il me fixe de ses grands yeux perçants d'oiseau de proie, puis il plaque ses ailes contre son corps et enfonce sa tête dans le duvet de sa poitrine.

« Au secours. Tu peux m'aider ? » Vient alors la douleur, gorge, joue, puis ventre ; la pression lancinante dans mes intestins redouble, pesante comme une ancre.

Je lève les yeux au ciel et serre les paupières face à ce déferlement de crampes abdominales. Quand je les rouvre, je constate que l'un des yeux de chat est tombé du firmament et se dirige vers la terre, à la manière d'une étoile filante en chute libre.

« Aaaah. » Je hurle, l'aiglon se met à battre des ailes.

L'étoile filante approche en emplissant le ciel de lumière, et l'aiglon abandonne. Il resserre encore ses ailes contre son corps, dresse la tête et ouvre le bec, dans une dernière tentative pour se défendre ou bien parce qu'il s'imagine qu'on va le nourrir.

Je veux lever les mains pour protéger mon visage de la lumière vive mais n'y arrive pas. L'une d'elles est coincée dans quelque chose. Tournant la tête, je constate que c'est une main grise, qui émerge de la forêt d'algues et de détritus. Ses doigts blancs et raides sont refermés sur les miens, comme si nous nous saluions.

Je l'effleure. La surface en est froide et lisse, comme celle d'un mannequin de vitrine. Je retire ma main et suis en train d'essayer de libérer l'autre quand je revois l'étoile qui tombe.

Elle est en suspens juste au-dessus du radeau, tel un dragon cracheur de feu qui enverrait de l'écume dans toutes les directions et ferait tanguer violemment l'île de déchets. Je me raccroche à ce qu'il y a sous moi et crie de peur et de douleur quand une pluie de plastique, d'écume et d'embruns glacés s'abat sur nous.

Bientôt j'entends un plouf non loin et vois une grande silhouette arriver en fendant l'eau. L'aiglon s'est ratatiné en une boule marron et blanc dont ne dépasse que le bec. Son cou est enseveli dans ses plumes. « Lâchez prise ! » Un homme apparaît à mes côtés.

Je secoue la tête pour refuser, m'agrippant plus fort à ce que j'ai sous moi et à la main humaine gelée.

« Lâchez prise, répète l'homme en désignant une civière en métal dans l'eau. Je ne pourrai pas vous remonter dans l'hélicoptère si vous ne lâchez pas. »

Je porte de nouveau mon regard sur l'aiglon. J'entrevois son œil sous ses plumes. Il sort la tête, souffle brièvement vers moi et se cache de nouveau sous son aile. L'homme en noir entreprend de libérer un à un mes doigts de ce à quoi je peux bien m'agripper sous la surface de la mer.

« Lâchez ! Vous m'entendez ? Il faut lâcher, sinon je ne pourrai pas vous mettre dans la barquette de sauvetage ! »

Au bout d'un petit moment j'abandonne, à bout de forces, et l'homme me tire par les épaules vers la civière de métal. Je traîne derrière moi des algues, dont émerge tout un être humain.

« Vous allez monter d'abord, dit-il calmement avec un signe de tête. Et puis je le monterai après. OK ? »

Je lâche finalement prise et le sauveteur me roule dans la barquette et me sangle. Il agite la main vers la lumière et reste quant à lui auprès du corps. Je me sens hissé hors de l'eau, vers la lumière, mes dents claquent furieusement, mes lèvres tremblent.

Au moment où la barquette est ramenée à l'intérieur de l'hélicoptère, je distingue une dernière fois l'aiglon sur le bout de ponton : il s'est mis debout sur ses pattes et bat des ailes sous la pluie d'écume et d'eau de mer fouettée par les pales du rotor.

« Eh ! Vous m'entendez ? » demande un homme qui m'enveloppe de couvertures en laine par-dessus mon sac de survie, tandis que le treuil redescend la barquette.

J'essaie de répondre, mais me rends compte que je n'arrive pas à amasser suffisamment d'air dans mes poumons pour parler. Le médecin anesthésiste pose ses mains sur mes joues. C'est tout juste si je sens leur chaleur à travers ma peau, et je mesure alors à quel point j'ai froid. « Eh, vous ! Ne fermez pas les yeux », continue-t-il, ses doigts pinçant et frottant mon visage.

Autour de nous, l'hélicoptère gronde et nous enferme dans le vacarme frénétique de son rotor. Bientôt, le treuil remonte. La forme est retirée de la barquette, posée à côté de moi, enveloppée d'aluminium et de couvertures, puis le sauveteur remonte enfin à bord et verrouille la portière derrière lui.

« Vous avez vu ça ? » Le sauveteur défait la sangle de son casque, l'ôte et le pose.

« Quoi ? » lui répond l'anesthésiste. « C'est l'un des policiers disparus ?

— Non, dit tranquillement le sauveteur. Sûrement pas. »

L'anesthésiste écarte la couverture et la tête du cadavre tombe sur le côté, face à moi : elle est enflée, comme si la chair et les insertions musculaires s'étaient détachées du crâne. Le visage est recouvert d'étoiles de mer et les yeux ne sont plus guère que deux cavités dévorées par de petites créatures ; pensées vides, pas de mots, ou alors tout ce qui manque si désespérément à Anniken Moritzen et Arne Villmyr à Stavanger.

« Ce n'est pas tout », précise le sauveteur.

L'anesthésiste attrape la tête de Rasmus, l'éloigne de moi et lève son regard vers le sauveteur. « Pas tout ? Comment ça ?

— Vous voyez ? fait le sauveteur d'un ton plus sec. C'est ligoté au cadavre.

— Mais bon sang ! » L'anesthésiste est sidéré.

« Je ne l'ai pas vu tout de suite, moi non plus.

— Enfin, qu'est-ce que c'est que ça ? » L'anesthésiste secoue la tête avec découragement avant de s'adresser de nouveau à moi. « Hé ! » Il claque furieusement des doigts devant mes yeux, à répétition. Il bouge et je vois l'avant-bras qu'il tient devant lui. On voit le radius et le cubitus sortir de la chair grise et d'épais doigts granuleux écartés, comme un gant gonflé. « À qui appartient ce bras ? demande-t-il avec emportement. Vous m'entendez ? C'est quoi, ces conneries ? »

Je ne parviens pas à répondre. Le bruit des pales tisse un lien entre le froid, la douleur, moi et tout le reste. Bientôt, c'est le noir complet.

Chapitre 43

À mon réveil suivant, je suis sanglé à un brancard roulant qu'on sort de l'hélicoptère et pousse sur l'asphalte de l'héliport, puis dans un long corridor étroit. Le trajet se termine dans une pièce à l'odeur stérile, pleine d'appareils, de câbles, de machins et de bidules, et de gens qui semblent tous n'attendre précisément que moi.

On place le brancard au centre, entre les machines. Un homme vient se pencher au-dessus de moi tandis que deux autres découpent mes vêtements ; l'un du col vers le bas, l'autre des pieds vers le haut.

« Vous m'entendez ? »

Je parviens tout juste à ouvrir la bouche, mais pas un son n'en sort.

« Vous savez où vous êtes ? » L'homme soulève mes paupières de ses deux doigts et braque une lumière sur mes pupilles.

Je secoue la tête.

« Je suis le docteur Berg. Je dirige le service de traumatologie du centre hospitalier universitaire de Tromsø. Si vous arrivez à dire quelque chose, criez. Essayez de rester réveillé. OK ? »

Je tente de hocher la tête, peine à garder les yeux ouverts.

Le docteur Berg échange quelques paroles avec un homme tout près de lui avant de revenir vers moi. « Vous savez pourquoi vous êtes ici ? » Il pose deux doigts sur ma poitrine et les tapote de son autre main avant de répéter l'opération de l'autre côté. Ensuite, il s'adresse à une troisième personne placée devant un tableau blanc juste au-dessus de la tête de lit. « Œdème pulmonaire, peu probable. » L'homme écrit rapidement sur le tableau. « Pneumothorax, négatif, mais faites une radio quand même. » Le docteur Berg se concentre de nouveau sur moi. « Aaa-lors ? dit-il d'une voix calme et grave, psalmodiant presque. Où êtes-vous, là ?

— Rasmus, dis-je tout bas, alors qu'un jeune homme aux cheveux courts me retire mes vêtements découpés, puis entreprend de me poser des électrodes sur le corps. Où est Rasmus ?

— Martin ! » Le docteur Berg s'adresse à quelqu'un sans me quitter des yeux. « Hypothermie ?

— Faible à modérée.

— Température ?

— 32,3 degrés Celsius. En hausse. »

Le docteur Berg prend une de mes mains et me pince le bout des doigts, un à un. « Vous sentez quelque chose ? »

Je hoche la tête et il recommence sur mon autre main. « Ça fait mal ? »

Je hoche encore la tête.

Il lâche ma main et se penche plus près. « Vous savez comment vous vous appelez ?

— Thorkild », réponds-je dans un souffle. J'essaie de me redresser pour me faire une idée de l'endroit où je suis et de ce que fabriquent tous ces gens autour de moi. « Thorkild Aske. »

L'homme au tableau blanc inscrit mon nom au sommet en grandes lettres.

« Sonde urinaire ? » L'infirmier a fini de poser ses électrodes et raccorde les câbles à une machine qui émet soudain un son.

Le docteur Berg acquiesce, avant de se tourner vers une jeune femme aux cheveux clairs. Elle vient se poster à côté de l'infirmier aux électrodes. Elle lui tend le long tube en caoutchouc qu'elle a à la main, saisit mon pénis et fait signe au docteur de lui rendre le tube.

« Détendez-vous, me conseille l'infirmier aux électrodes. Ce sera vite passé.

— Quoi ? La vie ? » Mes paroles se noient dans ma salive et autres fluides.

L'équipe de traumatologie est toute à ses mesures de ma saturation pulsée en oxygène, mon pouls, ma pression artérielle et ma température, l'homme au tableau y reporte tous ces paramètres. La femme au tube en caoutchouc l'a maintenant introduit si loin dans mon urètre que seul un petit bout dépasse. Elle injecte de l'air ou du liquide à l'intérieur avant de se redresser et d'aller au poste suivant.

« Comment vous êtes-vous retrouvé à l'eau ? » Le docteur Berg vient se pencher sur moi au moment où un lourd appareil de radiographie est amené au-dessus de ma cage thoracique. « Vous êtes tombé ? »

Je secoue la tête. « Les rivières.

— La rivière ? Vous êtes tombé dans une rivière ? »

Je secoue la tête et tente de me détourner, mais le docteur Berg m'en empêche. « Hé ! Écoutez-moi ! Combien de temps avez-vous passé dans l'eau ? »

Je secoue encore la tête.

« Vous avez mal quelque part ?

— Au ventre. » Le docteur Berg se met devant moi et pose la main sur mon abdomen.

« Ici ? » demande-t-il en levant les yeux vers moi.

Je fais un signe de tête quand il touche le pavé. « Je suis bloqué, parviens-je à murmurer.

— Je vois. » Le docteur Berg s'adresse à l'homme au tableau blanc. « Constipation. »

J'essaie de fermer les yeux, de m'abstraire du bruit, mais chaque fois, le docteur Berg arrive avec ses doigts pour rouvrir mes paupières et me poser d'autres questions. Je note que, lentement mais sûrement, mes sensations physiques se réveillent et que les récepteurs de la douleur se réinitialisent.

Une fois l'appareil de radiologie écarté, un technicien de laboratoire apporte une feuille au docteur Berg. Ils passent quelques secondes à chuchoter, puis le technicien repart. Le docteur Berg se dirige vers mes vêtements et commence à fouiller dans mes poches. Peu après, il revient, pose la main sur mon front et ouvre entièrement mes paupières.

« Vous en avez pris ? » Il lève une poignée d'emballages de médicaments. « Oui ? »

J'essaie de fermer les yeux, mais le docteur Berg les rouvre et lit les noms des boîtes et flacons à l'homme au feutre. « Lesquels ? Séresta ? OxyContin ? Oxynorm ? Combien ? »

Je parviens à forcer mes paupières à se fermer un bref instant avant que les doigts du docteur Berg reviennent. « Combien ?

— Tous », réponds-je dans un souffle.

Il lâche prise, recule d'un pas et fait signe de revenir au technicien de laboratoire, qui est à la porte.

« OK, tout le monde, l'entends-je dire. Je crois que nous avons tous les mécanismes lésionnels au tableau, maintenant. » J'ai déjà fermé les yeux et serre les paupières si fort que le docteur Berg devra y aller à deux mains pour les rouvrir. « C'est une TS. Alors… » Il tape dans ses mains avant de reprendre. « Vérifions sur les radios qu'il n'y a pas d'hémorragies ni d'épanchement péricardique et terminons-en. Ensuite, vous m'envoyez le suicidaire aux soins intensifs. »

Autour de moi, je sens les gens se retirer, un par un, au son du matériel qui tinte et du caoutchouc qui crisse sur le sol. Soudain la voix du docteur Berg résonne de nouveau : « Tout le monde a fini ? Martin, température de référence ? Teemu, Janne, vous vous occupez du rapport et vous montez le patient. Les autres, préparez-vous pour la séance suivante. La nuit ne fait que commencer, les gars. »

Chapitre 44

En général, je bloque sur ces pensées. Je suis avec une femme, je ne sais pas qui, parce que je ne vois pas son visage. Nous sommes dans un appartement, je suis moi, maintenant, mais sans mon visage détruit. Nous sommes assis… non, nous marchons l'un autour de l'autre dans une pièce claire percée de grandes fenêtres. Elle porte une de mes chemises et marche pieds nus sur un plancher doux, comme dans une pub cliché pour un yaourt. Elle est tellement vraie, cette scène de rêve, si intense, qu'à mon réveil, ou à mon retour à la réalité, c'est comme si je venais de franchir la mauvaise porte et mon corps s'emplit de panique. Je saisis la poignée, mais il n'y a plus de porte. Juste moi, seul, dans une salle d'attente froide.

Cette scène de rêve, Ulf la qualifie d'autel. Il dit que c'est le fantasme vers lequel je me tourne quand j'ai envie de mourir, mon paradis, mes soixante-douze vierges ; l'alibi que je me donne quand la vie est trop dure. Ulf a raison sur de nombreux points. Sûrement là-dessus aussi. Le problème, c'est juste qu'il ne comprend pas. Combien c'est dur. Il ne comprend pas que l'abysse, ce n'est pas un endroit où l'on se réfugie, mais la personne qu'on fuit. Le vide, ce n'est pas un corps froid dans un cercueil sous terre. Le vide, c'est moi. Thorkild Aske, dans l'appartement aux grandes fenêtres. Seul.

Je suis réveillé par un jeune infirmier blond qui manipule ma verge. « Détendez-vous, dit-il d'un ton calme quand je sursaute et essaie de remettre la couette sur mon bas-ventre. Je vais vider la sonde et la sortir. Vous partez en néphrologie. On va vous faire un lavement et voir si on ne peut pas résoudre votre problème intestinal. »

C'est le matin, enfin en tout cas il fait jour dehors. La chambre est carrée, avec quatre lits, deux de chaque côté. Mon corps est engourdi, l'absence de douleur m'effraie.

« Donnez-moi un miroir, dis-je quand l'infirmier a retiré le tube de l'urètre et l'a posé dans une cuvette métallique en forme de saucière.

— Un miroir ? » L'infirmier me considère l'air suspicieux pendant qu'il enlève ses gants. « Pour quoi faire ?

— Il faut que je voie mon visage.

— On ne peut pas vous donner de miroir.

— Pourquoi ?

— Parce que. » Puis l'infirmier semble trouver un compromis propre à abréger autant que possible le temps qu'il doit me consacrer. « OK, si vous promettez de ne pas faire de bêtise, on peut passer près du lavabo en sortant et je vous redresserai sur le lit à roulettes.

— De bêtise ? Comme quoi ?

— Je pense que vous savez ce que je veux dire. » Il empoigne la télécommande pour relever la tête de lit.

La cicatrice qui part de mon œil et descend sur ma joue a presque disparu, elle est masquée par le gris de mon teint. Mes lèvres et la barbe qui repousse sont anémiques, transparentes, comme chez un poisson mort. « Le même, dis-je tout bas en me détournant.

— Pardon ? demande l'infirmier en repositionnant le lit pour le faire passer par la porte.

— Mon visage. C'est le même.

— Vous vous attendiez à quoi ?

— À un nouveau Thorkild. »

Je pousse pour basculer sur le côté, mais un regain de mal de ventre m'empêche d'aller au bout de mon geste. Je garde ma position initiale, les yeux fixés sur les plafonniers, alors que l'infirmier me conduit à travers les couloirs, vers l'ascenseur, pour la prochaine étape.

« Vous allez partager votre chambre, annonce-t-il quand nous nous arrêtons devant une porte. En tout cas jusqu'à cet après-midi. Essayez de vous détendre. »

Un septuagénaire chauve se tient assis sur un lit près de la fenêtre. Il a le teint pâle, des mains tendineuses qui reposent comme des branches cassées sur ses genoux. Il fixe quelque chose de l'autre côté de la vitre.

« Combien de temps devrai-je rester ici ? » dis-je.

L'homme à la fenêtre coule vers nous un coup d'œil apathique et lent avant de se concentrer de nouveau sur la vue.

« Nous allons vous garder en observation jusqu'à la reprise des fonctions rénales et hépatiques. » L'infirmier désigne du menton la porte du coin toilette. « Bon, si vous voulez bien aller m'attendre là-dedans, je vous rejoins pour vous assister », conclut-il.

Je m'assieds sur l'abattant et patiente. Peu après, on toque délicatement à la porte et l'infirmier entre, sourire aux lèvres, une poire dans une main et, enroulé autour de l'autre, un tube : un serpent de caoutchouc, une vipère.

« Prêt ?

— J'ai hâte… » Je frissonne quand il pose la poire au bord du lavabo et enfile une paire de gants. Il déplie un drap de bain entre la douche et les toilettes.

« Vous n'avez qu'à vous mettre sur le flanc, dos à moi. »

Je m'agenouille sur la serviette et baisse mon slip d'hôpital avant de m'allonger sur le sol chaud, la joue calée sur les mains.

« Au fait, je m'appelle Jens. » Sa respiration est plus forte à présent. « Ce sera peut-être un peu désagréable au début, prévient-il en introduisant le tube. Mais je vais y aller aussi doucement que possible.

— Hmm », fais-je dans un halètement en serrant les paupières plus fort et en remontant mes genoux vers mon sternum. Mon sentiment de mourir, socialement parlant, n'a jamais été plus vif qu'à cet instant précis.

Jens s'exprime avec une évidence absurde. La poire dans une main, le tuyau dans l'autre, il exerce de temps en temps une ou deux pressions pour introduire du liquide ; à d'autre moments, il pose sa main sur son front en me racontant de pures banalités, le niveau des eaux en ce moment, l'hiver qui approche, et moi je réponds par monosyllabes. C'est presque comme si nous étions deux vieilles connaissances, réunies dans cette risible action commune sans que ça ne change quoi que ce soit entre nous.

« Ça y est ! » Jens baisse le bras et repose la poire par terre, dans mon dos. Il met une main sur ma cuisse nue. « Il est important de bien vous retenir aussi longtemps que possible. De préférence cinq ou six minutes après que j'aurai enlevé le tube, pour que les huiles aient le temps d'agir. »

Jens me tapote la fesse avant de mettre la poire, le tube et les gants jetables dans un sac en plastique blanc qu'il enroule sur lui-même et noue. Il lève l'abattant des toilettes en disant : « Bon, alors vous n'avez qu'à garder cette position et vous retenir aussi longtemps que possible. Quand vous n'en pouvez plus, vous sautez sur les toilettes et vous laissez les forces de la nature faire leur œuvre. Je vous attends dans la chambre.

— Oui », dis-je d'une voix étranglée tout en m'efforçant de maintenir mon étanchéité.

Jens referme la porte et je l'entends allumer aussitôt la radio et monter le son : « *... I am ashamed 'cause I don't know myself right now. And I am 43* », chante un homme sur une musique qui, note après note, monte en puissance vers la tempête qui se prépare.

D'abord, il ne se passe pas grand-chose, si ce n'est que je sens l'huile contre le pavé d'un côté et contre l'orifice de l'autre.

L'impulsion qui cherche à détendre mes muscles s'intensifie au gré de la pression interne. Je me sens comme un ballon qui se remplit de plus en plus, mais j'ai décidé de me retenir jusqu'à la fin de la chanson. Ne serait-ce que parce que me focaliser ainsi sur cet exercice de contraction m'a fait perdre toute notion du temps.

« … *They say that I should go outside more and drink lots of water all the time, but that does not seem to be working, 'cause you still have not come back to me.* »

Enfin, il se passe quelque chose. Un grondement, d'abord comme une toute petite bulle d'air qui pique, mais celle-ci est différente, elle ne s'arrête pas, ne se coince pas aussitôt dans un entre-deux douloureux, comme ont pu le faire d'autres bulles. Elle fonce vers le bas, je la sens, je l'entends.

Aussitôt après, quelque chose semble lâcher, il y a un mouvement, comme quand un glacier vieux de plusieurs millions d'années cède à la pression et descend quelques millimètres vers le fjord et les eaux de fonte du creux de la vallée.

« … *Why don't you love me anymore ?* » demande le chanteur d'une voix à fendre le cœur alors que je détends mes jambes suffisamment pour les faire glisser à peine et m'étire quelque peu pour sentir la douleur… « *Tell me, why don't you love me anymore ? Just in case you didn't hear me ask before… Tell me why don't you love me anymore ?* »

De nouveau, je sens le glacier bouger. Cette fois, je ne peux pas faire autrement que relâcher légèrement la contraction, assez pour qu'un petit filet d'huile suinte sur ma peau vers la serviette chaude. Je contracte plus fort, et tends encore les jambes, pour pouvoir repérer où se trouve la cuvette des toilettes en tordant le cou.

Le refrain s'achève, le synthétiseur émet des sons qui se retournent quasiment sur eux-mêmes, et brisent au passage les barrières de mon appareil sensoriel. Je ne peux plus me retenir. Je roule rapidement sur le dos puis le ventre avant de me hisser sur les toilettes, en agrippant la lunette, puis me laisse tomber dessus au moment précis où l'huile jaillit, aspergeant les parois de porcelaine.

Le glacier est libéré. Lentement mais sûrement, les forces de la nature guident l'ancestral mastodonte sur des sentiers lisses, fraîchement huilés. On atteint le crescendo, la purge a commencé, et la chanson de la radio se termine dans un cri. « Enfin ! » Je soupire en enfonçant mes coudes dans mes cuisses.

Chapitre 45

« Ça a été ? » Jens passe une tête dans la salle de bains et me regarde d'un air compatissant, tout en tambourinant des doigts contre le chambranle.

« J'ai survécu. » Debout devant le miroir, je me rince le visage à l'eau froide. « Et maintenant, on fait quoi ? dis-je en regagnant la chambre, où la radio est désormais éteinte.

— Et si vous vous reposiez un peu ? Vous devez être épuisé, après tout ce que vous avez traversé ces dernières vingt-quatre heures.

— Ensuite ?

— Ensuite, un médecin passera pour vous parler de la suite, répond en souriant Jens, prêt à partir.

— Mes médicaments ! » Une angoisse paniquée me gagne quand je me rends compte qu'il s'en va sans m'avoir donné mes œufs d'insectes.

« Oui ?

— J'ai besoin de quelque chose pour dormir. Je…

— Je vais me renseigner auprès du médecin de garde. » Jens referme la porte.

Je recule sur le lit et m'assieds, les mains en œillères. Quelques minutes plus tard, il revient avec des antalgiques, deux Oxynorm 10 mg.

« Tenez. Comme ça vous pourrez dormir. »

Après son départ, je reste immobile sur mon lit. Dans ma somnolence apathique, je perçois soudain un bruit, deux petits bips suivis d'un son métallique plus grave et tranchant qui vient de quelque part au sol, juste devant l'engin qui me sert de lit.

Aussitôt après, le bip strident revient.

Je roule sur le flanc et essaie de voir par-dessus le bord du lit. Un petit voyant verdâtre clignote dans le sac en plastique qui contient mes vêtements découpés.

Je me traîne jusqu'au sac et en déverse le contenu sur le sol. L'air se fait aigre, l'odeur de mer salée et de tissu mouillé s'implante dans mes narines. Miraculeusement, mon téléphone a survécu à son séjour aquatique.

Je le prends sous ma couette. Le clignotement rapide du voyant de chargement indique qu'il va s'éteindre. Le premier bip que j'ai entendu était de toute évidence le signal d'un nouveau texto, les suivants annonçaient que la batterie se déchargeait. C'est un message de Gunnar Ore. Juste assez court pour que je puisse le lire avant que le téléphone s'éteigne.

Interrogatoire officiel demain à quinze heures. Enquêteur de Kripos en route.

Autrement dit, la police a reçu les résultats d'analyse des échantillons prélevés au phare. Lesquels doivent au moins confirmer que le sang qu'ils ont découvert provenait de Bjørkang ou de l'agent. Le fait qu'ils aient déjà appelé un enquêteur de la police criminelle nationale signifie aussi qu'ils ont bâti un déroulé des événements satisfaisant, et déterminé que, stratégiquement, le moment est propice pour de nouveaux entretiens avec le suspect de l'affaire.

Je laisse tomber mon téléphone par terre et me mets sur le côté, la couette sur la tête. « Ça recommence, me dis-je, respirant l'air raréfié sous le duvet. Cette fois, si tu ne fais rien, tu vas te faire crucifier. »

Je vais fermer les yeux quand une nouvelle vague d'oxycodone touche mes récepteurs cérébraux et m'aspire en elle. Je dégage ma couette, me redresse, me lève doucement du lit et rejoins l'homme à la fenêtre. D'après les picotements dans mes mains et mes orteils, les récepteurs de la douleur sont en train de se réveiller.

« Dites, vous n'auriez pas un téléphone à me prêter ? »

L'homme m'observe longuement sans rien dire avant de désigner la veste pendue au bout de son lit. J'y trouve un portable dans une poche. « Merci, ce ne sera pas long. » Je pars m'asseoir sur mon propre lit pour appeler Anniken Moritzen.

« Je l'ai trouvé, dis-je dans un murmure dès qu'elle décroche. J'ai trouvé Rasmus.

— Oui », répond-elle d'un ton absent. Elle semble être au bureau, malgré la nouvelle. À moins qu'elle ait le même fond sonore de machines qui grincent et qui craquent chez elle. « Un homme a appelé ce matin. Où étiez-vous ? J'ai essayé de vous joindre toute la journée.

— S'est-il présenté ?

— Présenté ? Comment ça ?

— Quel était le nom de l'homme qui a appelé ?

— Euh…

— Un certain Gunnar Ore ?

— Non, c'était un Martin quelque chose… Sverdrup, je crois. Pourquoi ?

— OK, oubliez ça. C'est sans aucune importance. Qu'est-ce qu'on vous a dit ?

— Qu'on a découvert un homme dans la mer et que la police pense que c'est mon fils.

— Quoi d'autre ? On vous a dit autre chose ?

— On m'a demandé si Rasmus avait eu de la compagnie au phare.

— Est-ce le cas ?

— Oui, comme je vous l'ai dit, certains de ses camarades y sont allés au début de l'automne.

— Le type qui vous a appelé, a-t-il mentionné une femme ?

— Oui. Il voulait savoir s'il y avait une fille parmi eux, ou si Rasmus avait rencontré quelqu'un. J'ai expliqué qu'il était seul. »

J'entends Anniken Moritzen sangloter au bout du fil, sa voix est étouffée, comme si elle agrippait le combiné.

« Qu'est-ce qui se passe, au juste ? chuchote-t-elle finalement.

— Je suis désolé, Anniken. De ne pas pouvoir faire plus…

— Non, attendez, Thorkild », gémit-elle au bout du fil.

Je raccroche et éteins le téléphone. Il n'est rien que je puisse faire pour elle, maintenant. Le reste du chemin, elle doit l'effectuer seule. C'est le seul moyen. Le vieillard à la fenêtre tourne son regard dans ma direction sans bouger la tête.

Je me lève et avance jusqu'à son lit. « Je ne peux pas rappeler les morts à la vie. Si ? » Je range son téléphone dans sa veste. « Moi qui suis à peine capable de veiller sur moi-même. »

Couché sur le dos, les yeux au plafond, j'essaie de visualiser l'homme et la femme dans l'appartement aux grandes fenêtres. À la place apparaît un oiseau de proie et, juste après, une main qui grandit entre nous. Elle me saisit et refuse de lâcher malgré mes cris et mes gesticulations.

J'ouvre les paupières et me redresse en haletant. Mon voisin de chambre est toujours assis au bord de son lit, à regarder rêveusement par la fenêtre. « Merde ! » J'écarte la couette. « Merde, merde, merde ! » J'arrache le sparadrap qui retient la canule dans ma main, la retire et la balance par terre, puis me dirige vers la porte.

Il faut que je sache ce que c'est, ce que j'ai trouvé là-bas.

Chapitre 46

Je jette un coup d'œil dans le couloir. Je tremble de tout mon être, un tremblement incontrôlable. Vêtu d'une simple tunique d'hôpital boutonnée devant, j'ai la chair de poule et le sol est de glace sous ma peau nue.

À ma grande surprise, je constate que, loin de se trouver dans les tréfonds de l'hôpital, la morgue est au niveau sept, seulement deux étages au-dessous de mon service.

L'ascenseur s'arrête, s'ouvre dans un râle. Je me dirige vers une porte avec un écriteau « A7 Anatomo-pathologie ». De l'autre côté se trouvent un nouveau couloir, une réception, une salle de pause et, plus loin, des portes, de part et d'autre. J'entends rire et parler dans la salle de pause. Il n'y a personne à la réception.

J'entre à pas de loup, avance jusqu'à une porte indiquant la salle d'autopsie et la morgue. Il y a d'abord une pièce pour se changer et un vestiaire avec douches, puis, en face, la salle d'autopsie et la chambre froide de la morgue. Je sens l'odeur d'ici.

Je m'arrête devant un placard ouvert. Il est flanqué d'une grande étagère à chaussures portant trois paires de bottes. Je prends les vêtements verts dans la penderie et les enfile par-dessus ma tunique de patient : pantalon, blouse et casaque. Je chausse aussi une paire de bottes pour tenter de bloquer le froid du sol, et enfin j'entrouvre la porte.

La salle d'autopsie est lumineuse, les murs sont blancs, le métal brille. Scies, haricots, cuvettes, instruments de pesée, pinces, ciseaux, scalpels. Au milieu, un groupe de dix ou douze personnes, de dos, forme un éventail autour d'une table.

Je vais refermer quand j'entends une voix derrière moi, dans le vestiaire. « En retard, vous aussi ? »

Je vois le visage d'une jeune femme blonde aux cheveux raides, relevés en chignon dans la nuque. Un appareil photo à l'épaule, elle est en train de nouer sa casaque.

« Je m'appelle Astrid. Je suis technicienne d'identification criminelle.

— B… bonjour, dis-je en bredouillant, et je saisis la poignée de porte pour avoir un point auquel me raccrocher.

— Je vais assister à l'autopsie avec vous.

— Bien, réponds-je en m'efforçant de maîtriser le tressaillement de mes muscles.

— Vous êtes l'un des étudiants, c'est ça ? » Elle me rejoint après avoir enfilé une paire de bottes et se poste devant moi. « Dites donc, vous n'avez pas l'air bien, dit-elle en me serrant la main. Vous pensez que vous allez supporter ?

— Je suis désolé. Je ne suis pas très en forme aujourd'hui.

— C'est l'odeur. »

Je hoche la tête exagérément et Astrid se penche vers moi, un bras contre ma cage thoracique, en chuchotant : « J'ai bien peur de devoir vous prévenir tout de suite. Ces cadavres marins sont toujours les pires. » Elle m'adresse un clin d'œil malicieux en me tapotant légèrement l'épaule. Puis ouvre la porte et me guide vers le groupe d'étudiants qui patientent entre les tables en métal.

Astrid attrape deux charlottes, des masques chirurgicaux, des gants et des protège-chaussures dans des corbeilles à l'entrée et m'en tend un jeu. Elle va se mettre du même côté de la table que l'anatomopathologiste et le technicien de salle d'autopsie.

Je rejoins quant à moi les étudiants et me mets tout derrière. J'ai déjà assisté à plusieurs autopsies, la première quand j'étais à l'école de police. L'odeur et l'attente n'ont pas changé. En général, les sens s'adaptent et on trouve la distance nécessaire.

Cette fois cependant, j'ai un regret dès que j'aperçois la housse mortuaire. Mes jambes sont engourdies, mon estomac pesant, douloureux. Je sens que je transpire sous ma charlotte et au niveau des tempes.

Je dois faire un effort pour rester debout. Les relents âcres du cadavre m'emplissent de l'intuition absurde que c'est mon propre visage balafré que je vais découvrir sous la fermeture Éclair.

« Putain… » Soupir et coup de coude à l'un des étudiants devant moi. Il hausse les épaules et change de position – c'est au moins le signe que je suis encore un être humain et non un simple ectoplasme de douleur, sans but ni raison d'être.

« Tout le monde est là ? » Le pathologiste serre la main de la technicienne d'identification criminelle avant de lancer un regard mauvais vers l'assistance. « Astrid fait partie des services de police. Elle est ici parce qu'il s'agit d'une possible mort provoquée et qu'une autopsie médico-légale a été requise. » Il se frotte le nez du revers de la main avant de conclure. « Vous allez bientôt voir pourquoi.

— Puis-je vous poser une question ? demande un jeune homme d'origine asiatique, mais avec un accent de la région de Trondheim.

— Je vous en prie, répond le pathologiste d'un ton sec. Demandez donc. Je suis là pour ça.

— J'ai lu qu'il y aurait bientôt des robots faisant des autopsies virtuelles et qu'ils remplaceraient la méthode traditionnelle qui… »

Le pathologiste lève la main et incline légèrement la tête sur le côté, comme si la question l'amusait. « Voir, cher ami. » Il marque une pause avant de reprendre. « Sentir, couper, tenir, jeune homme… Tout ceci développe en nous un sens, une intuition de la médecine qu'aucun robot ne pourra jamais remplacer. Mais je ne suis pas quelqu'un qui fait obstacle au progrès, alors, qui sait… » Il regarde Astrid, qui prépare maintenant son appareil photo. « Vous auriez peut-être quelque chose à ajouter sur le sujet ? »

Astrid lève les yeux et secoue brièvement la tête.

« Bon. » Le pathologiste saisit la fermeture de la housse mortuaire. « Alors, c'est parti. Et souvenez-vous, si vous vous sentez mal, n'hésitez pas à vous asseoir par terre ou à sortir. La cantine est un excellent endroit où revoir ses choix de carrière, si on préfère se lancer dans les interrupteurs électriques ou le commerce de détail. »

L'odeur nous assaille dès qu'il commence à tirer la grosse fermeture Éclair. Le plastique crépite, plusieurs étudiants vacillent légèrement et se mettent à respirer par la bouche. Apparaît alors un visage jaunâtre, presque incolore, qui a encore gonflé depuis la dernière fois que je l'ai vu. La peau est épaisse, pâteuse, hérissée sur les joues et le pourtour de la bouche.

« Bien », fait le pathologiste après avoir complètement ôté la housse avec l'aide du technicien. Le corps se retrouve étalé sur la table. Rasmus Moritzen porte encore sa combinaison de plongée, qui a craqué en plusieurs endroits. Elle est bombée au niveau du ventre et des cuisses. Anniken avait raison, il était sorti plonger quand il a disparu.

Parfaitement silencieux, les étudiants regardent fixement la même chose que moi : le bras arraché ligoté au poignet de Rasmus. « Ceci, nous y reviendrons tout à l'heure », déclare le pathologiste. Le technicien prend la pomme de douche fixée au bac de la table d'autopsie pour rincer la housse, avant de la replier et de la poser sur une table en métal juste à côté. « Quelles sont les deux questions les plus critiques à poser dans le diagnostic *post mortem* pour un corps repêché en mer ? » Le pathologiste nous observe, Astrid prend ses premières photos.

Une étudiante lève la main. « La personne en question était-elle morte ou vivante quand elle s'est retrouvée dans l'eau ?

— Déterminer si la cause de la mort est la noyade, donc. Bien. Et comment trouver la réponse à cette question ?

— En examinant les circonstances de la mort, le moment où la personne est tombée à l'eau. Et en se servant de ce que l'on trouve durant l'autopsie.

— C'est bien, répond sans entrain le pathologiste avant de s'adresser à la technicienne d'identification criminelle, qui a fini de prendre ses premiers clichés. Vous voulez ajouter quelque chose, Astrid ? D'un point de vue criminalistique ?

— Nous comparons les informations factuelles et techniques dont nous disposons aux découvertes qu'apporte l'autopsie, pour voir si elles correspondent.

— Et que dit pour l'instant l'enquête ? »

Astrid suspend son appareil photo à son épaule. Ses lèvres ont une vague teinte de pêche qui brille légèrement sous le vif éclairage du plafond. « Le sujet a disparu il y a une dizaine de jours, pendant le week-end. On le supposait mort de noyade accidentelle. La nuit dernière, son corps a été retrouvé dérivant dans la mer, au milieu d'algues et de déchets, avec une autre personne, qui est maintenant dans ce même hôpital, aux soins intensifs.

— En vie, après si longtemps ? Comment est-ce possible ? s'étonne le pathologiste.

— Non, le corps a été trouvé par un suicidaire qui dit s'être jeté à l'eau seulement hier soir. Nous ne savons pas encore s'il y a un lien entre eux. »

Je recule d'un pas et m'extrais du groupe d'étudiants, tout en cherchant un endroit où m'asseoir. Mes tremblements sont de plus en plus difficiles à contenir. J'ai le vertige et ressens une pression insistante dans les tempes et l'estomac. Je prends un tabouret et vais m'asseoir quand j'entends la voix du pathologiste. « Et puis nous avons ça. »

Je respire profondément et me relève, traînant cette fois d'une main le tabouret blanc contre mes jambes afin de pouvoir me rasseoir en cas de besoin. Les yeux du pathologiste glissent sur l'assistance avant de s'arrêter sur moi. « Comme vous l'avez sûrement déjà noté, le mort est ligoté à un corps étranger. » Il ramasse délicatement l'avant-bras verdâtre qui repose tout contre le corps froid de Rasmus Moritzen. « Qui semble avoir appartenu à une jeune femme, et à vue d'œil, a dû séjourner longtemps dans l'eau. »

Il agite le bras, donnant une cassure féminine au poignet lorsqu'Astrid se penche pour le photographier, puis le remet contre Rasmus, sur la table d'autopsie. « Un suicidaire retrouvé tout juste vivant, ce cadavre mort depuis plus d'une semaine et l'avant-bras d'une tierce personne inconnue qu'on suppose avoir passé au moins un mois dans l'eau. Allez donc expliquer ça ! », déclare-t-il d'un ton triomphal en adressant un clin d'œil à Astrid, qui elle aussi esquisse un sourire.

« Savez-vous qui c'est ? dis-je rapidement.

— Non, répond-elle. La police n'a enregistré aucune disparition qui corresponde à… » Elle regarde un instant le bras, puis moi. « … ce profil.

— Le suicidaire était-il attaché aux deux autres avec les mêmes liens ? s'enquiert le garçon asiatique.

— Non. Ils ont été retrouvés tous les trois à la dérive au milieu du fjord, sur les restes d'un ponton arraché par la tempête. Si la police n'avait pas été sur zone avec un hélicoptère qui cherchait ces deux policiers disparus, le suicidaire serait lui aussi sur cette table.

— OK ! conclut l'étudiant asiatique. Le suicidaire s'est jeté à l'eau, mais il a trouvé le corps et changé d'avis.

— Certains éléments le relient au mort, précise Astrid. Mais je ne peux pas entrer dans les détails ici.

— Je sais ! hoquète un grand jeune homme devant moi, avec de l'acné dans la nuque. Le suicidaire a d'abord tué la propriétaire du bras, puis cet homme, avant de les balancer tous les deux à l'eau.

— Ah ! Une énigme meurtrière avant même le début des examens *post mortem*… » Les joues du spécialiste se creusent. « Il y a toujours des gens pressés qui veulent commencer par là. »

Je souffle de soulagement en sentant le métal froid du tabouret sous mes doigts. Je me laisse choir et enfouis mon visage dans mes mains tandis que Nuque acnéique achève son raisonnement débile, à la plus grande joie de tous :

« Ne pouvant pas vivre avec ces actes sur la conscience, il s'est jeté à l'eau.

— Bon, assez rigolé, maintenant, intervient le pathologiste avant de s'adresser à Astrid. Que dit le suicidaire lui-même, au fait ? Vous le savez ?

— Il n'a pas encore été interrogé. »

J'appuie mes doigts contre ma joue et sens les récepteurs de la douleur s'allumer, un par un, jusqu'à ce que la chaleur embrase mon visage entier.

« Mais vous le comprenez, poursuit Astrid, il aura quelques explications à fournir.

— OK, tout le monde. Assez bavardé, les enfants. » Le pathologiste tape doucement dans ses mains. Je respire profondément une dernière fois et me relève alors qu'il se baisse vers le cadavre de Rasmus Moritzen. « Commençons l'autopsie. »

Chapitre 47

« D'abord, on répertorie les vêtements du sujet, explique le pathologiste en se rapprochant du visage du mort. Dans le cas présent, c'est simple. Il s'agit d'une combinaison de plongée étanche. Sans les palmes ni le reste de l'équipement. »

Des pieds au col, la combinaison est ponctuée d'accrocs et de lacérations. L'assistant met Rasmus Moritzen sur le ventre. Astrid prend des photos et note des mots-clés. Le pathologiste mesure et examine. Des étoiles de mer pâles, inanimées, se sont amassées autour d'un creux à l'arrière de la tête. La peau y est plus grise, presque brune, et les cheveux en ont été arrachés, ou raclés.

« Qu'est-ce que c'est ? » Nuque acnéique pointe l'index sur ce creux à l'arrière du crâne.

Le pathologiste lève les yeux vers lui : « Une blessure à la tête, répond-il d'un ton caustique en soutenant le regard de l'étudiant pendant quelques longues secondes. Nous y reviendrons. » Il passe aux lésions dorsales, visibles à travers les déchirures de la tenue de plongée, confère avec son collègue. Ils s'estiment satisfaits, le corps est remis sur le dos et ils entreprennent d'enlever la combinaison.

C'est comme voir une poupée de chiffon aux membres remplis de sable. Bras et jambes valsent et pendillent quand le pathologiste et le technicien de salle d'autopsie se battent avec la tenue caoutchouteuse. À un moment donné, ils sont obligés de relever le corps en position assise. La tête de Rasmus part lourdement en arrière, sa bouche est béante et ses mâchoires voyagent légèrement d'un côté à l'autre quand ils défont la combinaison et la roulent jusqu'à la taille. Une étoile de mer se détache des cheveux mouillés et tombe avec un petit *clac* sur la table de métal. Le technicien la ramasse et la jette dans un bac jaune au bout de la table.

Le corps recouché, le pathologiste soulève délicatement la tête et la remet dans sa position initiale, orientée légèrement vers le haut, la bouche ouverte. Le reste de la combinaison puis les sous-vêtements sont enlevés avec soin, et Rasmus se retrouve entièrement nu. Une nouvelle séance de mesure et de photographie commence, en partant des pieds. La moindre tache, la moindre égratignure est consignée.

Arrivé à la tête, l'assistant prend une grande pince pour arracher les dernières étoiles de mer et les lâche l'une après l'autre dans la poubelle. Dessous, on voit une entaille et le crâne nu.

« Blessure *ante mortem* ? » Astrid se penche sur la plaie et prend trois photos d'autant d'angles différents, à intervalles brefs.

« Possible. » Le pathologiste douche la plaie avant d'en ôter les algues et autres petites créatures marines à l'aide d'une éponge. « C'est difficile de faire la différence dans des cas comme celui-ci, surtout pour les blessures à la tête. Nous verrons ce que disent les analyses anatomo-pathologiques.

— Cela pourrait-il venir d'une hélice de bateau ?

— Non. Il y aurait eu plus de coupures locales sur la tête et autour de la nuque, et elles seraient plus étendues.

— Que dit la lésion tissulaire, d'après vous ? »

Il appuie son doigt sur la plaie. « Surface régulière, aucune fracture du crâne même. Cela porte à croire qu'il y a eu un seul déploiement d'énergie, de courte durée. La présence éventuelle de lésions de coup et contrecoup nous renseignera davantage sur la question de savoir si la blessure vient d'une chute, ou si le corps était immobile lors du transfert d'énergie.

— Votre première impression ? continue Astrid.

— Lésion de coup, répond le pathologiste à voix basse. Mais nous en saurons davantage quand nous aurons extrait le cerveau. Bon, les filles et les garçons, passons à la suite et ouvrons-le. Nous allons utiliser la méthode "en masse" et sortir d'abord les organes de la poitrine d'un seul tenant, puis les organes de l'abdomen à part. »

Le technicien s'empare d'un scalpel tranchant et se place tout contre le torse de Rasmus. Il commence par pratiquer une profonde incision le long de la clavicule, d'une épaule à l'autre. Ensuite, il saisit la peau et la tire, dénudant le menton et faisant apparaître le gris jaune des bandes de graisse sous-cutanée, ainsi que la chair marron clair.

Il fait ensuite d'autres entailles de part et d'autre du corps, de l'aisselle à la hanche, puis coupe les côtes avec un costotome, une paire de gros ciseaux recourbés, qu'il repose après coup sur la table d'autopsie, avant de soulever tout le plastron sternocostal. Un relent profond, pénétrant, se dégage de la cage thoracique ouverte et nous heurte de plein fouet.

Je le vois ligaturer les grands vaisseaux sanguins avant de sortir tous ensemble les organes de la poitrine : poumons, cœur, foie, vésicule biliaire, pancréas, rate et reins se retrouvent sur une planche, où ils sont séparés avant la pesée et l'examen approfondi de chaque organe – surface, surfaces de coupe, structure, artères, lymphe, tissus fibreux et nerfs. Des échantillons sont prélevés pour culture, analyses biologiques et autres.

« OK. » Le pathologiste prend les poumons et les lève dans ses deux mains. Ils sont enflés, avec une surface pâteuse marbrée, d'un gris bleuté veiné de rouge sombre. Un liquide transparent s'en exprime quand il appuie légèrement. « Qu'est-ce que la noyade ?

— Un étouffement au cours duquel le nez et la bouche sont maintenus sous l'eau, répond un bon élève à la voix flûtée, au premier rang.

— L'eau ?

— Tout liquide, plutôt ? propose quelqu'un d'autre.

— Expliquez-moi le mécanisme de la noyade », poursuit le pathologiste en laissant quelques étudiants du devant passer un doigt sur la surface des poumons qu'il tient dans ses mains.

Nuque acnéique répond : « Quand on a le nez et la bouche sous l'eau, ou un autre liquide, commence un combat pour remonter et pouvoir respirer de nouveau. La lutte perd de sa vigueur lorsqu'on se fatigue et la noyade commence dès lors qu'on n'arrive plus à retenir son souffle. Le liquide est alors inhalé, souvent avec une toux aiguë et des vomissements, ce qui entraîne la perte de connaissance et la mort en quelques secondes.

— Il n'y a pas de recette unique pour identifier à coup sûr une noyade, précise le pathologiste. C'est pourquoi il est primordial de rechercher des signes indiquant si l'intéressé était en vie ou non quand il est tombé à l'eau et d'exclure d'éventuels facteurs naturels. Bon, tout le monde : indicateurs de noyade. Que recherchons-nous ?

— Une fine écume blanche dans les voies aériennes, la bouche et les narines peut nous dire si l'intéressé était en vie au moment où il s'est retrouvé sous l'eau, déclare fièrement Nuque acnéique.

— Eh bien, jeune homme. » Le pathologiste désigne le corps. « Voudriez-vous avoir l'amabilité de nous faire une démonstration ? »

L'étudiant fait un pas en avant et se penche sur le cadavre de Rasmus, qui gît poitrine ouverte, orbites vides et bouche bée. J'ai du mal à visualiser le garçon en short Liverpool qui fait un barbecue avec sa mère et ses grands-parents. *Ce n'est pas lui, c'est autre chose*, me dis-je, alors que Nuque acnéique pose les mains sur ses genoux et tend la tête vers le cadavre. Il jette d'abord un œil dans la bouche avant de se tordre la nuque de façon à pouvoir se plaquer contre les narines.

« Pour ceux d'entre vous qui lisent effectivement ce qui est sur la liste des lectures obligatoires…, déclare le pathologiste après avoir observé l'étudiant effectuer un nombre impressionnant de contorsions de la tête pour tenter de voir l'intérieur des organes respiratoires du défunt, tandis que les boutons de sa nuque gonflaient à en éclater, … il est assez évident que cet exercice est une perte de temps. L'écume des voies aériennes est rapidement détruite par la putréfaction et remplacée par un liquide gazeux âcre et brunâtre, une sorte de pseudo-écume, que notre brave ami est en train de respirer pendant qu'il se ridiculise devant toute la classe. »

Nuque acnéique se redresse vivement et recule vers ses camarades, tout honteux.

« On peut regarder si les poumons sont remplis d'eau ? » suggère quelqu'un d'autre.

Le pathologiste acquiesce. « Mais le liquide qui est dans ces poumons est de même nature que celui qui apparaîtrait entre autres lors d'un œdème pulmonaire, d'une défaillance cardiaque, d'une overdose ou d'un traumatisme crânien. Alors, quoi d'autre ?

— Des corps étrangers dans les voies aériennes, les poumons et le ventre.

— Ça suggère une noyade, oui, mais l'eau continue de filtrer par le pharynx, la trachée et les voies aériennes supérieures après la mort, et de faibles quantités entrent dans le tube digestif et vont jusqu'au ventre. Enfin, pas tout à fait jusqu'aux alvéoles, si ? » Il pince les poumons entre ses pouces, comme s'il cherchait à tâtons quelque chose qui serait logé dans les profondeurs des tissus. « Là, déclare-t-il finalement. Et que sont les alvéoles ?

— Des poches d'air dans les bronches où s'effectue le transfert d'oxygène dans le sang.

— Parfois, on peut le sentir sur les poumons, mais il faut souvent une observation au microscope pour confirmer la trouvaille. J'ai ma petite idée », précise-t-il malicieusement avant de laisser les poumons retomber dans un bac avec les autres organes du thorax.

Le pathologiste s'adresse ensuite à Astrid, qui prend des notes sur un calepin. « Quelque chose à ajouter jusqu'ici ? »

Elle fait signe que non et il hoche la tête pour lui-même. « Bon, passons à la région abdominale. »

Le technicien procède aux incisions nécessaires avant de lever un bloc de gelée tremblante, l'estomac et les intestins, qu'il pose sur une longue table à côté du corps. La puanteur tenace et douceâtre du sang et des excréments vient se mêler à l'odeur putride d'algues et de mer. Elle sature nos organes sensoriels, rendant la respiration difficile, même par la bouche.

« Ceci est la partie la plus physique de l'autopsie », annonce le pathologiste. Il tend une écope et un litre mesureur au technicien, qui entreprend aussitôt d'écoper le liquide brunâtre de la cavité abdominale et de le verser dans le litre mesureur. Le pathologiste se tourne vers la masse de viscères. « Si la quantité d'eau dans l'estomac est faible, cela peut porter à croire que l'intéressé est mort rapidement ou qu'il était déjà mort quand il s'est retrouvé dans la mer. »

Il se saisit d'un scalpel, sépare l'estomac des intestins et referme les lieux de coupe avec des pinces. Puis il ouvre l'estomac et en vide le contenu dans un bol.

Dans un liquide verdâtre teinté de bronze gravitent de minuscules mollusques toujours en vie. « Ici, les trouvailles parlent d'elles-mêmes, non ? » Il poursuit l'examen des organes de l'abdomen, avec la même minutie que pour ceux du thorax.

« Comment ça va jusqu'ici ?

— Bien », répondent à l'unisson les étudiants.

Puis le pathologiste fait un pas de côté et regarde droit vers moi.

« Et vous ? Qui ne faites pas de bruit, là, au fond. » Il pointe un doigt sanglant sur moi. « Ça va aussi ? »

J'acquiesce.

« Des questions ? »

Je secoue la tête.

« Malade ? Fatigué ? Gueule de bois ? Ou juste un jour sans ?

— Un jour sans.

— Eh bien, dans notre profession, on ne peut pas en avoir. Les jours sans, ça n'existe pas. Compris ? »

Il s'adresse de nouveau à l'ensemble de la classe. « D'abord le cerveau, ensuite le déjeuner. »

Il fait signe au technicien, qui rince soigneusement ses mains et ses gants de vaisselle jaunes dans l'évier avant de chausser ses lunettes de protection, de prendre une scie électrique sur le mur et de se poster à la tête de la table d'autopsie.

« Gardez vos distances pendant qu'il scie », prévient le pathologiste. Le groupe entier recule quand le technicien procède à un démarrage d'essai de son outil. Astrid aussi fait un pas en arrière, en protégeant son objectif de sa main.

Le technicien repose la scie et fait une longue entaille au scalpel à l'arrière de la tête. Il saisit la peau, la détache d'un geste sec, puis coupe jusqu'au front et continue de dénuder le crâne. Il repose ensuite son scalpel et redémarre la scie électrique.

Le bruit est strident, l'odeur prend au nez. D'un geste précis et régulier, il scie jusqu'à ce qu'il ait traversé le crâne. Je referme ma main sur mon arête nasale quand il coupe les fibres nerveuses qui retiennent le cerveau. Il le sort et le dépose devant lui.

Astrid vient prendre des photos. Le pathologiste nettoie le scalpel et étale le cerveau de tout son long sur une planche. « Lésion de coup sur le lobe occipital, dit-il en pointant son scalpel vers le renfoncement dans le crâne. Que nous indiquerait une éventuelle lésion de contrecoup dans le lobe frontal, ou son absence ?

— Lors d'une chute accidentelle, commence Nuque acnéique d'une voix ténue en réapparaissant dans le dos d'un condisciple, on trouve souvent une lésion de contrecoup correspondante sur le lobe frontal. Si l'intéressé était immobile, en revanche, le lobe frontal sera exempt de lésion.

— OK, vous appréciez le suspense, maintenant ? » Le pathologiste partage le cerveau en deux moitiés d'épaisseur égale et les pose face interne vers le haut. Il pointe son scalpel vers les circonvolutions du lobe frontal. « Bien propre. Aucun signe de traumatisme. »

Soudain, il dirige le couteau vers moi. « Vous, là, le Fatigué. Comment vous appelez-vous ?

— Aske, réponds-je faiblement en essayant de redresser le dos et de respirer normalement à travers mon masque chirurgical.

— OK, Aske. Qu'avons-nous appris jusqu'ici ? Non, d'ailleurs : qu'avez-*vous* appris aujourd'hui ? Dites-nous. »

Je toussote. Les étudiants s'éloignent tous un peu de moi, comme s'ils flairaient une nouvelle humiliation verbale. « Que la police avait raison. Il s'agit d'une mort suspecte.

— Ah ? Qu'est-ce qui vous fait dire ça ? » Le pathologiste repose son scalpel et croise les bras.

Entre les étudiants, Astrid aussi lève les yeux de ses notes et m'observe avec curiosité. « Pourquoi pas un accident de plongée ? Une chute suivie d'une noyade ?

— La lésion de coup indique qu'il était immobile. Cela exclut la chute, réponds-je en toussotant pour pouvoir respirer plus librement quand je parle. Et eu égard aux circonstances, au fait qu'il était ligoté à un bras de femme…

— Vous pensez donc qu'on peut exclure des choses comme l'accident de décompression, l'œdème pulmonaire aigu, le pneumothorax et l'embolie ? C'est ce que vous êtes en train de dire ? »

Je hoche la tête, sans être trop sûr de ce que recouvrent tous ces termes.

Le pathologiste me dévisage longuement avant de parler : « Raisonnement regrettable de la part d'un étudiant en médecine. » Il remue ses doigts dans le vide. « Eh bien, Aske. » Il penche la tête vers son épaule. « Alors, on n'a plus qu'à remballer nos affaires et envoyer Astrid au service de néphrologie pour arrêter le pauvre suicidaire, hein ?

— Je doute que ce soit d'un grand secours, dis-je d'une voix à peine audible.

— Il semblerait qu'Aske, que nous avons là, ait trop regardé *Les Experts* au lieu de potasser ses cours. Comme tant d'autres parmi vous, il ne comprend pas que notre boulot, c'est de recenser et de répertorier les trouvailles que nous avons sous les yeux avant de recoudre les corps et de les remettre dans la chambre froide. Mission accomplie. Les pathologistes qui résolvent des meurtres, c'est un truc qu'on regarde à la télé en rentrant chez soi quand on a envie de bouffer du popcorn avec son chat ou son phasme. Ce que nous faisons ici, en revanche, c'est suivre des procédures. De la chair et du sang. Des cadavres à couper. Ce que la mort offre à la vie, c'est la connaissance, Aske. La connaissance, pas de vagues devinettes et des insinuations débiles. »

Enfin, il arrête d'agiter les doigts et ôte ses gants, qu'il jette dans la poubelle avec son masque. « Eh bien, les filles et les garçons, j'en ai assez de parler à des fatigués et des crânes d'œuf sans charme. Allons déjeuner. Histologie après la pause. » Il se penche vers Astrid, qui range son appareil photo et chuchote tout bas : « Pour une raison que je ne m'explique pas, j'ai toujours un besoin indescriptible de Toblerone après ces séances. Pas vous ? »

Chapitre 48

Je titube vers le vestiaire, arrache ma casaque et mes bottes et suis déjà dans le couloir quand le premier étudiant sort de la salle d'autopsie. Dans l'ascenseur, j'enlève mes gants, ma charlotte, mon masque et mes vêtements d'autopsie, et je les roule en une boule que je planque dans un chariot de linge sale, à côté du monte-charge du service de néphrologie.

Le vieil homme n'est plus à la fenêtre, même si ses affaires sont toujours là et que son lit est défait. Je vais dans la salle de bains, où je me plante face au miroir. J'ai le teint grisâtre, les yeux ternes, presque éteints. Mes cheveux tiennent assez du nid construit par un couple d'oiseaux qui aurait jeté l'éponge, et la barbe naissante qui émerge de ma peau blafarde évoque les épines d'un poisson d'eaux profondes.

Je m'essaie à un sourire, l'une des expressions les plus basiques du répertoire humain, mais rien ne se passe. Les muscles de mon visage refusent de se contracter. Je songe soudain que ce que je vois dans la glace, c'est un masque mortuaire. Le moulage d'un visage. Un souvenir matériel de quelqu'un qui a existé, quelque chose que je vais devoir porter avec moi où que j'aille.

Saisissant un rasoir jetable sur le lavabo, j'entreprends de ratisser consciencieusement mes poils, chaque sillon, chaque cicatrice, d'abord le côté abîmé, puis l'autre. Ensuite, je me déshabille et vais sous la douche.

L'eau est froide. Je me place en plein milieu du jet, ferme les yeux, me savonne le corps, le visage, et même les cheveux, pour essayer de laver l'odeur suffocante de la salle d'autopsie.

À aucun moment l'image de Rasmus Moritzen ne me quitte. Pas celle de la carcasse sans cerveau ni viscères que je viens de voir sur la table en métal, mais un mixte entre le corps inanimé à côté de moi, dans l'hélicoptère, et le jeune homme sur la photo d'Arne Villmyr et Anniken Moritzen. Rasmus Moritzen a été tué. Il est lié, non, ligoté, à la femme que j'ai découverte au phare. On n'a toujours pas retrouvé Bjørkang et l'agent, et la police pense qu'ils sont allés au phare, eux aussi. Autrement dit, les personnes qui ont été en contact avec elle ou qui sont au courant de sa présence au phare sont soit mortes, soit disparues.

Après ma douche, je trace un cercle dans la buée du miroir. Je lui donne des yeux, un nez et une bouche en trait, et m'approche.

« À part moi », dis-je au visage dans la glace, qui m'adresse un sourire vide. De petites gouttes de condensation se forment sur les bords. « Et toi. »

Un coupable. Gunnar Ore et les policiers qui ont examiné les lieux avaient au moins raison sur ce point. Il y a un coupable. L'homme qui a surgi de la mer et a emporté le corps est probablement celui qui a tué Rasmus.

Je me rapproche encore. Les gouttelettes sont maintenant si volumineuses qu'elles se mettent à rouler sur les yeux, le nez, la bouche bâton, telles des larmes. « C'est pour ça que tu as descendu cette femme sans visage dans la discothèque ? Parce que tu savais que je ne quitterais jamais l'endroit en vie ? dis-je au visage qui disparaît devant moi. C'est un jeu ? Information et manipulation ? C'est ça ? »

J'attends face au miroir jusqu'à ce que la ventilation ait aspiré toute l'humidité de la pièce et que le verre soit sec. « Alors OK. Jouons. » Je sors de la salle de bains.

Chapitre 49

Je fouille dans les poches de la veste du vieil homme, qui est toujours suspendue au dos du fauteuil, trouve son portable et m'installe sur mon lit pour appeler Ulf.

« Salut, Ulf. C'est moi. Ton patient préféré.

— Tu es conscient de toute la merde que je…

— Comment ça va à Stavanger ? m'enquiers-je, interrompant le torrent d'injures qui se prépare.

— Et si tu prenais une grosse chaussette et que tu te la fourrais dans le… » Son vibrato bergenois d'habitude si orienté sur la thérapie est passé en cinquième. « … cul, espèce de putain de con ! Ruth est furieuse que je me sois laissé convaincre de te prendre sous mon aile et…

— Ruth ? Qui est-ce ? »

Ulf stoppe sa tirade un instant avant de répondre, un peu plus calmement.

« Eh ben, Ruth, ma compagne. C'est une consœur que j'ai rencontrée il y a quelque temps à un colloque à Drammen.

— Je croyais qu'elle s'appelait Solveig.

— Non, toussote Ulf. Solveig est partie le jour où tu es monté dans le Nord. Elle est rentrée à Bergen en emmenant Frida.

— Je suis désolé.

— Il n'y a rien à faire, rien à dire. Ces choses-là arrivent. Aux psychiatres aussi. » Il remplit ses poumons de fumée de cigarette. « Alors. Qu'est-ce qui se passe, Thorkild Aske ? Pourrais-tu, s'il te plaît, me l'expliquer ? Qu'est-ce que tu as fait ?

— Comment ça ?

— Écoute… » Ulf va développer, mais il retient finalement ses foudres et respire par le ventre. « Il y a quelques minutes, j'ai eu un certain docteur Weidemann, du service de néphrologie de l'UNN, qui voulait se renseigner sur un patient arrivé en traumatologie la nuit dernière. Mon propre Thorkild Aske, dont ils prétendent qu'il s'est jeté à la mer, volontairement, en étant bourré de mes cachets. Mes cachets !

— À proprement parler, c'étaient les miens. Et en plus, j'ai raté la mer.

— Quoi ? Quoi ! Mais bon s… » Cette fois, Ulf ne parvient pas à ravaler sa fureur. Après un discours rauque me menaçant de tout, de l'homicide volontaire à l'internement avec un traitement de cheval constitué exclusivement de paracétamol et de Truxal, il s'apaise enfin et est de nouveau prêt à me parler. « Alors. » Respiration encombrée. « Qu'est-ce qui se passe ?

— J'ai trouvé Rasmus dans la mer. Il a été tué.

— Tué ?

— D'après l'autopsie, il a subi un coup à la tête et il est mort de noyade. Son corps était ligoté au bras d'une femme, je suppose que c'est celle que j'ai trouvée au phare.

— L'autopsie ? Le bras d'une femme ? Mais qu'est-ce qui… » Ulf s'arrête et respire profondément. « OK, OK, OK », serine-t-il entre ses inspirations et ses expirations. « On pourra en parler plus tard. Alors. Raconte. Tu en es où ?

— On vient de m'administrer un lavement.

— Formidable, formidable, murmure Ulf d'un ton absent en allumant une nouvelle cigarette.

— Ulf. Je n'avais pas réfléchi aux…

— Eh ! Eh ! Pas maintenant. Ça, on en parlera à ton retour. Parce que tu vas rentrer, hein ?

— Pas tout de suite.

— Quoi ? Il faut que tu rentres à Stavanger tout de suite. Cette histoire est hors de contrôle, tu n'as rien à faire dans une affaire criminelle. Je vais tout de suite appeler Anniken pour lui expliquer que c'est allé trop loin et que tu ne peux plus l'aider. Et puis tu rentres aujourd'hui.

— Pas possible. J'ai un interrogatoire de police demain, je ne peux pas esquiver.

— Un interrogatoire de police ? » La voix d'Ulf sombre vers une octave plus douce. « Pourquoi ?

— Ils ont fait des examens au phare et trouvé du sang des policiers. Et probablement autre chose qui peut être relié directement à l'un d'eux.

— Mais quel rapport avec toi ?

— La trouvaille rattache Bjørkang et l'agent au phare le soir où j'y étais.

— Et ?

— Tu n'entends pas ce que je suis en train de te dire ? Deux policiers ont disparu après être allés à un phare pour retrouver un ex-policier psychologiquement instable, suicidaire, cérébrolésé, qui vient de sortir de prison.

— Bon Dieu.

— Cette fois, tout va ressortir. Frei, tout le merdier. Indépendamment de la question de savoir si je suis coupable ou non. » J'hésite une seconde avant de reprendre. « Elle y était de nouveau la dernière fois que j'y suis allé. Pas Frei, mais la femme sans visage. Assise dans la discothèque. Du moins je crois, c'est pour ça qu'il faut que j'y retourne. Il faut que je voie, que je sache où est la frontière. Entre réel et imaginaire. Avant d'entrer dans cette pièce, avant l'interrogatoire.

— Maintenant, je comprends, déclare Ulf en écrasant violemment sa cigarette alors qu'il recrache sa fumée avec mécontentement. Y a-t-il quelque chose que je puisse faire pour t'aider ?

— Oui. Me sortir d'ici. »

Ulf s'éclaircit la gorge. « OK. Où es-tu ?

— En néphrologie. Ils refusent de me dire quand ils vont me relâcher.

— OK, OK, se répète-t-il comme une espèce de mantra anti-stress. S'ils te considèrent comme suicidaire, psychotique ou présentant des signes de maladie mentale grave, ils vont recourir à l'article sur l'hospitalisation sans consentement du patient et te placer en observation dans un service de psychiatrie d'urgence.

— Combien de temps devrai-je rester ?

— Jusqu'à dix jours.

— Je n'ai pas le temps.

— J'ai bien peur que tu n'aies pas le choix.

— Aide-moi, Ulf. » J'entends des pas dans le couloir se diriger vers ma chambre. « Aide-moi, putain.

— Il est trop tard, Thorkild, soupire-t-il. Cette fois, tu es allé t'empêtrer trop loin dans le système pour que je puisse t'aider. Prends ces dix jours, Thorkild, je crois que tu en as besoin, eu égard à tout ce qui s'est passé. Je pourrai peut-être faire quelque chose pour écourter ton séjour, ce n'est pas impossible si tu…

— Je n'ai plus le temps, Ulf. » La porte s'ouvre et un médecin passe une tête.

« Thorkild ! » entends-je crier Ulf à l'instant où je vais raccrocher.

Je remonte le téléphone à mon oreille.

« Oui. Qu'est-ce qu'il y a ?

— Plus de bêtises, maintenant.

— De bêtises ? »

Chapitre 50

« Vous êtes revenu. » Le médecin entre, un café dans une main et une enveloppe de papier kraft dans l'autre, qu'il tient contre son menton. Il parle le norvégien de la région d'Oslo, a les cheveux grisonnants et le même âge que moi.

« Comment ça ?

— Nous sommes passés un peu plus tôt et…

— Aux toilettes. Problèmes intestinaux. »

Le médecin fronce le nez quand je tente de produire la gymnastique faciale requise pour rendre tout cela à la fois gênant et crédible. L'odeur de la salle d'autopsie subsiste autour de moi, dans la pièce. Comme si elle imprégnait déjà les draps et les murs.

« Où sont vos vêtements ?

— Ils ont été découpés au service de traumatologie et sont ici dans un sac, quelque part.

— Avez-vous quelqu'un qui puisse vous en apporter d'autres ?

— Non. »

Le médecin laisse son regard retomber sur ses chaussures. « OK, dit-il au bout de quelque temps. Je vais voir si je peux vous faire venir quelque chose de notre boîte à objets trouvés. » Il s'assied sur le fauteuil, devant mon lit. « Comment vous sentez-vous ?

— Vieux, réponds-je, laconique.

— Docteur Weidemann. » Il me tend une main tendineuse bronzée et aux ongles impeccables.

« Patient Aske. » Je retombe dans mon lit. Je me sens soudain lourd, épuisé, vidé de toute énergie. « Alors, reprends-je une fois les politesses terminées. Je suis guéri ? Ça a été rapide.

— C'est-à-dire que… » Le docteur Weidemann soupire avant de reprendre à zéro. « Nous avons décidé de vous adresser au service psychiatrique d'Åsgård pour observation, eu égard à…

— Non, merci. » J'affiche un sourire aussi large que l'autorisent mes zygomatiques. « *Just dropped in to see what condition my condition was in*. Il faut que j'y aille maintenant.

— La loi est de notre côté.

— Quelle loi ?

— Votre hospitalisation est conforme à l'article trois alinéa deux du Code de la santé psychiatrique et vous oblige à rester jusqu'à dix jours en observation.

— Pourquoi ? »

Il me considère avec découragement et je vois maintenant les vaisseaux rouges dans ses yeux. « En vertu de ce qui est arrivé, nous craignons que vous ne puissiez vous porter atteinte.

— Ah ?

— Tenez. » Il me donne l'enveloppe.

Je la soupèse dans ma paume, tout en observant cet homme à côté de moi qui s'enfonce si profondément dans le fauteuil qu'on pourrait presque le plier en deux. « Je peux lire ?

— Euh, oui, oui, bien sûr. Vous trouverez un document sur le recours médical à l'article autorisant l'admission en service psychiatrique sans consentement du patient, avec les références juridiques correspondantes. »

Dehors, le jour décline. J'entends le vent siffler dans l'encadrement de la fenêtre, derrière moi, et aperçois tout à coup deux hommes au seuil de la chambre. Un petit aux cheveux courts et un plus âgé, tondu. Tous deux ont l'air d'avoir une carte de membre à vie au club de muscu et un doctorat en confrontation physique.

« Qui est-ce ?

— Ils sont là pour aider.

— Vous aider vous ? »

Weidemann secoue la tête. « Au cas où vous en auriez besoin.

— Aider à quoi ?

— N'importe quoi.

— Quand est-ce que je pars ?

— Maintenant, ou dès que vous vous sentirez assez en forme pour voyager.

— Je peux refuser ?

— Oui.

— Bien. Je refuse.

— Mais… » Weidemann lève la main, comme un drapeau blanc entre nous. « Mais…, répète-t-il avec un regain d'énergie,… si vous le faites, ce sera la police qui vous y conduira.

— D'accord. Alors je vais y aller moi-même.

— Taxi ou ambulance ? Jørn et Jørgen vont vous escorter.

— Je n'ai pas d'argent.

— Nous allons nous en occuper. »

J'écarte les mains d'un geste résigné. « J'ai l'impression que je n'ai pas le choix.

— Formidable. »

Le docteur Weidemann se hisse hors du fauteuil et traîne des pieds jusqu'à la porte, les deux aides-soignants pénètrent dans la pièce et s'arrêtent devant moi en souriant. Pas le sourire chaleureux et accueillant de quelqu'un qu'on connaît, mais plutôt une invitation froide, un sourire du genre : Même maintenant, devant toi, une personne concernée par l'article 3 alinéa 2, sans pantalon, et qui n'a rien à perdre, nous restons souriants.

Je joins religieusement les mains au-dessus de l'enveloppe marron et leur rends leur sourire. Aussi amicalement que j'en suis capable, compte tenu des circonstances.

« Dites ! »

Weidemann est sur le point de sortir. « Quoi ? » Il s'arrête et se retourne.

« Vous m'accordez une demi-heure ? » Je pose délicatement la main sur mon ventre en grimaçant. « J'ai l'impression que j'ai encore besoin d'aller aux toilettes, après mon lavement intestinal.

— Bien sûr. En attendant, je vais voir si je ne peux pas vous trouver de nouveaux vêtements. »

Les deux hommes se postent à l'entrée de la chambre, tandis que je me traîne hors du lit et trottine, dos voûté, vers la salle de bains, où je referme la porte derrière moi et ouvre le robinet du lavabo à fond.

Je m'assieds sur l'abattant et sors le téléphone du vieux, que j'avais gardé caché dans ma paume. Il est temps de prendre les choses en main et de faire preuve d'un peu d'initiative personnelle, comme le disait toujours Gunnar Ore quand notre équipe de foot, à l'Inspection, était en train de perdre un match contre le cabinet d'avocats d'en face ou le onze des Camarades de la Plomberie.

« Thorkild ? fait une Liz à bout de souffle quand elle entend ma voix. Oh, Thorkild. J'ai eu tellement peur…

— Plus tard, frangine. » Je murmure dans l'appareil, aussi bas que possible. « J'ai besoin de ton aide. Là, tout de suite. »

Chapitre 51

Ou bien on ne fait pas plus triste que les objets trouvés du service de néphrologie ou bien le docteur Weidemann a un affreux humour de toubib qui me dépasse.

Je porte une culotte de course en élasthanne avec des bandes bleu foncé et vertes sur l'extérieur des cuisses, du genre qu'on ne voit que chez les toxicomanes, les métalleux et les jeunes du bloc de l'Est. En haut, j'ai un col roulé épais en laine grisâtre, qui m'offre une démangeaison de tous les instants et ne descend pas tout à fait jusqu'au pantalon, si bien que quand je suis debout, je me retrouve nu du nombril à la naissance des poils pubiens.

Mes chaussures sont des baskets délavées, éculées et périmées à tous égards. Mes propres vêtements, mouillés et découpés, on me les a rendus dans un sac des supérettes Prix. Je me sens comme une publicité vivante pour une obscure campagne de lutte contre la drogue dans le Nord-Norge alors que je marche vers l'ascenseur du service de néphrologie, flanqué de Jørn et Jørgen. Mes deux gardiens souriants sont censés m'escorter jusqu'à l'entrée principale, puis dans le taxi pour Åsgård, qui regroupe les services psychiatriques de l'hôpital universitaire du Nord, l'UNN, sur la rive ouest de Tromsøya.

Dans l'ascenseur, mes compagnons de voyage semblent goûter au silence gênant. Aucun échange de regard, aucune parole, juste des sourires froids, comme s'ils participaient au concours de celui qui parvient à passer tout le trajet sans parler ni manifester un quelconque signe d'humanité.

« Eh, vous ? » Je me penche vers Jørn, ou Jørgen, sur ma droite. Il ne répond pas, mais me regarde, dans l'expectative.

« Qu'est-ce qui est rouge et qui fait blob-blob, vous le savez ? » Je parle sans quitter des yeux la porte de l'ascenseur. Lequel s'arrête et s'ouvre, mais personne n'y monte. « Non ? » L'ascenseur se referme, reprend sa descente. « Eh bien, je ne vais pas prolonger le suspense. C'est un… » Je fais durer le plaisir un instant avant de poursuivre : « Dernière chance ! Vous avez encore une chance de deviner ce que c'est. »

Jørn ou Jørgen, à ma droite, ne répond toujours pas, et Jørn ou Jørgen, à ma gauche, ne remue pas une paupière, il écoute en se concentrant très fort sur son incarnation de statue.

« OK, alors voilà… Un blob-blob rouge ! » Je bouscule légèrement l'épaule de l'autre Jørn ou Jørgen, en riant et en tapant mes paumes contre le plastique souple du sac Prix.

L'ascenseur s'arrête de nouveau, le duo me fait signe que nous sommes au bon étage et qu'il faut sortir. Nous débarquons dans un service clair et lumineux et empruntons un large couloir débouchant sur un grand espace que j'identifie comme la sortie, même s'il y a un tel passage que je ne vois même pas la porte.

« Et vous ? » Je donne un petit coup dans l'épaule de l'autre Jørn ou Jørgen, en tout cas celui qui est à ma gauche. « Vous savez ce qui est rouge et qui fait blob-blob ? »

Lui non plus ne répond pas, il se faufile d'un pas déterminé entre les déambulateurs, les mères adolescentes, les plâtrés, les bandés, et leurs proches.

« Oui, hein ! fais-je en hochant la tête alors que nous dépassons deux hommes sur un escabeau, qui changent un néon au plafond. Moi aussi, j'ai répété la première réponse. Mais c'est faux. C'est ça qui est drôle. Ce n'est pas un blob-blob rouge. Pas cette fois. C'est une airelle avec un moteur hors-bord ! Vous comprenez ? Ça change à chaque fois. Donc on ne peut jamais gagner. » Je lui tamponne encore l'épaule. « On ne peut tout simplement pas gagner.

— Eh, chuchote Jørn ou Jørgen sur ma droite. Et si on se calmait un peu, là ? OK ? »

De l'autre côté de l'escabeau et des types qui changent le néon, il y a une rangée de fauteuils rouges et, derrière, une cloison-jardinière de cinquante centimètres de haut, avec des plantes artificielles. La verdure en plastique délimite un espace relativement grand, où patients et proches sont assis en petits groupes autour de tables, certains lisant le journal, d'autres mangeant ou discutant au téléphone.

« Euh, oui, bien sûr. Je voulais juste vous expliquer comment la même devinette…

— Oui, on a compris. » Jørn ou Jørgen à ma gauche hausse le ton d'un cran. « On ne peut pas gagner parce que ça change chaque fois.

— Exactement, dis-je en riant avant de lui redonner un très léger coup dans l'épaule. On ne peut pas gagner. Quel que soit le nombre d'essais. »

Je me penche de nouveau vers lui, comme pour une autre petite bourrade inoffensive, mais cette fois je charge de tout mon poids, le faisant plonger par-dessus la jardinière et échouer entre les tables de l'autre côté. Ensuite, je balance un grand coup de sac de vêtements mouillés droit dans le visage de Jørn ou Jørgen à ma droite, qui perd le contact avec mon épaule, fait un pas de côté et percute l'escabeau qu'un des types vient de commencer à gravir, un néon neuf à la main. Celui-ci se rattrape à une marche, le néon lui échappe des mains et se brise au sol.

Je me mets à courir.

Je prends à gauche après les fauteuils et me précipite derrière un groupe de gens en vêtements d'extérieur, juste devant une pharmacie, qui se dirigent vers un couloir en pente légère semblant mener à la sortie. Ce qui hélas se révèle faux, le couloir descend simplement vers un autre couloir plus petit.

Je fais volte-face et vais revenir sur mes pas quand Jørn ou Jørgen le jeune me rentre dans le flanc. Nous atterrissons tous deux par terre et roulons dans un carton d'articles en promotion à l'entrée de la pharmacie.

Je me débats pour me redresser et lance un flacon de crème solaire, à moitié prix, droit dans l'œil de Jørn ou Jørgen le jeune au moment où il va s'asseoir sur moi. Puis je me remets tant bien que mal sur pied et repars vers un guichet d'information où un grand écriteau et une flèche indiquent la sortie.

Tout à coup, je vois Jørn ou Jørgen l'ancien. Il est à mi-chemin entre un pilier et moi. Derrière lui se trouve la sortie. Il écarte les mains de ses hanches et souffle comme un taureau légèrement agacé en me fixant d'un air torve. Ce spectacle me fait ralentir et je songe à un duel de vieux western, où les habitants du coin, en l'occurrence un joyeux mélange de victimes d'AVC et de cancéreux ayant envie d'une cigarette, fuient éperdument la rue principale, jusqu'à ce qu'il ne reste plus que les deux duellistes dans la poussière. Le problème, c'est que nous n'avons pas d'arme, à moins que l'un de nous ne vole le déambulateur d'un spectateur ou un tube de pommade anti-verrues à la pharmacie.

J'accélère, non pas vers le taureau qui m'attend, mais à l'oblique, sur la droite, à travers le salon, vers le couloir d'où nous sommes venus. Je vois en coin que Jørn ou Jørgen l'ancien court dans la foule pour me couper la route.

Je saute par-dessus la jardinière et m'élance vers les ascenseurs, dans l'espoir que l'un d'eux sera ouvert et prêt à m'emmener ailleurs. Me retournant un bref instant, je constate que Jørn comme Jørgen ne sont tous deux qu'à quelques mètres de moi. L'ascenseur n'aura jamais le temps de se refermer avant qu'ils me rattrapent. J'ouvre une porte vitrée à côté de moi, entre vivement, la bloque une seconde. Mes poumons sifflent, la sueur ruisselle sur mon visage.

De l'autre côté, Jørn et Jørgen poussent, tout en essayant de retrouver leur souffle. Dans l'espace où je me trouve, le bourdonnement d'un groupe de gens rassemblés autour d'un guichet d'accueil s'interrompt.

« On peut vous aider ? » Une jeune femme en blanc se penche au-dessus du comptoir.

Je n'ai pas assez de souffle pour répondre, pas le temps non plus. Je lâche la porte et me mets à courir en longeant le mur qui borde sur ma droite le couloir par où je suis arrivé, derrière moi la porte s'ouvre à toute volée.

J'en emprunte une identique à l'autre bout, reviens dans mon couloir, mais de l'autre côté des ascenseurs cette fois, et repasse devant la première porte vitrée au moment où Jørn ou Jørgen le jeune l'ouvre. Il se rue sur moi, mais j'esquive et sens ses doigts déraper sur le tissu lisse de ma culotte en élasthanne. Peut-être est-ce la raison de leur succès auprès des métalleux, des toxicos et des jeunes du bloc de l'Est : c'est comme tenter de retenir une saucisse de près de deux mètres de haut dans son élan.

« Arrêtez-vous, bordel ! » halète Jørn ou Jørgen l'ancien, derrière moi. Je serre plus fort les anses de mon sac Prix et poursuis ma course effrénée vers la sortie.

Le froid me heurte comme un coup de pelle en pleine face et fend mon pull, sans ralentir ma course pour autant. À ma droite se trouvent les taxis, ils sont trois. Plus loin grondent les engins de chantier d'une zone clôturée, on construit une quelconque extension face à l'entrée.

Puis je repère la voiture.

Je crache pour essayer de me débarrasser du goût de sang dans ma bouche. Mon diaphragme me brûle, ma joue aussi, mais je n'ai pas une seconde à perdre, car derrière moi, la porte d'entrée se rouvre : pas besoin de regarder, je sais que ce sont les deux aides-soignants, déterminés à offrir à l'assistance une démonstration de leurs aptitudes dans les sports populaires que sont le croc-en-jambe, la lutte au sol, la clef de cou, l'étranglement et le cassage de bras.

« Attendez, bon Dieu ! » s'écrient-ils en chœur.

Je me glisse devant les taxis, vers la Ford Mondeo vieillissante dont le moteur tourne à vide, et me jette dans la voiture.

« Roule, Liz ! »

« Je… quoi ? » souffle ma sœur en me regardant, l'air affolé.

Elle est livide. Une épaisse rangée de gouttes de sueur perle à son front et sur le duvet de sa lèvre supérieure, comme si elle venait de courir un cent mètres pour échapper à la mort.

« Roule, bordel ! » Je claque ma portière alors que Liz met les gaz à fond.

Chapitre 52

La voiture file dans le tunnel de Tromsøysund qui nous mène de Breivik, sur l'île de Tromsøya, à Tomasjorda, sur le continent.

« J'ai eu tellement peur… » Liz se cramponne à son volant. Elle est assise au bord de son siège, si près du pare-brise que son haleine fait de la buée. « Je n'ai presque pas fermé l'œil depuis la dernière fois qu'on s'est parlé. Je croyais que tu t'étais…

— N'y pense plus, frangine. »

Elle se tourne vers moi. « Qu'est-ce qui s'est passé ? » Son regard survole mon atroce tenue. « Qu'est-ce que c'est que cet accoutrement ?

— Je suis tombé dans la mer. » Je sors mon téléphone du sac de vêtements et le connecte au chargeur branché sur l'allume-cigare. « Mes vêtements ont été découpés quand j'étais aux urgences.

— M… mais.

— Roule, juste roule. »

Liz retrousse les lèvres et découvre sa denture jaune boiteuse aux gencives malsaines. « Je ne comprends pas…

— Qu'est-ce qu'il y a à comprendre, Liz ? Les choses arrivent. Non ? Des choses dont on n'a pas toujours envie de parler. »

Sa bouche se crispe et elle cesse de m'interroger. Liz a appris qu'il valait parfois mieux se taire. Les nombreuses et violentes leçons que lui a assénées sa raclure de mari au fil des ans ont développé chez elle un instinct de survie servile, et dans ce genre de situation, elle se met en pilote automatique.

« Pourquoi fallait-il tant se dépêcher ? finit-elle tout de même par demander d'une voix ténue quand elle ose enfin rouvrir la bouche. Tu as de nouveau des problèmes ?

— Non.. » Je prends une bouffée d'air. « C'est juste que je n'avais pas le temps de les accompagner là où ils voulaient qu'on aille.

— Ça me fait penser à papa. » Soudain, Liz sourit, tandis que nous sortons du tunnel sous-marin. « Le jour où ils l'avaient ramené, quand on était petits.

— Comment ça ?

— Il avait été hospitalisé au Kleppspitalin. C'était quelques années avant que maman et lui se séparent. Tu étais tellement petit, tu ne t'en souviens sûrement pas.

— Nan », réponds-je d'un ton acerbe. Je suis encore étourdi et agité d'avoir tant couru. Tout tremblant, mon corps crie au repos, à l'alimentation, aux anxiolytiques.

« Tu es sûr ? fait-elle en rigolant. Tu ne te souviens pas que…

— Mais t'as pas entendu ce que je t'ai dit, nom de Dieu ? » Un formidable accès de colère fait exploser la douleur de ma joue. « Je viens de te dire à l'instant que je ne m'en souvenais pas !

— D'accord, d'accord ! Tu ne te souviens pas, tu ne te souviens pas ! » Ma sortie l'a fait sursauter et elle a donné un grand coup de volant. La voiture zigzague jusqu'à ce que Liz retrouve le contrôle de son véhicule et d'elle-même.

« Pardon, Thorkild. Pardon. » Elle serre les mains autour du volant et se rapproche du pare-brise, comme pour montrer que cette fois, cette fois, elle va vraiment faire un effort et nous prouver, à moi et au reste du monde, qu'Elisabeth ne sait pas faire que manger des gâteaux en s'apitoyant sur son sort, elle sait aussi conduire.

En réalité, je me souviens bien de la fois où ils avaient ramené papa, après un séjour à l'hôpital psychiatrique pour récupérer de ses déconvenues familiales. Il restait sur une chaise à la table de la cuisine et passait des heures à regarder dans le vide, vers la pluie et la mer. C'était comme s'il venait de rentrer d'une autre planète et avait besoin de temps pour s'acclimater. J'avais fini par prendre mon parti de ce qu'une sorte de desquamation interne le faisait pourrir extérieurement, corrodait tout ce qui pouvait l'être et le remplaçait par ce personnage couleur de terre qui courait en tous sens, pleurant pour l'Islande, pour quelques bouts de mousse ou l'acarien d'eau douce du ruisseau d'un désert de cailloux au pied d'un volcan.

« Où allons-nous ? demande Liz, enfin apaisée.

— Il faut juste que j'aille à Skjellvik régler deux, trois trucs, et prendre la voiture de location pour aller à un interrogatoire demain.

— Interrogatoire ? Encore ?

— Gunnar Ore est en ville.

— Gunnar ? Qu'est-ce qu'il fabrique ici ?

— Je ne suis toujours pas complètement sûr de le savoir », réponds-je d'un ton pesant à Liz, qui passe la pointe de sa langue sur ses grosses lèvres.

Le ciel est presque exempt de nuages, l'air plus froid, de fines membranes de verglas recouvrent les petites flaques de boue le long des trottoirs. Je regarde mon téléphone et constate qu'il est suffisamment chargé. Je l'allume et appelle Anniken Moritzen.

« Où êtes-vous ?

— Toujours dans le Nord-Norge.

— Ils veulent que nous montions. Je viens demain. » Elle hésite un instant avant de poursuivre. « Pourriez-vous me retrouver, quand j'irai… le voir ? »

Je fixe le contour de mon visage dans la vitre latérale. Ma main se porte instinctivement à ses irrégularités, mes doigts glissent sur les sillons de ma joue et les cicatrices avant de trouver les points de tension. J'appuie fortement sur les tissus endommagés.

« Qu'y a-t-il, Thorkild ? s'enquiert Anniken alors que je garde le silence.

— Rasmus a été tué, dis-je dans un souffle.

— Q… quoi ?

— Il n'est pas mort accidentellement, Anniken. Quelqu'un l'a frappé à mort.

— Je… » Elle s'interrompt, ravale ses paroles et devient parfaitement muette.

Sur le siège du conducteur, Liz me lance un coup d'œil inquiet, sans rien dire, elle non plus.

Je relâche la pression sur ma joue, mon regard file sur le paysage, la mer plus bas, une barque en plastique au bord, qui tire sans grande volonté sur ses amarres. Puis je reprends.

« Aurait-il pu rencontrer quelqu'un ici, une femme ?

— Je vous ai déjà répondu.

— Je sais. Mais vous l'aurait-il dit, s'il avait rencontré quelqu'un ?

— Rasmus n'avait personne dans sa vie. Et s'il avait eu quelqu'un, ce n'aurait pas été une femme. Il était homosexuel, précise-t-elle. Comme son père.

— Il ne la connaissait donc pas.

— Quoi ?

— J'essaie de démêler un écheveau. Pour voir comment tout cela se tient. » Je frotte ma joue abîmée. Je sens en haut de mon ventre que le manque se fait de plus en plus pressant. « Rasmus consommait-il des drogues ? dis-je encore, les dents serrées.

— Quoi ?

— Aurait-il pu être impliqué dans des activités illégales ?

— Arrêtez. » J'entends qu'elle a du mal à se dominer. « Je veux que vous cessiez de parler. » Sa voix s'éteint. Je n'entends plus qu'un flux régulier d'inspirations et d'expirations. « Vous ne pouvez pas être là, juste ? supplie-t-elle. Quand j'arriverai ?

— OK… Appelez-moi quand vous aurez atterri. Au fait, Arne vient-il ?

— Non.

— Il sait ?

— Oui. Il sait.

— A-t-il dit quelque chose sur…

— Non. Il ne veut pas vous parler. Pas encore.

— OK, Anniken. J'attends ici jusqu'à ce que vous arriviez.

— Au revoir, Thorkild. »

« Mon Dieu », chuchote Liz quand j'ai raccroché. Pendant toute la conversation téléphonique, elle n'a pas fait un bruit. « Dans quoi es-tu allé te fourrer, au juste ? »

Je me renfonce entièrement dans mon siège, le visage vers la mer. « Lors de mon interrogatoire, demain après-midi, Ore, les mecs du commissariat et le type de Kripos vont me dire qu'ils ont des preuves que Bjørkang et l'agent sont venus au phare le soir où j'y étais. »

Je retiens mon souffle en contemplant les arbres, avant de finalement le relâcher et de poursuivre. « Ils vont me présenter un scénario : celui d'un ex-policier bourré de médicaments, qui tue, avant d'être rattrapé par les remords, le dégoût de soi, et de décider de se jeter à la mer. Ensuite, ils m'inviteront à donner ma version des faits. Ils resteront muets comme des carpes pendant que je parlerai de la femme que j'ai trouvée dans la mer, de l'homme qui est remonté la chercher, de la fête dans la discothèque, tout. À la fin, ils me diront qu'ils ne me croient pas et me prieront instamment de raconter la véritable histoire. La vérité.

— Comment le sais-tu ?

— Parce que, Liz… C'est ce que je ferais à leur place. Avec les découvertes au phare et ma propre explication, que j'ai moi-même peine à croire, ils considèrent avoir un bon dossier. S'ils sont suffisamment persuadés que je finirai par craquer, ils se sentiront peut-être assez sûrs pour me signifier mon arrestation, quelle que soit l'issue de l'interrogatoire, même sans cadavre.

— Et Rasmus, et la femme que tu as trouvée ? Tu n'étais pas dans le Nord quand ils ont été tués.

— Ça finira comme une affaire à part, qui sera classée “non résolue”, sauf si la femme refait surface. Ce qui n’arrivera jamais. » Je me tourne vers la vitre latérale, de petits flocons commencent à danser entre les arbres. « Et puis tu as les deux policiers.

— Quoi, les deux policiers ? »

Je laisse la question en suspens, tout en essayant de visualiser les visages de Bjørkang et Arnt, tels que je m’en souviens, au poste du *lensmann*. Je n’y parviens pas et ils demeurent comme deux ombres grises floues, qui vont et viennent en arrière-plan. « Je suis obligé de les trouver avant cet interrogatoire. C’est la seule issue… »

Chapitre 53

Liz se gare sur le parking de la maison de retraite de Skjellviktunet. Il est près de vingt et une heures trente, il fait nuit. Nous sortons de la voiture. L'air est froid et humide. Nous nous dirigeons vers les appartements.

« Personne ne doit s'apercevoir de notre présence », dis-je tout bas. Nous marchons sur le gravier, en direction du logement que me loue Harvey. Au moment de franchir la porte, je lance un regard vers l'entrée de la maison de retraite, de peur que Siv ne débarque, avec escorte policière, pour m'emmener à l'hôpital psychiatrique d'Åsgård. Le couloir est désert, il règne un silence complet. La baie tout entière semble en hibernation.

Je retrouve la clef dans mon sac de vêtements en charpie et ouvre sans bruit, poussant Liz à l'intérieur avant de verrouiller derrière nous. « Surtout pas de lumière ! »

Le gâteau truffe repose toujours sous sa cloche, sur le plan de travail de la cuisine, et les cristaux de Merethe gisent éparpillés sur la table basse et par terre. Liz s'installe sur le canapé pendant que je sors des vêtements propres de mon sac de voyage et me rends dans la salle de bains.

J'hésite avant de regarder mon visage dans la glace. Si fatigué, si gris… Il se fond presque dans la pénombre. « Il n'y en a pas d'autres, hein ? » dis-je d'une voix rauque au miroir. Pas d'autres Thorkild à aller chercher quand les choses deviennent trop difficiles ou si une occasion se présente. Tout ce qui reste, c'est ce sac d'os gris chiné. *Putain*.

Je finis par trouver un gant de toilette, me le passe sur le visage et sous les bras, avant de troquer ma tenue de la collection Objets trouvés contre des vêtements à moi.

« Ça va ? » s'enquiert Liz quand je me faufile dans le salon. Sur le plan de travail, la cafetière gargouille, la cloche à pâtisserie est ouverte. Liz est assise dans le noir, une grosse part de gâteau truffe entre les mains. Le réverbère du parking et la lanterne de l'entrée principale émettent une lueur jaune, qui traverse les rideaux et nous permet d'y voir un peu. « Je t'en ai coupé une part aussi. » Elle pousse l'assiette en carton dans ma direction.

« Non, merci, mais mange, toi. J'ai un coup de fil à passer. » Je m'apprête à m'asseoir quand une lumière apparaît. Dans le jour entre les rideaux à moitié tirés, nous distinguons une voiture de police qui surgit en haut de la côte et passe lentement, en route pour Skjellvik centre.

« C'est toi qu'ils recherchent ? » demande Liz, la bouche pleine de gâteau.

J'acquiesce et ferme complètement les rideaux. « Ils ont sûrement envoyé un véhicule depuis Skjervøy. »

Liz cesse de mastiquer, elle me dévisage.

« Relax, dis-je calmement en prenant mon téléphone. Aucune chance qu'ils nous trouvent, ici. »

Je m'assieds sur le fauteuil et appelle Gunnar Ore, qui répond avant la fin de la première sonnerie.

« Alors, en fuite ? » Le ton est caustique. « Bien joué, Aske. T'es vraiment malin.

— Oui, je suis en train de traverser les montagnes et me dirige vers la frontière suédoise. Ensuite asile permanent dans les steppes andalouses, déguisé en berger ou en matador, c'est selon. Ça peut marcher, Gunnar. Ça peut marcher.

— Espèce de con, tranche-t-il d'une voix rauque. Tu es recherché. Tu sais que les hôpitaux préviennent dès qu'un patient des services psychiatriques s'enfuit ?

— Laisse-les chercher.

— Alors tu sais sûrement aussi que, depuis l'époque où tu y es toi-même entré, la police s'est armée.

— Quoi ?

— Les gars se baladent avec des armes chargées, maintenant, Aske. Et dans ton cas, ils recherchent donc une personne en fuite, suspectée du meurtre de policiers. Tu as besoin d'autres éléments pour comprendre comment cette histoire va se terminer ?

— Je voulais juste te dire que je viendrai demain, pour cet interrogatoire.

— Trop tard », rétorque mon ancien patron.

J'ai beau être conscient que les policiers de Tromsø l'ont sans doute appelé pour requérir son assistance dès qu'ils ont appris qui était l'individu enfui de l'hôpital, il faut que je lui parle. Même si je frémis à l'idée de finir comme trophée de chasse d'un agent frais émoulu des bancs de l'école de police et amateur de tir. Je n'ai que lui.

« Où es-tu ? reprend Gunnar comme je ne dis plus rien.

— Avec Liz.

— Ta sœur ? C'est elle qui est venue te chercher à l'hôpital… OK, je comprends maintenant. Pourquoi ? Puis-je te poser la question ? Pourquoi as-tu foutu le camp ?

— L'interrogatoire…, réponds-je au moment où Liz revient de la cuisine avec un café chaud pour moi et une nouvelle part de gâteau pour elle. Je ne peux pas venir à l'interrogatoire avant de savoir.

— Savoir quoi ?

— Où j'en suis. De quoi il s'agit, au juste.

— Donc tu es reparti à Skjellvik ? conclut Gunnar Ore.

— Je viendrai à l'interrogatoire… Je le promets. Donne-moi jusqu'à demain, au nom du bon vieux temps. Tu peux faire ça ?

— Cette carte, tu l'as jouée il y a quatre ans, Thorkild. Mais je vais oublier notre conversation jusqu'à demain quinze heures. Au nom du bon vieux temps, comme tu dis.

— Merci.

— Oh, va te faire foutre. En attendant, tu n'auras qu'à espérer que les policiers refassent surface avant quinze heures demain. Sans quoi…

— Ça finira en désastre ?

— C'en est déjà un. »

Laissant mon téléphone sur la table, je porte d'une main la tasse à mes lèvres, mais dois renoncer à mi-chemin et la prendre à deux mains pour ne pas la lâcher.

« Qu'est-ce qu'il y a ? » s'inquiète à nouveau Liz. Elle est assise juste à côté de moi, mais les traits de son visage me sont invisibles. Quand elle parle, elle souffle une odeur de crème au chocolat et de café. « Tu ne te sens pas bien ?

— Ne fais pas attention, dis-je en reculant sur mon fauteuil pour esquiver cette senteur. C'est juste mon corps qui essaie de me dire que ça fait longtemps que j'aurais dû prendre mes médicaments.

— J'ai du paracétamol codéiné dans mon sac. Les cachets d'Arvid. Pour le mal de dos. Je les ai toujours sur moi quand on sort, au cas où. »

Je prends le paquet qu'elle me tend, sors une poignée de comprimés roses du blister et les jette dans ma bouche pour calmer mes cris intérieurs.

« Qu'est-ce qu'on fait, maintenant ? » demande Liz alors qu'un regain de courage me rend enfin prêt à retenter le café.

Une autre voiture passe dehors, mais elle ne s'arrête pas, elle non plus. Au niveau du phare, le ciel est bleu noir.

« On reste ici ce soir, et demain, tu rentres chez toi.

— Et toi ?

— Je suivrai plus tard, avec la voiture de location. Je dois d'abord aller au phare. » Je ferme les yeux en massant ma joue du bout des doigts. « Oh, putain. Où est-ce qu'ils peuvent être, bordel ?

— Les deux policiers ?

— Oui, et la femme que j'ai trouvée dans la mer. Tout commence par elle, c'est ma seule certitude. Elle a disparu la première, il y a près d'un mois. Qui peut disparaître aussi longtemps sans que personne ne déclare sa disparition ?

— Quelqu'un qui n'est pas d'ici ? suggère Liz.

— Tu as raison. » J'ouvre les yeux et me redresse. J'attrape le blister et sors deux autres comprimés.

« Mais pas seulement, poursuis-je après les avoir avalés avec une gorgée de café. Ce doit être une personne qui était censée venir ici et dont on attend toujours le retour là d'où elle vient. N'est-ce pas ?

— Une touriste ? »

Je regarde Liz. Elle s'est traînée jusqu'au bout du canapé et se retrouve tout contre moi, les mains sur les genoux. « Oui. OK. Mais qui vient ici faire du tourisme en fin d'automne ? poursuis-je.

— Elle est peut-être venue pour travailler. D'un autre pays ?

— Et elle n'appelle pas son mari, son petit ami, ses enfants ou sa famille pendant plus d'un mois ?

— Elle devait n'avoir personne.

— Personne du tout ? » Je bois une autre gorgée de café. « Jeune, seule, d'ailleurs, et ne manquant à personne. Quel genre de femme... ?

— Une prostituée ?

— Quoi ?

— Elles viennent aussi à Tromsø, elles logent dans des hôtels ou des studios pour quelques mois et puis elles repartent. » Le débit de Liz s'accélère quand elle s'aperçoit qu'elle a éveillé mon intérêt. « Enfin, j'ai lu ça dans la presse...

— Bien, Liz. » Je sens que les cachets commencent enfin à agir. « Très bien. Hmm, oui, tu mets peut-être le doigt sur quelque chose, là. Une jeune femme, prostituée, mais quel rapport aurait-elle eu avec Rasmus ?

— Il l'a emmenée au phare pour...

— Non. » Je secoue la tête. « Rasmus était homosexuel. Et puis il a été tué. Je crois qu'il l'a découverte par hasard en plongeant. Ensuite, que s'est-il passé ?

— Je ne sais pas.

— Si, tu sais. Il a appelé la police.

— Oui ! » Elle se frotte les doigts en me regardant avec des yeux qui pétillent d'exaltation dans la pénombre. « Oui, c'est ce qu'il a fait.

— OK. Il a appelé la police pour signaler sa découverte. Après… Allons au bout du scénario. Après, Bjørkang et Arnt sont allés le voir et ils l'ont tué, parce que personne ne devait savoir ce qu'il avait trouvé. C'est ce que tu dis ? »

Liz secoue la tête. « Je… je, bredouille-t-elle, son regard erre vers la cloche à gâteau. Je ne sais pas, Thorkild, finit-elle par dire.

— Non, hein ? C'est là que ça coince. Je veux dire, pourquoi ne sont-ils pas rentrés dès qu'ils ont eu récupéré le corps ? Pourquoi n'ont-ils pas continué leur mascarade ? Pourquoi se cacher ? »

Liz me regarde bizarrement. Elle sourit, les yeux brillants, comme si elle allait pleurer.

« Qu'est-ce qu'il y a ?

— J'aime te regarder quand tu es comme ça.

— Comment ?

— Comme maintenant, quand on parle, juste tous les deux. Tu te souviens de papa et ses amis à la table de la cuisine, quand ils discutaient de ce qu'il fallait faire pour protéger l'Islande de l'industrialisation ? »

Je me renfonce dans le fauteuil et tourne la tête vers elle. « La dernière fois que je l'ai vu, c'était au début des années quatre-vingt-dix. À Reiðarfjörður, un petit village où Landsvirkjun, la compagnie nationale d'électricité, prévoyait de construire une usine d'aluminium. Je venais d'apprendre mon admission à l'école de police. » Je ferme les yeux, pinçant les lèvres à l'évocation de ce patelin gris et pluvieux.

« Ses cheveux blancs, et sa barbe, putain ! fais-je en riant. La touche qu'il avait.

— Il l'a toujours. » Liz rit aussi, elle cligne des yeux, les garde fermés plusieurs secondes, comme si elle essayait de le visualiser.

« Cette fonderie allait être dirigée par une boîte américaine. Papa et sa troupe de chevaliers de l'environnement étaient allés voir s'ils ne pouvaient pas saboter leur travail. C'était au milieu de l'été et on buvait du vin autour d'un feu, papa parlait de notre pays.

— J'aurais voulu y être. » Liz appuie ses mains jointes contre sa poitrine.

« Je me souviens que j'attendais le bon moment pour lui dire que j'allais devenir flic en Norvège. De l'autre côté du feu, papa avait arraché une poignée de bruyère et de terre, et les larmes roulaient sur ses joues, jusque dans sa barbe. Il pleurait toutes les larmes de son corps, ses mains crispées autour du petit bout d'Islande qu'il serrait contre son torse. Il sanglotait *Combien de temps va-t-on les laisser violer notre nature islandaise ?* et la terre et la mousse s'écoulaient entre ses doigts comme le sang d'une blessure au cœur.

— Alors, tu ne lui as pas dit ?

— Non. On est juste restés là, tous ensemble, à l'écouter parler de notre pays et de notre patrimoine. Ensuite, on a vidé nos verres et on est descendus au fjord, où on a fait rouler dans la mer le conteneur et le préfa que leurs premiers ingénieurs avaient monté. Quand on est revenus, j'ai plié ma tente et je suis reparti en Norvège. Un mois plus tard, je commençais ma formation à l'école de police. »

Une longue pause s'ensuit. « Tu ne pourrais pas me parler un peu de Frei ? » finit par chuchoter Liz. Sa voix est douce, comme quand elle est seule à seul avec son mari qui la bat et lui pose des questions. « Qui elle était, pourquoi tu es si… fixé sur elle.

— J'ai perdu le contrôle de la situation, dis-je, les paupières toujours closes. Le dernier soir, dans la voiture, je savais que je l'aimais, le sort en était jeté et je n'y pouvais plus rien. » Je respire et relâche mon souffle. « La seconde suivante, elle n'était plus là.

— C'est pour ça que tu veux mourir ? » Liz pose délicatement sa main sur la mienne. Simple effleurement dont la chaleur irradie dans mon bras, jusqu'à mon visage.

« J'ai mis tellement dans cet instant. Mais qui peut vivre comme ça ? Sur un seul instant ?

— Il ne faut pas que tu recommences. » Elle se jette sur moi, nous renvoyant tous les deux en arrière sur le fauteuil, qui craque sous cet effort. « Tu m'entends, Thorkild ? Tu n'as pas le droit de recommencer.

— Bon sang, fais-je en suffoquant alors que j'essaie de la repousser.

— Promets-le. » Son visage est juste devant le mien et elle me maintient d'une main de fer.

« Je ne peux pas…

— Si, chouine-t-elle sans me lâcher. Si tu me le promets, tu ne pourras pas le faire. Tu ne ferais jamais une chose pareille. Je le sais. Je sais… »

J'essaie encore de me libérer, mais elle refuse de me lâcher, elle s'accroche à moi comme à un radeau de sauvetage et je finis par rendre les armes. « OK, sœurette. Je promets… »

MERCREDI

Chapitre 54

Le lendemain, je me réveille dans le fauteuil, au bruit de Liz qui fait la vaisselle à la cuisine. Elle a ramassé les pierres de Merethe et les a rassemblées sur la table basse. J'allume mon téléphone et constate que j'ai un tas de messages sur mon répondeur. Parmi lesquels une série d'invectives d'Ulf, qui a manifestement su que son patient préféré était en fuite. J'éteins et rejoins Liz pour me servir une tasse de café chaud.

« La voiture de police est repassée cette nuit, après que tu t'étais endormi. Je ne l'ai pas revue depuis », dit-elle en souriant. Ses boucles blondes et grises sont en désordre, elle ressemble à un troll des films d'animation d'Ivo Caprino, à fredonner comme ça toute seule, avec sa brosse à vaisselle dans une main et une assiette en carton dans l'autre.

« Bien. » Après avoir déposé un baiser furtif sur sa joue, je repars m'asseoir dans le fauteuil avec mon café, et sors deux cachets de la plaquette qu'elle m'a donnée hier. « Alors, on va pouvoir descendre à la voiture de location dès qu'on sera prêts, elle est garée aux hangars à bateaux.

— Comment penses-tu te rendre au phare ? s'enquiert Liz en tirant le bouchon de l'évier.

— Je connais quelqu'un à qui je peux demander. » Je masse les muscles de ma nuque. « Ensuite j'irai à Tromsø, pour l'interrogatoire.

— Et après, qu'est-ce qui se passera ?

— Eh bien, ça ne dépend pas de moi, Liz, dis-je en forçant un petit sourire. Si ?

— Mais si tu trouves les policiers, ils ne pourront pas…

— Oui, je sais… » J'avale les comprimés avec une gorgée de café.

« Je sais que tu vas les trouver, affirme-t-elle en me regardant avec un sourire béat, presque pieux, sa brosse à vaisselle à la main. Et puis tout s'arrangera. Je suis sérieuse. Je l'ai senti en me réveillant ce matin. Ça va être une bonne journée.

— Ah ? » Je secoue la tête. « Eh bien, si tu le dis, c'est que ça doit être vrai… »

Nous mettons mes affaires dans la voiture et roulons jusqu'au parking en face des hangars à bateaux de Skjellvik. Liz reste au volant pendant que je rejoins prestement mon véhicule de location et démarre. Je suis sur mes gardes et guette constamment le sommet de la pente, de crainte de voir arriver un véhicule avec gyrophare.

« Souhaite-moi bonne chance, frangine », dis-je par la portière ouverte en lui faisant signe d'y aller.

Liz me lance un regard éloquent avant de se pencher vers le siège passager. « Souviens-toi que tu as promis, rappelle-t-elle, la bouche tremblante.

— Oui, Liz. J'ai promis. »

La Ford démarre, Liz recule à fond sur la route et gravit la côte sans prendre le temps ni de remonter sa vitre ni d'éteindre son clignotant.

Elle arrive au niveau de la résidence quand j'aperçois soudain Johannes dans mon rétroviseur. Il vient droit vers le parking. Il est en costume, chevelure ramenée en arrière. Du côté mer, le vent s'empare de ses cheveux fins, les dresse et les fait danser sur sa tête.

« Alors, fait-il en me serrant la main quand je sors de la voiture. Vous êtes toujours là ?

— Oui, je n'ai pas encore tout à fait fini ce que j'avais à faire dans le coin.

— J'ai entendu dire que la police était venue, ils vous recherchent.

— Oui, hein ? Ils sont toujours tellement serviables, n'est-ce pas ? »

Johannes émet un petit grognement et passe une main dans ses cheveux. Il essaie de les remettre en place, mais le vent les reprend dès que ses doigts les relâchent. Il porte un pantalon noir à rayures grises trop court de quelques centimètres et passé un peu trop souvent à la machine, l'étoffe délavée est pleine de bouloches. Ses chaussures sont noires, c'est déjà ça, mais avec des semelles épaisses. En haut, il porte une chemise habillée non repassée avec un pull col en V grisâtre, très élimé, lui aussi, et par-dessus un manteau de ville sombre qui lui arrive aux genoux.

« Harvey m'a dit que c'était un camarade à vous qui avait trouvé le bateau de Bjørkang et Arnt.

— Oui, sur le rivage de Reinøya, répond Johannes. Le bateau était en bon état, aucun signe de chavirage dans le mauvais temps. La seule chose qui manquait, c'étaient les instruments de navigation.

— Comment ça ?

— Arrachés. Il n'y avait plus que les câbles.

— Le GPS de Rasmus aussi avait disparu. On dirait que quelqu'un n'avait pas envie que nous sachions où ils allaient ou étaient allés. »

Johannes hoche pensivement la tête.

« Il faut que j'aille au phare, dis-je. Vous pouvez m'aider ?

— Eh bien. » Johannes tape le bout de sa chaussure dans le gravier. « Je suis en route pour les funérailles d'Andor et Josefine. » Il a du mal à trouver un endroit où mettre ses mains, ses poches de pantalon semblent être trop petites.

« Je peux attendre. »

Il pousse un gros soupir. « Bon, d'accord. J'imagine que je pourrais vous déposer après l'inhumation.

— Montez, je conduis. »

Johannes claque la portière et boucle sa ceinture. Dès que je démarre, il sort un paquet de tabac de l'intérieur de son manteau et le pose sur ses genoux. En l'espace de quelques petites secondes, il roule une cigarette parfaitement droite qu'il allume avec une allumette.

« Au fait, vous pensez que Merethe y sera ? » Je recule de ma place de parking et prends la route de la côte, en direction de la maison de retraite. « À l'enterrement ? »

Johannes glisse sa cigarette entre ses lèvres et joint les mains religieusement en se tournant les pouces. « Je ne sais pas. » Un flot de fumée jaillit de ses narines et de sa bouche. « Je ne sais vraiment pas. »

Chapitre 55

Je sors de la voiture avec Johannes en ayant le sentiment d'être un fou de la vitesse chevauchant une roue enflammée face à ce cortège d'hommes et de femmes à l'automne de leur vie, le pas lent, le cheveu blanc clairsemé ou le crâne chauve, la peau fripée, le dos voûté, tordu, la hanche dysplasique.

Dans l'église nous accueillent de nouveaux regards curieux. Johannes désigne une rangée de bancs bleus au fond, avec seulement deux vieilles dames, toutes deux en chapeau et renard.

J'aperçois Harvey au moment de m'asseoir. Il est avec son fils quelques rangs devant, de l'autre côté de l'allée centrale. Merethe n'est pas avec eux.

Je regarde vers la porte quand un taxi-minibus s'arrête devant et qu'un claquement sourd se fait entendre. Deux infirmiers sortent et passent derrière le véhicule avec le chauffeur, qui installe la rampe et ouvre les portes.

« Merethe, dis-je dans un souffle en voyant le visage de la femme en fauteuil qu'ils poussent sur la rampe à l'entrée de l'église.

— Où ça ? » Johannes me regarde, une des dames de notre banc agrippe la queue de son renard. Elle donne un coup de coude indiscret à sa voisine et pointe son doigt.

Un faible murmure s'élève dans la nef. Plusieurs personnes se penchent les unes vers les autres, se retournent, lancent des coups d'œil vers la femme qu'on conduit à l'intérieur. « Bon sang, elle est dans un état. »

« Affreux. » Johannes ramène son regard sur l'autel et les deux cercueils.

Un enfant se met à pleurer dans l'assistance. De hauts sanglots douloureux et des pleurs convulsifs que les parents essaient d'étouffer à coups de suppliques et de menaces.

L'armature métallique qui dépasse de part et d'autre de la tête de Merethe est constituée de trois vis de chaque côté, une dans la mâchoire supérieure, une autre dans la mâchoire inférieure et une dernière qui les referme. Les commissures de ses lèvres sont recouvertes de sparadrap blanc.

Ses cheveux sont joliment relevés, elle porte un tailleur pantalon noir seyant avec un chemisier blanc. Les infirmiers l'emmènent au banc où l'attendent Harvey et son petit garçon.

« Il faut que je lui parle », dis-je tout bas.

Les infirmiers bloquent les roues du fauteuil, avant de ressortir en refermant la porte derrière eux.

« Après l'inhumation », répond Johannes.

De part et d'autre, la nef se remplit peu à peu de fauteuils roulants, déambulateurs et autres moyens de transport, et ceux qui doivent aller tout devant sont obligés de sinuer à travers ce labyrinthe gériatrique de plastique et de métal. Johannes sort un sachet de congélation avec des espèces de boules antimites à rayures rouges. Il l'ouvre et me le présente.

« Polkagris[1] ?

— Pardon ?

— Polkagris ? répète Johannes un peu plus fort en froissant le sachet, comme si c'était mon audition qui était problématique. Des bonbons. C'est comme ça qu'on appelle le sucre d'orge en Suède. »

J'en prends un et le mets dans ma bouche au moment où le pasteur entre par une porte latérale. Il évolue tout en élégance et légèreté entre les obstacles de la travée centrale et monte en chaire, où il oriente ses paumes vers le plafond et observe l'église.

« Il y a un temps pour tout », proclame-t-il dans un dialecte du Sørlandet sympathique, mais d'une mélancolie profonde. Son regard se promène sur l'assistance, de rangée en rangée, avant de finir sur les proches, au premier rang, juste à côté des cercueils. « Pour la mort aussi. »

Après le prélude, les gens commencent à chanter. *Le jour clair a été changé en nuit, aucun cierge n'est allumé*. Ensuite, le pasteur commémore les défunts. « Pendant toute une vie, ils se sont consacrés entièrement l'un à l'autre, à l'amour. Et à présent, ils sont auprès de Dieu, notre Seigneur au paradis, ensemble. »

Le pasteur descend majestueusement de la chaire pour rejoindre les deux cercueils. La famille envoie deux filles, au début de l'adolescence, vêtues de jolies robes sombres et de chaussures assorties. Le pasteur et les jeunes filles entreprennent de lire les rubans des

1. Cochon de polka.

couronnes de fleurs tandis que l'assistance s'avance pour allumer les cierges sur les chandeliers de fer forgé. Les filles lisent les messages suédois, le pasteur les norvégiens.

« Selma et Christine vont maintenant chanter un cantique pour leurs grands-parents. » Le pasteur joint les mains et migre vers la périphérie du chœur. On entend bientôt la musique d'un lecteur de CD et les deux filles se mettent à chanter.

Le braillard ne braille plus. L'édifice entier est soudain silencieux, on n'entend plus que de vagues respirations sifflantes entre les notes de musique ou de petites toux venues de poumons fatigués et d'organes respiratoires vieillissants.

Je vois l'arrière de la tête de Merethe plus loin devant. Elle ne bouge pas, est juste assise, les épaules basses. Les vis en métal dépassent sur les côtés comme des antennes d'insecte. À côté d'elle, Harvey a les mains sur les genoux, le visage baissé vers le sol.

Il a l'air d'avoir froid. Ses épaules tressautent de façon incontrôlable, tantôt il secoue la tête, tantôt il se balance d'avant en arrière, toujours avec les mains sur les genoux. Il pleure. Il chiale comme un gosse et quand la musique se termine et que les deux filles quittent le chœur, la nef entière se remplit de l'écho précipité de ses sanglots déchirants.

Chapitre 56

« Qu'est-ce qu'il avait, à votre avis ? » J'interroge Johannes quand le pasteur a terminé et que tout le monde commence à se lever. Les porteurs prennent place à côté des cercueils, les hissent et se rangent en file. Ce n'est qu'à ce moment-là qu'ils se rendent compte qu'il va leur être impossible d'avancer dans la travée centrale bondée. Ils se regardent sans qu'aucun d'eux ne semble savoir quoi faire.

Comprenant l'urgence de la situation, un infirmier de la maison de retraite fait signe à ses collègues. Ils entreprennent aussitôt de pousser les fauteuils roulants dehors et de ramasser les béquilles et autres déambulateurs de ceux qui sont encore assis. Les deux infirmiers qui accompagnent Merethe reviennent, saisissent son fauteuil chacun d'un côté et la conduisent dehors avec les autres.

« Ça a fait beaucoup pour lui, ces derniers temps », explique Johannes une fois l'allée centrale dégagée, quand les premiers porteurs de cercueil arrivent à notre hauteur. Il fait un signe de tête recueilli à leur passage. « Vous étiez vous-même présent quand sa femme a eu cette crise. Ça ne doit pas être facile pour lui.

— Ce n'était pas une crise. » Je fais quelques pas de côté en attendant que ce soit notre tour de nous insérer dans cette foule lente.

« Bon. »

Johannes salue Harvey de la tête quand celui-ci arrive à notre hauteur. La main du petit dans la sienne, il ne nous voit pas, marche d'un pas mécanique, braque des yeux vides droit devant lui.

Johannes serre fortement son paquet de tabac. Nous rejoignons enfin la rivière de deuil. Son regard papillote au-dessus des gens qui nous précèdent. Dehors, le cortège funèbre part à gauche, en direction du cimetière.

Le soleil brille, glisse ses rayons chauds sur le parking, l'église, la procession. L'assistance se positionne autour du trou dans le sol, au bout du cimetière.

Légèrement en retrait, nous entendons à peine le pasteur, qui s'est lancé dans une énième lecture des Écritures. Soudain, une ombre s'étire vers moi et le visage gris de Harvey apparaît.

« Vous l'avez vue ? » Harvey indique du menton une élévation du terrain, après les dernières tombes : flanquée des deux infirmiers, Merethe a les mains sur les genoux et regarde leur fils jouer. Il court en tirant un bâton dans un ruisseau qui longe le cimetière et éclabousse partout. « Elle a des vis dans les mâchoires et on lui a recousu les muscles, elle ne peut se nourrir que par sonde.

— Je suis désolé, Harvey, dis-je. Je…

— Non, Thorkild. » Il soutient mon regard. « C'est moi qui suis désolé. J'étais tellement ému quand on s'est parlé, j'avais tellement peur, mais j'aurais dû voir dans quel état vous étiez vous-même et insister pour vous emmener avec moi à l'hôpital. Au lieu de me mettre à parler du phare et de fantômes.

— Oubliez ça. » Je m'éclaircis la gorge. « Ces trucs-là, je suis le seul à y pouvoir quelque chose. Comment va-t-elle ? dis-je pour essayer de changer de sujet.

— Eh bien, nous avons des conversations. Moi, je parle, elle, elle écrit des mots. Elle va rentrer dans une semaine ou deux. Les médecins disent qu'elle va se remettre, qu'elle va se rétablir avec le temps. J'espère seulement qu'elle pourra être prête pour le début du tournage. Ça fait tellement longtemps qu'elle se réjouit à cette perspective. »

L'assemblée a fini sa prière, l'inhumation commence.

« Vous avez retrouvé le Danois ? demande Harvey tandis que le pasteur jette les premières pelletées de terre avant d'ouvrir sa bible et de faire une énième lecture. Quand vous étiez… dans l'eau, bredouille-t-il. Attaché à un bras de femme ? »

Je hoche la tête. Le pasteur referme sa bible et se lance dans la dernière bénédiction.

« Maintenant, au moins, dis-je, plus personne ne peut prétendre qu'elle n'existe pas.

— Sait-on qui c'est ? »

Je fais signe que non.

« Du nouveau sur Bjørkang et Arnt ?

— La police de Tromsø a réquisitionné un mini sous-marin et sollicité l'aide de Kripos. Ils ont des gens qui vont arriver cet après-midi.

— Ils continuent de penser que vous avez un rapport avec l'affaire ?

— Plus que jamais. J'ai un nouvel interrogatoire cet après-midi. J'ai juste quelques trucs à tirer au clair avant. Voir ce qui est quoi, si vous voyez ce que je veux dire. » Je tire la clef de l'appartement de la poche de ma veste et la tends à Harvey. « Merci pour le prêt.

— *No problem.* » Harvey l'enfonce dans sa poche de pantalon. « La famille va vider les lieux aujourd'hui.

— Et vous, au fait ? Vous aviez un interrogatoire, hier, non ? »

Harvey secoue lourdement la tête. « Je n'y suis pas allé. Je n'en suis pas encore capable. C'est tellement, là, Merethe. Putain. » Il se mord la lèvre inférieure en se détournant. « J'ai eu tellement peur pour elle. »

L'enterrement tire sur sa fin, l'assistance joint les mains et entonne le dernier cantique. Je pose doucement la main sur l'épaule de Harvey. « Puis-je lui parler ?

— Oui », répond-il. Merethe a caché ses doigts dans les manches de sa veste. Elle regarde fixement la foule. De fines bandes de vapeur s'échappent de ses narines quand elle respire. Un infirmier prend une couverture en laine, la déplie et la pose sur ses genoux. « Bien sûr que vous pouvez. »

L'assistance se disperse et nous nous dirigeons vers Merethe. Harvey marche en tête, Johannes et moi suivons. Le ciel s'est dégagé. La mer est calme au large de la baie.

« Bonjour », fais-je d'une voix mal assurée quand nous rejoignons Merethe sur son fauteuil roulant. Les infirmiers se retirent à peine plus loin, face au bosquet derrière le cimetière, l'un d'eux allume une cigarette. « Je… je… »

Elle lève la main, me fait signe d'arrêter. Puis elle ouvre une poche de sa veste de tailleur et en sort un calepin. Pendant qu'elle écrit, je coule un autre regard vers son armature métallique. Elle a les lèvres sèches, à peine entrouvertes. Sa lèvre inférieure pend légèrement, ce qui lui donne de faux airs de victime d'AVC aux fibres nerveuses mortes et aux tissus du visage paralysés.

Merethe me tend le calepin en m'observant. *Ce n'était pas elle*, est-il écrit. Elle hoche faiblement la tête pendant que je lis.

« Je sais », dis-je avant qu'elle reprenne le calepin pour écrire encore.

C'était tellement douloureux. Comme si ma bouche se remplissait de plus en plus d'eau chaque fois que je respirais. J'avais l'impression de me noyer.

« J'ai essayé de vous aider, mais je n'ai pas réussi à vous retenir… »

Merethe secoue la tête, écrit et me tend de nouveau le calepin.

Ce n'est pas votre faute. C'est moi qui l'ai laissée entrer.

« Je l'ai vue, moi aussi. »

Merethe hoche la tête en écrivant.

Elle vous a parlé.

« À moi ? Comment ça ? »

Merethe écrit puis arrache la feuille et la met dans ma paume ouverte. « Je ne comprends pas », dis-je dans un murmure. Je fixe les lettres qui forment deux mots incompréhensibles, en me demandant si elle n'est pas en train de faire une attaque et ne sait pas que ce qu'elle a écrit, ce ne sont que des traits et des lettres qui n'ont aucun sens.

« On dirait du russe. » Harvey regarde le papier. Il est pâle, son corps balance légèrement, comme s'il avait le vertige, et il doit faire un pas de côté et s'appuyer sur le fauteuil pour retrouver son équilibre.

« Vous savez ce que ça signifie ? »

Merethe nous regarde tous les deux avant de se pencher en avant sur son fauteuil roulant. « J'ai froid, siffle-t-elle entre ses dents serrées.

— Quoi ? »

Merethe attrape ma main et la serre fort. Ses doigts sont anormalement chauds, si chauds que je sens la chaleur remonter dans mon bras, mon cou, mon visage. Sa poitrine se soulève chaque fois qu'elle halète tout en guidant mes doigts vers les deux mots inscrits sur le papier. « J'ai… froid.

— C'est ce qu'elle a dit ? “J'ai froid” ? »

Merethe acquiesce en soufflant. Elle relâche ma main, écrit, arrache la feuille et me la donne avec un regard triste.

Au revoir, Thorkild.

« Au revoir. » Je plie la feuille et la mets dans ma poche de pantalon, puis nous échangeons des politesses et nous séparons.

Johannes et moi nous dirigeons vers la voiture avec quelques traînards du cortège funèbre. Le soleil a traversé les nuages. Devant nous, la dernière voiture quitte le parking et descend vers la route principale.

« Dites. Le jour de mon arrivée, Arnt a évoqué l'expansion du milieu de la drogue et de la prostitution à Tromsø.

— Oui, répond Johannes. Il n'y a qu'à lire le journal pour voir ce qui se passe.

— Vous savez d'où viennent ces femmes ?

— Oui, fait-il en rigolant doucement. Du même endroit que l'alcool, les cigarettes, le tabac et tout le merdier. De Russie.

— Oui, hein. » Je monte en voiture et démarre.

Chapitre 57

« Qu'espérez-vous trouver là-bas ? s'enquiert Johannes quand nous nous garons sur le parking des hangars à bateaux.

— Des réponses, dis-je de façon cryptique en observant la mer d'huile entre la baie et le phare.

— À quelles questions ?

— Qui est la femme sans visage ? Qui a tué Rasmus ? Où se trouvent Bjørkang et Arnt ? Et peut-être une confirmation que je suis fou ou pas. » J'ouvre ma portière et sors.

« Rien que ça. » Johannes a un petit rire.

Le vent marin salé me caresse le visage et picote légèrement ma peau. Je passe rapidement derrière la voiture, ouvre le coffre et me change de nouveau.

La traversée ne prend que quelques minutes. Johannes dirige sa barque vers le modeste reliquat de ponton et accoste. J'attrape une glène de corde, débarque et nous amarre à du fer à béton rouillé qui dépasse du rocher.

Johannes me scrute quand je reviens pour l'aider à débarquer. « Et maintenant ?

— La maison. La discothèque est au sous-sol. Après la séance de spiritisme avec Merethe, je suis venu ici. »

Il s'arrête brusquement devant la porte de la maison du gardien de phare réaménagée. Les rubalises que j'ai arrachées la dernière fois sont roulées en boule contre la façade. « La séance de spiritisme ? Quelle séance de spiritisme ?

— Il y avait une personne dans la pièce avec nous, en elle. Elle parlait, criait.

— Comment ça ? bredouille Johannes, qui s'immobilise sur le seuil quand j'entre à la réception. Une… revenante ? » me lance-t-il.

Je m'arrête et l'observe. Les froissements de plastique, l'air vicié, l'odeur de moisi envahissent nos sens. « Vous savez que Merethe est clairvoyante, non ? »

Johannes crache en fronçant le nez. « Je n'aime pas ces trucs-là. » Il s'avance à contrecœur. « Ça me fait froid dans le dos. Il y a certaines choses avec lesquelles il ne faut pas jouer. »

Passant devant les murs tapissés de plastique, nous traversons la réception et rejoignons l'escalier. « Qu'a-t-elle dit ? demande Johannes.

— Pardon ?

— Vous disiez qu'elle avait parlé. »

Je sors le papier de Merethe et le lui tend. « *Mne xólodno*.

— Quoi ? » Il me lance un regard interrogateur. « Qu'est-ce que vous dites ?

— *Mne xólodno*. Ça veut dire "J'ai froid" en russe. »

Le visage de Johannes blêmit. « C'est pas possible, chuchote-t-il en regardant dans le vide.

— Qu'est-ce qu'il y a ?

— Non, non, murmure-t-il d'un ton presque apathique en s'appuyant à la rampe d'escalier.

— Qu'est-ce qu'il y a, Johannes ? » Je pose la main sur son épaule.

« Je… » Il reporte son regard sur moi. Ses yeux sont écarquillés, sa bouche tremble quand il parle : « C'est juste que je crois que j'ai déjà entendu ça.

— Où ? »

Johannes inspire profondément avant de se redresser. Il tire son tabac du fond de sa poche. La première feuille de papier à rouler se déchire avant qu'il ait pu la sortir du paquet. « C'est un bateau, dit-il en écrasant le papier dans sa main. Un chalutier russe qui a coulé ici cet automne, je ne sais pas si vous en avez entendu parler.

— Bjørkang l'a évoqué, oui. Et donc ?

— Ils ont eu un problème de moteur en allant à Tromsø. Il y a eu une tempête terrible et le bateau a coulé. Tous les membres de l'équipage ont pu revenir à terre et ils ont été transportés à Tromsø la nuit même. »

Johannes tire une autre feuille et y dépose une ligne de tabac. Il roule le papier d'un geste lent et méthodique jusqu'à ce qu'il ait la forme cylindrique voulue, puis porte son œuvre à ses lèvres pour humecter la colle. La roulée se déchire dès qu'elle entre en contact avec la pointe de sa langue. « Je les ai entendus sur mon talkie-walkie, poursuit-il d'une voix basse et chevrotante. D'abord, il n'y avait qu'un tas de cris et de hurlements en russe, puis ils se sont mis à parler anglais, des phrases courtes, quand ils ont établi le contact. Et ensuite, le silence.

— Vous savez à qui ils parlaient ?

— Non. Il y avait trop de friture et juste après, c'est devenu silencieux. » D'un seul coup, son ton s'assombrit, comme si ce qu'il allait dire lui faisait peur. « Jusqu'à plus tard la même nuit. C'est là que j'ai entendu.

— Quoi donc ? »

Il sort un nouveau papier à rouler tout en parlant, y met le tabac. « Je venais de sortir mettre des pierres pour empêcher le vent d'arracher la trappe de la cave. Quand je suis rentré, le talkie-walkie crépitait. J'ai enlevé mes bottes et je suis allé dans le salon. Le voyant vert clignotait, comme si quelqu'un émettait, ou au moins appuyait sur le bouton d'émission, sans que rien ne soit dit.

— Quelqu'un sur ce bateau ? »

Johannes me regarde. Les yeux amincis, les pupilles dilatées. La bouche tombante, comme si ses lèvres cherchaient à s'éloigner. « J'ai attendu devant le talkie-walkie, pour voir si la personne qui émettait allait réessayer. J'étais curieux de savoir qui ça pouvait être. » Il me regarde avec cette singulière expression, de la peur mêlée de stupéfaction. « Je veux dire, sur les îlots, ça arrive bien que quelqu'un ait la tête un peu lourde aux petites heures du matin et on peut s'attendre à entendre tout et n'importe quoi. Mais là, il y avait quelque chose de différent, je le sentais chaque fois que le voyant vert s'allumait. C'est seulement quand j'ai essayé de répondre que… que…

— Quoi donc ?

— J'ai entendu une voix, enfin, jusqu'ici, je m'étais raconté que j'avais forcé sur la bistouille ce soir-là, ou que c'était cette impression qu'on a parfois quand on est tout seul chez soi et que la tempête secoue les murs, que ce que j'entendais, ce n'était que de la friture ou le vent ou n'importe quoi d'autre. Mais maintenant… »

Je sens mon échine se glacer. Comme si mon cerveau savait déjà ce que Johannes allait me raconter et avertissait mon corps que j'allais bientôt avoir plus froid. « Quoi ?

— C'était une voix de femme. » Le visage de Johannes se tord dans une grimace de douleur. « Elle chuchotait, si faiblement que sans le voyant vert, j'aurais aussi bien pu croire que c'était le vent. Deux mots dans une langue étrangère, puis le voyant s'est éteint et je ne l'ai plus entendue.

— Putain… » Je prends une profonde respiration. « Qu'est-ce que vous êtes en train de me dire, là ? »

Chapitre 58

« Vous voulez qu'on descende, vous êtes sûr ? » Johannes a enfin réussi à allumer sa roulée. Au milieu de sa fumée, il me regarde d'un air tendu.

« Oui. Il faut que je sache », réponds-je en me penchant par-dessus la rampe pour essayer de voir en bas, où la porte était ouverte la dernière fois. C'est là que se situe la distinction entre réel et imaginaire. « Il n'y a pas d'autre moyen. »

Nous passons quelques instants comme ça, perdus dans nos pensées, à fixer l'obscurité. Finalement, Johannes éteint sa cigarette, met le mégot dans sa boîte d'allumettes. Nous échangeons un dernier regard et descendons.

En bas, la porte en métal est ouverte. La salle est plongée dans le noir, dans le silence. Je sors mon téléphone et allume la fonction torche quand nous arrivons dans le couloir aux vitrines. Mes empreintes de pas de la dernière fois sont recouvertes d'une fine pellicule de poussière. Je les suis jusqu'au mur d'oiseaux empaillés. À plisser leurs yeux de verre sans vie dans leurs geôles de plexiglas obscures et toutes poussiéreuses, on dirait des accessoires de film d'horreur américain des années soixante-dix.

« Je ne suis jamais venu ici. » Johannes me rejoint et frissonne en voyant l'exposition.

« Pas votre genre d'endroit. » Je dépasse les vitrines et me dirige vers la porte de la discothèque proprement dite, m'arrête devant. Autour de nous règne un silence complet. La musique, la boule à facettes, le stroboscope, les machines à fumée, tout est éteint. Un ou deux grains de poussière voltigent encore sous le plafond. Les couleurs pastel des murs de béton sont marquées des mêmes taches grises d'humidité que la dernière fois que j'ai évolué dans ce décor lunaire.

« Venez, dis-je en continuant d'avancer. Elle était assise là-bas. »

Nous passons devant la cabine du DJ et nous arrêtons au milieu de la piste de danse, où j'aperçois tout juste le bonhomme EXIT sur fond vert qui indique la sortie de secours.

Je sens mon cœur se serrer quand j'approche. « Vide. » Je m'arrête devant la table, qui est couverte de poussière et où les pots à confiture avec leurs bougies chauffe-plats ont disparu. Il règne une forte odeur âcre. « Elle n'est pas ici.

— Merci, Seigneur, soupire Johannes, soulagé. Pendant une seconde, là, j'ai vraiment commencé à sentir ma pompe cardiaque travailler. » Il triture sa boîte d'allumettes et en sort son mégot, mais change d'avis et l'y remet. « Quelle puanteur ! » grimace-t-il en portant la boîte d'allumettes à son visage comme si c'était une boîte de senteurs.

La torche du téléphone tombe sur un renfoncement dans la poussière écrasée de la banquette, là où j'étais assis la dernière fois. Sur l'autre banquette, il y a une tache sombre de matière figée à l'endroit où était assise la femme sans visage. « Mais elle y a été », dis-je d'une voix faible en m'accroupissant. Je vois une flaque de bouillie poisseuse malodorante qui semble venir de sous la table. J'approche en plaquant la main sur mon nez et respirant par la bouche. « Elle était là l'autre soir.

— Qu'est-ce qu'il y a ? » Johannes promène un regard impatient autour de lui. « Vous trouvez quelque chose ? »

Je l'éclaire avant d'orienter de nouveau le téléphone vers le sol. « Des traces de pas. »

Devant moi, je vois mes propres empreintes chancelantes ; elles tracent une courbe de la banquette à la piste de danse, partent en ligne droite et finissent au niveau de l'issue de secours. Je vois aussi un trait plus épais, qui commence à la banquette où j'étais et se confond partiellement avec mes traces avant de finir à l'issue de secours, là encore.

« On dirait que quelqu'un est venu la chercher en empruntant le même chemin que moi. » J'éclaire le sol dans la direction opposée, derrière la cabine de DJ. « Peu de temps après.

— Comment le savez-vous ? » Johannes semble avoir de plus en plus de mal à respirer, il a le teint de plus en plus gris. Quand il parle, il trépigne et frotte avec impatience sa boîte d'allumettes sur son pantalon. « On ne voit presque rien ici. Il y a juste cette puanteur infâme…

— La poussière. » Je pointe l'index sur le sol devant moi, où l'on voit deux séries d'empreintes sur le revêtement. « Mes pas et ceux de l'autre personne sont recouverts de la même quantité de poussière.

— Vous avez vu quelqu'un quand vous étiez ici ?

— Non, mais vu l'état dans lequel j'étais, je doute que j'aurais vu un éléphant bourré se déchaînant sur la piste de danse s'il y en avait eu un. »

Johannes essaie de rire, mais la pestilence arrête son sourire. Il remet sa boîte d'allumettes avec le mégot sous son nez et m'emboîte le pas. Je suis les empreintes avec la torche du téléphone, entre les banquettes vides au tissu élimé, derrière la cabine de DJ, vers deux tables de billard dans un coin.

Les traces s'arrêtent derrière l'une d'elles. La poussière est piétinée en un grand cercle irrégulier. Le feutre des tables est à peine visible et les boules sont éparpillées. La scène évoque un diorama miniature, une représentation de petites huttes, dans un musée des civilisations perdues.

Je lève les yeux. À l'opposé se trouve l'issue de secours avec le bonhomme vert et la banquette où j'étais assis la dernière fois. En face, je distingue tout juste la lumière de l'entrée. Pile entre les deux, il y a la cloison sombre de la cabine de DJ.

« Un point de vue parfait, n'est-ce pas ? dis-je quand Johannes vient se poster juste devant moi.

— Pour qui ?

— Pour un coupable… » Je braque la torche vers le fond de la pièce, sur une porte entrebâillée entre deux porte-queues. « Qui aime jouer avec moi. » Je vais à la porte et l'ouvre grand. Un escalier sombre et étroit mène à l'étage principal. « Venez. J'en ai assez vu. »

« Vous avez trouvé ce que vous cherchiez ? » s'enquiert-il quand nous pouvons enfin refermer la porte du sous-sol et mettre l'odeur derrière nous. Nous sommes dans les cuisines du restaurant, à l'étage principal. Il y a un garde-manger et trois congélateurs dans la longueur de la pièce, l'un d'eux bourdonne faiblement. La pièce a été nettoyée récemment, elle sent les produits d'entretien.

« Absolument. » Je me tourne vers Johannes en souriant.

« Et ?

— Je crois que la femme morte était russe. » Nous continuons d'avancer dans le restaurant. Les meubles sont rassemblés au fond de la salle, empilés, recouverts de plastique et de nappes blanches. « Je crois que Rasmus l'a trouvée en plongeant et que c'est la raison pour laquelle il a été tué.

— Eh ben, grogne Johannes en se frottant les mains quand nous nous retrouvons enfin à la réception. Où est-ce que ça va se terminer ?

— Enfin et surtout, conclus-je, en grande partie pour moi-même, un infime sourire aux lèvres, ma réputation d'aliéné est largement usurpée... »

Chapitre 59

« Bon. » Johannes a remis la boîte d'allumettes dans sa poche et il tape dans ses mains ridées, comme pour se féliciter d'être de nouveau dehors. Nous sommes sortis de la maison et nous voilà arrêtés à mi-chemin du hangar à bateaux. « Alors, c'est le moment de rentrer sur le continent ? » Il plisse les yeux et me regarde. « De penser au dîner ?

— Ce chalutier… » Je range mon téléphone dans la poche de ma veste, fais quelques exercices de gymnastique faciale pour chasser les fourmillements sous-cutanés. « … vous savez où il a coulé ?

— Bien entendu. J'ai entré les coordonnées dans mon GPS pour voir où il se trouvait quand le SOS est arrivé. J'ai un appareil portable, vous savez.

— C'est loin d'ici ?

— Non. C'est à la pointe nord de l'île.

— Profond ?

— Pas spécialement. »

J'ai un frisson quand nous survolons tous deux du regard la mer d'huile au large du phare. « Je crois que j'ai besoin de votre aide, dis-je après quelques brefs instants de silence.

— C'est bien ce que je pensais. » Johannes serre les paupières face au soleil qui se réverbère sur l'eau. « Et vous allez avoir besoin d'équipement, finit-il par ajouter.

— Il y a tout ce qu'il nous faut ici. » Je me tourne vers le hangar à bateaux. « Là-dedans.

— Vous savez plonger ? » Johannes ressort son mégot à demi fumé et l'allume quand nous arrivons à la porte.

« Oui. » J'ouvre et me dirige vers le système d'échappement du groupe électrogène et le tuyau avec la bâche en plastique dans laquelle j'avais enveloppé le cadavre de femme après l'avoir remonté de la mer. J'avance jusqu'aux caisses d'équipement de plongée et sors une sous-combinaison et un sous-vêtement, des chaussons, des gants, des palmes Split, des bouteilles, une console, des mousquetons, une torche de plongeur à poignée pistolet et une autre à fixer sur le masque, ainsi qu'un couteau.

Outre les cours obligatoires de plongeur-démineur de l'armée, j'avais de mauvaise grâce participé à un ou deux séjours de « teambuilding » au domicile familial de Gunnar Ore, à Nesodden, quand je travaillais encore à l'Inspection générale de la police. Nous avions tous dû faire soit de la plongée en épave, soit de la pêche sous-marine, même nos juristes avaient été forcés de descendre dans les profondeurs.

« Pourquoi vous intéressez-vous tant à cette épave ? » demande Johannes quand j'ai pris tout ce qu'il me faut. Il aspire les dernières traces de fumée et pulvérise la cendre entre ses doigts.

« Je crois que la femme que j'ai trouvée dans la mer était à bord du chalutier qui a coulé il y a un mois. Je crois que Rasmus pourrait les avoir entendus sur son talkie-walkie au moment du naufrage, lui aussi, et que le week-end de sa disparition, il avait décidé de plonger vers l'épave pour jeter un œil. Et puis il a découvert la femme. C'est pour ça que personne ne peut être au courant de son existence, pour ça que les GPS ont été enlevés de son bateau et du bateau ambulance de Bjørkang et Arnt. Parce que les deux embarcations étaient allées à l'épave. Tout le monde n'était pas sorti du chalutier avant le naufrage : elle, elle y est restée.

— Rasmus a été tué parce qu'il l'a trouvée dans l'épave ? »

J'acquiesce.

Johannes frissonne. « Cela signifie-t-il que c'est elle que j'ai entendue sur mon talkie-walkie cette nuit-là ? »

J'enfonce quelques doigts dans ma joue tandis que mon autre main part machinalement vers la poche de veste où se trouvent habituellement mes œufs d'insecte, mais là, elle est vide.

« M… mais, bafouille Johannes comme je ne réponds pas. C'était longtemps après. Le bateau avait déjà dû couler et… »

Nos regards se croisent, il n'achève pas sa phrase. Nous passons toute une minute sans rien dire avant de finalement terminer ce que nous avons à faire dans le hangar à bateaux et de commencer à descendre l'équipement au bateau.

« Je ne comprends toujours pas ce que vous vous attendez à trouver dans cette épave, remarque Johannes.

— D'abord, il faut que nous trouvions l'épave elle-même. » Une bouffée de froid me traverse et se mêle au manque, qui est apparu au niveau de mon diaphragme dès que j'ai jeté la plaquette vide de paracétamol codéiné, en entrant à l'église. Je resserre le col de ma veste contre mon cou et déglutis, en espérant que l'air froid refoulera les symptômes de manque plus bas dans mon abdomen. « Mais quand nous l'aurons trouvée, il y a une chose que je suis sûr que nous allons découvrir.

— Et c'est ? » demande Johannes alors que nous embarquons et nous installons à nos places.

Je le regarde en frissonnant. « Un policier mort. »

Chapitre 60

Restant près de l'île principale, nous avançons, cap au nord, passons des falaises nues, des îlots et des écueils, des rochers abrupts et des pentes, une ou deux criques bordées de sable ou de pierres. Le vent ébouriffe nos cheveux, il se précipite sur nos visages.

« Qu'est-ce que c'est ? » Je montre plusieurs rangées de bouées qui apparaissent devant une anse étroite. Une tous les deux mètres environ, sur deux ou trois cents mètres, en travers de la baie.

Johannes ralentit. « Le parc à moules », explique-t-il. Sur le rivage sont amarrés une prame et un grand catamaran en aluminium bleu. Plus loin, il y a un ponton récent et une grande remise à bateaux. La baie est bordée d'une maison en bois blanche et d'une étable nichées entre deux collines arrondies, qui semblent empêcher le soleil d'arriver jusqu'à la ferme. L'endroit est sombre. Comme si les collines empêchaient le soleil d'arriver jusqu'à la ferme. « L'élevage de Harvey. Et sur la côte, là, c'est la maison d'enfance de Merethe.

— Je ne vois pas de hangar. » L'eau cristalline nous laisse voir les fonds marins au-dessous de nous. « Où traite-t-il ses moules ?

— Sur le catamaran. Il s'en sert pour la mise à l'eau des larves, la récolte, le nettoyage et l'emballage, ensuite, les moules sont acheminées à l'entrepôt de Tromsø, puis expédiées aux quatre vents sur de grandes palettes. C'est tout ce dont on a besoin, de nos jours.

— Ça a l'air d'être du solide. » Je désigne le catamaran bleu et sa gigantesque grue lourde, tout derrière, que nous dépassons en nous dirigeant vers l'autre rive de la baie.

« Bateaux avec amarrage latéral, vous savez… Ce truc-là peut faire la récolte de moules par tous les temps. »

Devant nous apparaissent quelques petits îlots et récifs, où des oiseaux au plumage noir à reflets bleus, presque métalliques, avec des joues et un menton blancs, se sèchent les ailes au soleil. Certains confèrent tête baissée, d'autres tendent le cou pour voir le bateau qui approche.

« Je n'aime pas ces bêtes-là », fait Johannes en frissonnant. Nous nous dirigeons vers le plus grand îlot, où un piquet en fer oblique porte une balise indiquant un écueil submergé, juste devant. Les rochers sont ceints de forêts d'algues avec des bouquets blafards en surface. Quelques canards qui apparaissent derrière battent des ailes dans l'eau et s'envolent.

« Quoi ? Pourquoi ?

— Les cormorans présagent la mort, marmonne-t-il en accélérant sitôt le dernier écueil passé.

— Ah, super… » J'enfonce la tête entre mes épaules.

Nous accélérons et le bateau se remet à battre les flots.

« Accrochez-vous, crie Johannes. On y est presque. »

J'agrippe mon siège à deux mains. Plus loin, je vois l'île entière se faire plus étroite et se recourber sur elle-même. Au-delà, il n'y a que le large.

Quelque temps plus tard, nous dépassons la pointe de l'île et Johannes ralentit à nouveau et fait un huit tout en gardant l'œil sur le GPS et le sondeur entre les manœuvres. « Voilà. » Il coupe le moteur. Le bateau tangue mollement dans la houle légère.

« On est arrivés ? »

Je me lève et jette un œil par-dessus bord, la mer brasille sous la lumière scintillante de l'après-midi. Nous sommes à environ un kilomètre de la côte. Le ciel a pris une teinte rouge, presque pourpre.

« C'est les coordonnées GPS qu'ils ont indiquées sur le talkie-walkie. Le sondeur dit que le fond est légèrement en pente, ça devient plus profond un peu plus loin. On n'a pas toute la journée devant nous. » Il lève les yeux vers le ciel puis les reporte sur moi. « La nuit va tomber dans pas très longtemps. »

Je hoche la tête, sors ma sous-combinaison et la revêts à toute vitesse, avant que le froid automnal ait le temps de traverser ma peau nue.

Johannes consulte sa montre, regarde l'eau. « J'espère que vous vous trompez. Qu'il n'y a même pas de bateau en bas.

— Croyez-moi, dis-je en vérifiant la pression des bouteilles, moi aussi. »

J'enfile le gilet, prends le détendeur en vérifiant le régulateur, allume la torche du masque. La vérité, c'est que j'ai horreur de plonger. Horreur. Mais c'est une de ces choses auxquelles on ne peut pas se soustraire, comme un examen rectal quand on a mal au cul, et le viol mental des psys quand on a voulu se tuer.

Je mets le détendeur dans ma bouche, m'assure que la torche à poignée pistolet marche, elle aussi, avant de m'asseoir sur le plat-bord du bateau, dos à l'eau.

« On peut encore faire demi-tour », entends-je dire Johannes alors que je me renverse en arrière et bascule par-dessus bord. Je fends la surface.

Je crois qu'il est trop tard, là, me dis-je. L'eau froide atteint ma peau entre la cagoule, le masque et le détendeur. *Bien trop tard.*

Chapitre 61

Le froid vibre dans mon visage. Je m'agite pour relancer ma circulation sanguine. Je n'ai jamais plongé en fin d'automne et j'ai du mal à me réchauffer ainsi qu'à réguler mon souffle.

Après quelque temps juste au-dessous de la surface à battre vigoureusement des pieds, je finis par trouver assez de calme et de rythme pour entamer la descente. En haut, j'aperçois Johannes, qui est penché par-dessus le plat-bord. Je lui adresse un pouce levé avant de nager vers le bas. Au coup d'œil suivant, il n'est plus qu'une ombre lointaine.

L'eau en surface est limpide, mais au-dessous elle ne tarde pas à être si obscure que je dois allumer la torche pour mieux voir. Je distingue déjà le fond en pente. Le profondimètre indique sept mètres. L'effort requis pour contrôler mon souffle et mes déhanchements contraints me font penser à Frei et moi, au cours de danse du centre culturel, le jour où je l'avais suivie. Je m'aperçois que c'est la première fois que je pense à elle depuis le soir au phare.

« Vous, là. Venez ! » La prof avance d'un pas fier devant nous, qui sommes assis en demi-cercle autour d'elle. Elle porte des chaussures à talons hauts, une jupe noire courte, et a rassemblé ses boucles noires en queue-de-cheval. Elle allonge la main vers moi, comme si elle appelait un chien hirsute.

Je me lève de mauvaise grâce et me dirige vers elle, alors que Frei reste par terre.

« OK, *señor*, comment vous appelez-vous ?

— Thorkild.

— *Señor* Thorkild. Vous avez déjà dansé ?

— Peu. »

Elle s'adresse ensuite à l'assistance. « D'accord, tout le monde. Formez des couples et *señor* Thorkild et moi allons vous montrer les pas de base lors d'une passe simple, ainsi que quelques mouvements des bras et le dos-à-dos.

— Imelda ? » Frei nous rejoint au milieu du cercle, où Imelda me tient enserré dans une emprise musclée. « Vous ne pourriez pas plutôt prendre Robert ? Et moi, je le prends lui, là ? »

Imelda me libère en regardant Frei. « Robert ? *Sí*, fait-elle en riant. *Claro, hermana.* » Puis son visage se fige de nouveau et elle fait signe à Alvin, qui court mettre la musique.

« Quelle chanson, *señora* Imelda ?

— *Dos gardenias*, *señor* Alvin. » Bientôt résonne la voix de velours d'un homme qui chante en espagnol. Robert se coule avec élégance devant moi et dans les bras d'Imelda.

« Qu'est-ce que vous faites ici, Thorkild ? chuchote Frei, qui me prend la main pour rejoindre les autres couples.

— Je ne sais pas. »

Frei glisse sa main droite dans la mienne, tandis que la gauche trouve prise à l'extérieur de mon bras.

« Cela a-t-il un rapport avec oncle Arne, ou votre autre affaire ?

— Non.

— Alors… » Elle hésite. « Vous êtes venu ici juste pour me voir danser ?

— Je crois… »

Je peine à garder le rythme des passes quand la voix d'Imelda revient par-dessus la musique.

« Allez, tout le monde, maintenant. De la hanche, Thorkild. De la hanche. Ceci est un boléro. Chaleur, sensualité, *calma, calma*.

— Il y a un mot pour ça, reprend Frei quand Imelda a fini de donner ses instructions. Les gens comme vous.

— Je sais. *Pathétique*, fais-je en soufflant par le nez. Dites… » Je veux me libérer mais les doigts de Frei s'infiltrent plus profondément dans les miens, je sens son souffle au creux de mon cou, ses yeux qui brûlent ma peau. Son visage n'est qu'à quelques centimètres du mien. J'aurais pu me pencher et l'embrasser.

« Ou *dévoué* ? suggère Frei. *Curieux* ?

— Trop vieux.

— Pour quoi ?

— Pour ça. » Je tente encore de me libérer, mais Frei refuse de lâcher.

« Ne partez pas, dit-elle en me retenant. Pas en pleine danse. Vous pourrez y aller après.

— OK. » Je prends mon souffle quand un geste d'Imelda annonce l'imminence d'une nouvelle passe. « Dansons. »

Ça s'arrête toujours là. Il n'y a pas de suite, même si je sais que nous nous sommes séparés aussitôt. Robert et elle sont partis dans une direction et moi j'ai regagné ma chambre d'hôtel, retrouvé mes documents d'interrogatoire, mes rapports, mes calepins couverts de choses parfaitement insignifiantes. Tout s'arrête là, moi compris, même si je suis en ce moment ici, sous l'eau, en train de chercher un bateau au fond de la mer.

« Pauvre con ! » Je n'ai pu retenir une exclamation, et ma bouche se remplit d'eau de mer. J'ouvre les yeux et constate que, dans mon autoflagellation, j'ai réussi à recracher mon détendeur.

Je sens encore l'odeur de ses cheveux et le mouvement de nos passes quand je traque mon détendeur et recrache l'eau de ma bouche tout en essayant de retenir mon souffle.

Après une ou deux séances de cette gymnastique sous-marine comique et éminemment asynchrone, je rattrape enfin le détendeur et peux le remettre dans ma bouche. Les bras écartés dans une posture d'ange, je me concentre pour retrouver une respiration régulière. Tout de suite après, mes pieds touchent le fond.

Je donne une impulsion pour éviter de m'enfoncer dans la vase, puis consulte l'ordinateur de plongée et le manomètre. Je suis à onze mètres de profondeur, flanqué uniquement de quelques cadavres de poissons, partiellement enterrés dans la vase moelleuse et sur lesquels rampent un ou deux invertébrés.

Le fond suit une pente d'environ trente degrés. Çà et là, une ou deux pierres ou un bout de ferraille sur les sédiments du fond donnent prise à de petites colonies d'algues, étoiles de mer, oursins, coquillages et bigorneaux.

J'ai toujours froid, mais j'ai trouvé une forme de rythme dans ma lente descente vers l'obscurité. Le fond de la mer doit être l'endroit le plus solitaire de la terre. Aride, voilé, étranger. Je ne me suis jamais senti plus égaré, plus seul qu'à cet instant précis, me traînant au-dessus de la vase vers le mur de ténèbres qui apparaît devant moi.

Il est entouré d'un nuage gris de sédiments. C'est seulement en arrivant moi-même dans ce brouillard que je comprends que, loin d'être un mur, ce qui s'élève du fond est la cabine de pilotage d'un bateau.

Elle est à l'envers, repose contre un rocher ou le fond, sous la vase. Du trou au sommet, là où elle a été séparée du navire, dépassent de gros tuyaux, des bouquets de câbles et autres débris.

J'avance et remonte une paroi jusqu'à ce que je me retrouve juste au-dessus de l'ouverture, mais me rends soudain compte qu'il serait mortellement dangereux d'essayer de naviguer dans ce fourré de conduites, câbles et débris divers.

Je continue, dépasse les marches rouillées. À l'avant de la cabine, des larves de coquillages, des algues et autres créatures marines ont commencé à reprendre leurs droits sur la paroi de métal blanc entourant la rangée de vitres. Au-dessus, je vois d'épaisses lettres russes que je suppose former le nom du chalutier.

Je balaie la vase et regarde à l'intérieur. La première chose que je distingue, ce sont les sièges qui descendent du plafond, ou plutôt de ce qui était autrefois le sol du poste de pilotage. Une tasse à café bute contre une poche d'air juste au-dessus du tableau des instruments. Plus loin derrière, j'entrevois les contours d'une affiche internationale indiquant comment revêtir son équipement de sauvetage et où se trouvent les canots.

Mon masque plaqué contre la vitre, je fais du surplace en promenant mon regard sur les objets qui flottent à l'intérieur. D'un trou dans le tableau de bord, je vois soudain sortir un poisson à tête plate, avec des épines sur son dos vert foncé et de grands yeux laids. Il remonte lentement vers un gobelet en carton qu'il pince avec sa bouche, avant d'en faire le tour pour essayer par l'autre côté. Nos regards se croisent une fraction de seconde, puis la vilaine créature fait demi-tour et file entre les raccords du parement mural.

Je recule, consulte mon manomètre et cherche un chemin pour sortir du brouillard de l'épave afin de pouvoir lire la mesure. Un câble épais qui semble attaché à la cabine même disparaît ensuite vers les ténèbres en bas.

Je nage jusqu'à ce câble, pose la main dessus. Les filins d'acier vibrent sous la pression. Je consulte une dernière fois le manomètre et vérifie mon détendeur avant de saisir le câble à deux mains et d'aller vers l'obscurité qui m'attend à l'autre bout.

Chapitre 62

Au fil de ma descente apparaissent d'autres poissons morts et putréfiés, ainsi que des éléments de l'épave éparpillés au fond de l'eau. Je vois aussi dépasser de la vase ce qui semble être les portes arrière du chalutier. Le navire a dû rouler dans les profondeurs et, ce faisant, saupoudrer les environs de palans, tourets en plastique et cartons aplatis pour surgelés.

À vingt-sept mètres, je m'arrête pour consulter encore le profondimètre et le manomètre. Devant moi, un nouveau mur de métal se dresse du fond. Le chalutier repose sur une quille presque à la verticale. Le câble semble être la seule chose qui l'empêche de rouler plus bas. Tout est nimbé du même voile gris que la cabine de pilotage.

J'approche avec prudence et m'arrête juste devant la quille où se déploie un énorme chalut. Le navire doit mesurer près de quarante mètres de long. La quille est constellée de petites excroissances qui ressemblent à des verrues, quelques branches d'algues verdâtres, un ou deux coraux d'eau froide. Des colonies éparses de polypes me saluent en remuant leurs doigts jaunâtres et crème.

La seule chose que j'entends, ce sont les bulles qui sortent des déflecteurs de part et d'autre de ma tête chaque fois que j'expire. Je suis emprisonné au fond de l'eau, dans une sphère trouble, un brouillard brunâtre, teinté d'algues, qui appuie de toutes parts, nous met à l'épreuve, comme pour voir si notre carapace résiste vraiment, peut supporter le choc.

Le navire entier penche dangereusement en avant et pourrait reprendre sa roulade vers le bas à tout moment. Bien que l'espace entre la coque et le fond de la mer soit ouvert et qu'on puisse nager jusqu'au pont, je choisis de monter par-dessus la coque de peur qu'un élément ne cède et que ce gigantesque monstre de métal ne m'écrase sous son poids.

Je vais de la quille à la gueule ouverte du treuil de mouillage, à bâbord. L'ancre a disparu, seule la chaîne s'étire vers les profondeurs, avec le mât à l'avant.

Un essaim d'algues dérive devant l'épave, juste en dehors de la sphère de brouillard, et s'élève vers la surface, comme pour échapper aux ténèbres d'ici-bas. *Ç'aurait été si facile*, me dis-je en passant devant le treuil de mouillage avant de partir vers la poupe en longeant le flanc du navire. Alors pourquoi ai-je soudain si peur ? Pourquoi mon corps est-il gagné par une terreur si intense de ne plus remonter à la surface ? Maintenant, quand je sais enfin que tout ce que j'ai à faire, c'est de retirer le détendeur de ma bouche et de respirer ? Je songe soudain que c'est à cela que ressemble le terminus sur lequel je fantasme depuis si longtemps. Un peu froid, sans couleurs, désert comme ce chalutier au fond de la mer.

J'attrape un bout de métal au niveau du bastingage en fermant les yeux et essaie de respirer calmement.

Je finis par retrouver le contrôle de ma respiration et peux continuer. À tribord, je vois l'avant d'un canot de sauvetage brisé dépasser sous le bastingage. Une partie du système de surgélation pend par un trou béant, le métal s'est fendu et a creusé un épais ravin à travers le pont. En avant, Thorkild. En avant, juste en avant.

Le fond est presque blanc de poissons morts, certains sont encore dans les cartons pour surgelés ou emballés dans des boîtes en plastique. Le monceau paraît vivant, il change de couleur, passant de l'ivoire au vert foncé, au rubis, au jaune. Parfois, des chatoiements d'argent fendent ce couvre-sol pulsatoire : de petits bancs d'alevins fusent devant la foule des crabes, étoiles de mer et oursins qui sont venus participer au festin.

Je continue, passe devant des rampes, des postes de filetage, des chaluts et des cales en allant vers le tableau arrière, où se trouvait jadis la cabine de pilotage. Dans le brouillard trouble se dressent du pont de grandes franges de métal, avec des conduites, des câbles et autres éléments détruits.

Je m'arrête au-dessus du pont arrière et des deux grandes ouvertures, chacune avec ses marches rouillées qui mènent au ventre du navire. Un escalier conduit aux cabines et à la cuisine, l'autre au moteur et aux salles techniques.

Devant moi pend le treuil dont faisait partie le câble que j'ai suivi depuis la cabine de pilotage. Le cadre est cassé et la manivelle tordue vers le pont, mais le tambour lui-même reste fixé sur son socle devant l'ancien emplacement de la cabine de pilotage. Les boulons ont été arrachés d'un côté, laissant deux bons trous. Le câble descend du tambour vers le pont de tribord et passe ensuite sous le bateau pour ressortir à l'arrière. Dès que les deux derniers boulons sauteront ou parviendront à se vriller hors du métal qui les entoure, le chalutier reprendra sa descente dans les ténèbres.

Si jamais je m'aventure plus près, je suis conscient de courir un risque majeur que le câble cède, que l'épave chavire complètement et se retrouve la quille en l'air, ou parte en schuss dans la pente et m'enferme. Aucune de ces options ne me paraît particulièrement tentante, mais en même temps, quelque chose m'attire dans le noir.

J'essaie de voir au-delà du nuage de vase, vers la surface de la mer, mais ne distingue que de légères nuances de gris et de bleus. « Pauvre imbécile », me dis-je en aquatique tout à fait courant, sans relâcher le détendeur, alors que je me laisse lentement sombrer. Arrivé suffisamment près de l'épave, je commence à nager vers l'escalier qui mène à la salle des machines, je tends le bras et trouve un bout de métal auquel me retenir.

Braquant la torche sur l'obscurité, je constate qu'on ne peut pas aller plus loin qu'au pied de l'escalier. Un amas de métal lourd, de pièces détachées de moteur, de cylindres et autre ferraille bloque le passage.

Je continue vers l'autre ouverture et l'éclaire : un ciré orange et une botte flottent dans l'escalier exigu. L'accès aux cabines est dégagé.

Je me dirige prudemment vers l'ouverture en prenant appui sur les marches, tout en me concentrant pour respirer correctement et garder mon calme. Je franchis l'escalier et passe une tête par la porte. D'autres vêtements, draps et articles personnels flottent dans le couloir devant moi.

Je ressens une singulière paix à aller de cabine en cabine, à voir des draps, des livres, des portraits encadrés de femmes et d'enfants. Tout flotte au-dessus des couchettes, avec quelques petits poissons qui sont venus se perdre ici. Comme si je n'étais plus si seul.

Dans une cabine, un sac à dos rose évolue au-dessus de ce qui était le plancher, ainsi qu'un sweat à capuche et une paire de baskets en toile. Aucun portrait ni photo de femme nue sur la porte. Des articles de toilette, un miroir de poche et quelques magazines de mode russes, ainsi qu'un livre avec l'étreinte fiévreuse d'un homme et d'une femme en couverture défilent entre mes jambes. Ce n'est pas la cabine d'un homme.

Je vérifie ma consommation d'oxygène sur le manomètre. Je sens que je commence à avoir froid et que j'ai plus de mal à nager dans ces passages étroits. Il est temps d'avancer.

Je ressors de la partie cabines et descends aussitôt vers le fond et le milieu du pont, où se trouvent la citerne d'eau froide et les cales. L'une d'elles est ouverte.

Je regarde à l'intérieur. Encore du poisson mort, de grandes piles de cartons qui en sont remplis, et de larges rouleaux de plastique fixés au mur. Des petites bulles s'élèvent de la masse de poissons en putréfaction.

La cale suivante est fermée de l'extérieur. Je défais le verrou et, prenant de la hauteur de façon à pouvoir peser de tout mon poids, je parviens finalement à baisser suffisamment la poignée pour ouvrir. Je bats des pieds pour me maintenir au-dessus du trou et ne pas me faire ensevelir si jamais cette cale se révèle elle aussi pleine de poissons.

Je me tiens là quelque temps, puis glisse ma torche dans l'ouverture et jette un œil à l'intérieur. Dès que j'arrive assez près, j'ai le sentiment désagréable de pénétrer dans le silence d'un autre.

La cale semble vide. J'ai beau avoir à la fois la torche et une lampe LED plus petite fixée à mon masque de plongée, l'obscurité a une façon particulière d'étouffer la lumière. J'ai l'impression de regarder un bassin aux murs de pétrole ou de goudron.

Je me laisse doucement sombrer dans la cale. Aussitôt arrivé à l'intérieur, j'entends une série de chocs résonner dans l'épave. Un nuage de bulles s'élève devant moi et m'englobe brièvement, je ne vois plus rien.

Mon corps n'aspire qu'à sortir de là, et chaque brasse, chaque coup de pied vers l'intérieur de cet aquarium ténébreux fait monter ma panique. Après les bulles, je reprends mon périple. Sous moi, la lumière de l'ouverture est tamisée par une bruine de fragments de rouille détachés du fond de l'épave.

Je m'arrête à mi-chemin et fais du surplace pour regagner la maîtrise de mon souffle qui repart en vrille. La tête légèrement penchée vers le haut, à regarder la pluie de rouille, j'aperçois quelqu'un. Je me redresse et vérifie le niveau d'oxygène avant d'ajuster la lampe LED sur mon masque. J'entreprends ensuite de nager vers le corps inerte.

Rencontrant la lumière de ma torche, l'eau s'irise fortement, comme si elle était polluée par de l'essence, du diesel ou du pétrole. La fine pellicule de couleur épouse le cadavre qui tangue sans vie au gré des mouvements de l'eau.

Il a l'air de planer en l'air sur ce fond rouillé qui s'écaille sur nous, un ange sous-marin noir avec une tête, des bras et des jambes tendus vers moi, en bas, comme un salut entre deux états.

Et cependant, tout est différent pour cette nouvelle rencontre.

Chapitre 63

Je ne pensais pas que ce serait lui que je trouverais. L'agent Arnt Eriksen dérive dans la cale en tenue de plongée complète, avec sa bouteille d'oxygène sur le dos. Son visage est fripé, boursouflé, ses yeux écarquillés regardent fixement la pluie de rouille. Sa bouche est ouverte, avec une mâchoire inférieure qui tremble légèrement à mon approche. Une petite créature marron essaie de se cacher dans sa courte moustache, mais renonce et file dans ses narines.

Je donne un coup de palmes pour arriver à la hauteur du corps, romps la surface et me retrouve dans un vide entre l'eau et la coque.

La lumière de la torche et la fine pellicule d'essence ou de pétrole à la surface font briller cette étroite poche d'air, presque comme si nous étions dans une lagune baignée de soleil. Ce n'est qu'en levant les yeux sur le fond du bateau rouillé, un mètre cinquante au-dessus, que l'illusion se brise.

Je replonge, saisis délicatement l'épaule de l'agent et fais glisser le faisceau lumineux sur son dos et l'arrière de sa tête sans trouver de signe de lésions externes. Ensuite, je me lance dans la laborieuse entreprise qui consiste à renverser son corps pour en examiner le devant. C'est presque impossible, le corps revient dans sa position initiale chaque fois que j'essaie et je décide finalement de lui enlever ses bouteilles d'oxygène pour pouvoir le basculer.

Je mets d'abord le corps en position avant de commencer à défaire une des bretelles. L'exercice est éreintant. Non seulement le corps est lourd et dur à manœuvrer, mais encore je m'épuise à travailler des jambes pour me maintenir à sa hauteur, tout en m'astreignant à ne pas haleter ni relâcher le détendeur.

Je fais une longue pause, immobile à côté du corps, puis après moult tergiversations et un rétropédalage intensif, je parviens enfin à ôter la deuxième bretelle. Suit alors un autre intermède et je me mets à tirer le corps vers le haut.

Derrière moi, j'entends les chocs sourds des bouteilles d'oxygène qui remontent à la surface et cognent contre une paroi. Je passe à nouveau la tête dans la poche d'air chatoyante sous le dôme de rouille et entreprends aussitôt de renverser l'agent sur le dos pour l'examiner de plus près.

Mes épaules et mes bras sont engourdis, j'ai mal aux cuisses. Je peine à retenir la combinaison de plongée lisse tout en me maintenant à la surface. Je m'escrime à finir de renverser le cadavre quand je lâche prise. Il s'enfonce rapidement à travers la pellicule de pétrole ou d'essence et repart sous l'eau.

J'attrape ma torche et vais plonger pour le rechercher quand j'aperçois quelque chose plus loin. Je marque une pause de quelques instants sans bouger, la lumière braquée sur la silhouette, puis nage vers ce deuxième corps et me rends compte que je me suis trompé. Complètement trompé.

Le *lensmann* Bendiks Johann Bjørkang est en vêtements de pluie, avec un gilet réfléchissant. Son ciré est ouvert, dessous il est en chemise bleue et cravate. Il a les yeux et la bouche fermés, comme s'il était en train de dormir dans ce cocon d'eau.

Je remarque qu'un groupe d'étoiles de mer s'est rassemblé autour d'un point sur son crâne, comme ce que j'ai vu sur le corps de Rasmus Moritzen pendant l'autopsie. J'en balaie délicatement quelques-unes avec la torche. Les créatures à la peau hérissée collent les ventouses de leurs tentacules les unes contre les autres et se laissent couler ensemble vers le fond.

Le renfoncement gris au sommet du crâne est ceint de cheveux et de peau fendue. C'est l'œuvre d'un instrument dur. Il fait peu de doute que Bjørkang était mort quand il s'est retrouvé dans l'eau. Je vois que ses mains sont ligotées avec les mêmes liens blancs que ceux de Rasmus.

L'un n'a pas tué l'autre ni orchestré de disparition commune. Ils n'ont pas manipulé les preuves ni cherché à faire porter la responsabilité d'un crime sur moi ou d'autres. Je fais délicatement basculer le corps du *lensmann*, qui se retrouve à plat, le visage vers le bas.

Soudain, je distingue un mouvement à l'entrée de la cale. On dirait d'abord l'ombre d'un gros poisson qui glisse à travers le trou. Il s'arrête une seconde, se tourne et oriente ensuite un puissant rayon lumineux dans ma direction, à la surface.

La silhouette traîne un fil ou une ligne quelconque. Au bout, je vois une masse de la taille d'un humain, tirée à travers la cale, puis la ligne se relâche.

Le personnage s'arrête quelques instants avant de saisir sa torche et d'en braquer le faisceau vers moi.

« Seigneur… » Je me maintiens à la surface en attendant qu'il me rejoigne. « Ce que j'ai pu être con… »

Chapitre 64

« *Now, this is what we call a real clusterfuck*, un vrai merdier », soupire Harvey une fois à mes côtés, son détendeur sorti de sa bouche. Il pointe son harpon et sa torche sur moi. « D'envergure épique, non ? »

Je retire mon détendeur, respire doucement. L'air est pesant, presque étouffant, amer sur la langue, comme de l'huile. « Mon ami », dis-je, avant de cracher pour essayer de me débarrasser du goût rance.

Nos voix ont un écho creux. Derrière Harvey, des bulles montées du fond viennent éclater dans notre poche d'air exiguë. Juste après, le corps de la femme sans visage arrive à la surface. Il l'a attachée à un fil de pêche sous-marine noué à sa taille. Le haut du corps et les cheveux à l'arrière de la tête sont visibles, le reste est au-dessous, dans l'eau sombre.

« C'est donc vous qui êtes venu la chercher au phare le premier soir. »

Harvey se tourne et éclaire le corps qui flotte à la surface derrière lui. Je distingue à peine la capuche de cheveux noirs mi-longs et de lambeaux de peau qui ondoie autour de son crâne. « Oui, dit-il en regardant de nouveau vers moi. À un moment, j'ai eu peur que vous sautiez vraiment à l'eau pour nous poursuivre.

— Qui est-ce ?

— Je crois qu'elle s'appelait Elena. D'Arkhangelsk, Mourmansk ou une de ces villes-là.

— Prostituée ?

— Oui.

— Que faisait-elle à bord du chalutier ?

— *Money, money, money.* » Harvey tente un de ses rictus pleins d'assurance. Cette fois, il n'y parvient pas. L'angoisse et le stress affleurent trop, ses commissures refusent d'obéir, elles ne font que trémuler faiblement, sans bouger. Finalement, il dit : « J'ai un immeuble en ville, six studios que je loue à des femmes russes qui travaillent ici quelques mois par an.

— Pourquoi est-ce que personne n'a pu la trouver ?

— Eh bien, c'est là que ça se corse un peu. »

Je sens que mes doigts et mes orteils commencent à s'engourdir à cause du froid.

Harvey aussi a les lèvres et le pourtour des yeux blancs. « J'ai passé un marché avec Arkady, le capitaine du chalutier. Il me rapporte certains trucs de Russie et transporte une ou deux filles qui veulent bosser ici quelque temps.

— Quels trucs ?

— *Sex, drugs and rock & roll.* De l'alcool, des amphétamines, des stéroïdes. Des trucs qui m'aident à payer les factures, quoi. Le chalutier a coulé tellement vite, l'équipage a dû sauter à bord du canot de sauvetage. Et ils n'ont compris qu'ils avaient oublié la fille qu'après coup.

— Comment est-ce qu'on peut oublier une chose pareille ? »

Harvey hausse les épaules. « Les Russes. Tempête ou pas, ils boivent, ils se droguent et tout. Elle était peut-être complètement défoncée, elle aussi. Qui sait ?

— Et puis Rasmus l'a trouvée. »

Harvey acquiesce. « *Wrong place at the wrong time, man*. C'est tout. Comme vous. »

Je ne réponds pas et il continue. « La tempête qui a emporté le chalutier n'en finissait pas. Le noroît tape directement, ici, et c'est quasiment impossible de plonger et de manœuvrer la grue tout seul à cet endroit précis. Alors j'ai dû attendre. Et quand le temps se lève enfin et que je viens avec le catamaran pour remonter les affaires, qui est-ce que je trouve avec son RIB ancré juste au-dessus de l'épave ? Eh ben, le Danois. Il était déjà descendu deux fois et avait remonté certains de mes colis et la femme. Je ne savais pas quoi faire. Et puis, tout à coup, il s'est retrouvé là, de dos, et j'ai frappé. Il est juste tombé, il a basculé par-dessus bord et est resté couché dans l'eau, sans bouger.

— Ce n'est pas le coup qui a tué Rasmus, dis-je en multipliant les efforts pour me maintenir à la surface. Il s'est noyé. »

Harvey hoche la tête sans rien dire.

« Vous n'auriez pas dû les ligoter ensemble. » Nous entendons l'eau clapoter contre les parois chaque fois que les courants marins font bouger le navire.

« *My mistake*, soupire-t-il en s'ébrouant d'un frisson de froid alors que retentit un nouveau choc juste en dehors de la cale. Je les ai emmenés tous les deux avec moi et je les ai descendus sur une filière du parc à moules. Ils ont dû être séparés pendant la tempête, quand les filières se sont détachées, et ensuite dériver. Putain, ce que j'ai pu les chercher.

— Le *lensmann* et l'agent ne sont pas venus au phare l'autre soir, si ? »

Harvey secoue la tête, comme s'il essayait de chasser des images de son subconscient. « Bjørkang m'a appelé en disant que vous l'aviez trouvée au phare. J'ai compris que dès que quelqu'un trouverait le Danois aussi et verrait qu'ils avaient été ligotés ensemble…

— Alors vous l'avez tué ?

— Je lui ai demandé de passer me prendre avant d'aller au phare et, dès que leur bateau a accosté à la ferme, je lui ai balancé un coup de palan derrière la tête.

— Et Arnt ?

— Au-delà de nos intérêts communs pour la chasse et la pêche, on avait une relation semi-professionnelle, avec Arnt. Il savait qu'il y avait parfois de l'alcool russe dans les bidons que je rapportais en ville. Une fois que j'ai réussi à le calmer, il a tout de suite compris ce qu'il fallait faire. Je lui ai raconté Rasmus et Elena et je l'ai convaincu qu'il n'y avait pas d'autre moyen, qu'on devait cacher le corps de Bjørkang dans une des cales. On n'aurait qu'à dire que leur bateau avait chaviré dans la tempête et qu'Arnt avait réussi à revenir sur le rivage, mais que Bjørkang avait disparu dans les vagues.

— Arnt n'aurait jamais pu vivre avec ce que vous veniez de faire. » Mes cuisses brûlent d'avoir tant travaillé et je libère un ou deux plombs de mon gilet, les largue dans l'eau sans quitter des yeux Harvey et son harpon.

D'abord, il ne dit rien, se contente de hocher faiblement la tête pour lui-même avant de reprendre la parole. D'une voix un peu plus basse à présent. « Je l'ai vu devant moi dans l'ouverture de la cale quand on venait de lâcher le corps de Bjørkang. Je n'ai pas eu le temps de réfléchir que je le poussais à l'intérieur et refermais.

— Vous l'avez laissé mourir de froid dans le noir.

— Il n'y avait pas d'autre moyen. *No other way* », se récrie Harvey. L'écho de sa voix détache encore de la rouille, qui tombe en pluie sur nous.

« Harvey le miséricordieux, fais-je avec dédain avant de cracher encore. Quand est-ce que vous avez décidé de me mêler à tout ça ?

— Le parfait bouc émissaire », observe-t-il d'une voix atone, les dents serrées. Son visage est soudain plus gris, à cause du froid et de l'air vicié, ou alors c'est autre chose, comme reconnaître ce que les circonstances sont en train de faire de lui. « Le lendemain, j'ai apporté le bonnet de policier de Bjørkang au phare, et j'ai fait en sorte que la police le trouve, avec les traces de sang, dans le bar. Pour voir, surtout.

— Ah, un bonnet de la police, dis-je, forçant un rire sans conviction. Vous saviez que ça lancerait les chiens sur la piste, oui. »

Harvey me scrute quand je ris encore. « Les tueurs et les histoires qu'ils peuvent raconter, hein ? » Je secoue la tête et, comme il ne dit rien, je poursuis. « Vous voyez comme c'est difficile de s'admettre à soi-même même les choses les plus simples et insignifiantes ? Vous n'avez pas pris le bonnet de policier au hasard, juste pour voir, comme vous dites. C'est un mensonge. Que vous vous racontez pour vous protéger, de… vous-même.

— *Really ?* » Harvey fronce le nez. « Comme c'est intéressant…

— Le cerveau humain est programmé pour parfois modifier la réalité ou l'ajuster. C'est un mécanisme de défense ancestral, un fantôme dans la machine, censé nous aider à gérer et travailler les traumatismes ou les impressions vives. On se raconte une histoire alternative, où l'on retourne les détails pour qu'ils s'intègrent dans l'image qu'on a de soi. » Je sens que j'ai envie de rire, même si je claque des dents et que mon rire s'étouffe dans ma gorge avant d'avoir pu sortir. « C'est pour ça qu'on dit des choses comme “d'un seul coup, avant que j'aie pu m'en rendre compte, il est juste tombé”, et ainsi de suite. Tout ça, c'est des conneries, Harvey. La vérité, c'est que vous avez commencé un jeu avec moi, un scénario sur lequel vous travailliez déjà le matin où vous m'avez conduit au phare, quand vous m'avez raconté cette histoire de quand vous étiez petit, les pleurs d'enfant dans le marais, là où votre famille avait un chalet. Je ne dis pas que vous aviez planifié en détail la fin de ce scénario, mais vous saviez jusqu'où vous étiez prêt à aller, dès que vous avez vu quel genre de mec j'étais…

— *What ?* accro aux médocs ? » Il écarte les bras, faisant pointer sa torche et son harpon dans une autre direction. « Un toxico ? » J'envisage un instant de me jeter sur lui pour essayer de saisir son harpon, mais il est trop loin. Une seconde plus tard, la torche et le harpon reviennent. Pointés sur ma poitrine.

« Entre autres, poursuis-je calmement. Je ne crois pas non plus que Bjørkang vous ait appelé le soir où j'ai trouvé la femme. Ça aussi, c'est une falsification à laquelle votre cerveau s'est livré. Arnt, peut-être, mais pas Bjørkang.

— Ça a une importance ?

— Bien sûr. Pas pour moi, mais pour vous, Harvey. Arnt était agité, il avait peut-être même peur quand il m'a appelé. Il avait probablement déjà compris que le corps de femme venait de ce chalutier. Peut-être même qu'il vous soupçonnait d'avoir un lien avec la disparition de Rasmus. Je crois qu'il voulait me le dire, mais il a décidé de vous faire confiance et a raccroché. Ensuite, il vous a appelé et vous l'avez persuadé de venir à la ferme, où vous l'attendiez, prêt à tuer. Aucune coïncidence, juste deux meurtres de sang-froid, prémédités.

— Vous mentez !

— Personne ne croit à vos foutaises de "mauvais moment au mauvais endroit". Et nous sommes tous deux parfaitement au clair sur le fait que vous n'avez pas débarqué ici avec un harpon par hasard, parce que vous étiez dans le coin et que vous vous demandiez si nous ne pourrions pas aller chasser le loup de mer ensemble. Vous êtes un tueur calculateur qui détruit des vies humaines… et vous êtes là pour tuer encore. »

Nous entendons un grand craquement de la coque, suivi de la chute d'un nuage de rouille. L'eau prend des reflets rougeâtres là où la lumière de nos torches rencontre la surface huileuse. Harvey m'observe. Ses yeux sont sombres, vides, sa bouche entrouverte. C'est comme si nous redoutions tous deux la scène suivante de ce spectacle sous-marin.

« Ça ne pouvait pas se terminer autrement, Thorkild, chuchote-t-il finalement.

— Et la mise en scène élaborée dans la discothèque ? Pourquoi ne pas simplement m'avoir tué comme vous l'aviez fait avec les deux autres ? »

L'eau clapote contre les parois de la cale. Les vaguelettes détachent davantage de rouille, une grêle s'abat sur nous, puis résonne une série d'échos sourds qui voyagent dans le ventre de l'épave.

« Il fallait que j'emmène Elena à la ferme, j'avais pensé la cacher dans l'ancienne bergerie jusqu'à ce que les choses se tassent. Je ne pouvais pas non plus la garder tout l'hiver avec nos rôtis d'élan dans le congélateur du garage, explique Harvey alors que le martèlement et la pluie de rouille cessent. Je vous ai entendu dans le bar, au téléphone, quand vous vous escrimiez à ingérer suffisamment de cachets et d'alcool pour faire le boulot convenablement. J'ai décidé de vous aider. De vous offrir une dernière fête, à Elena et vous. Dieu sait que vous en aviez besoin, tous les deux. »

Enfin, il rit franchement. Le bruit ricoche, provoque une nouvelle averse de rouille. Le froid fuse dans mon corps. « Je vous regardais, depuis le coin des tables de billard. Putain, vous étiez complètement parti, mec. *Wasted*. Le pire, hoquette Harvey en secouant la tête avec découragement, c'est que vous avez réussi à vous jeter à l'eau en atterrissant sur le seul bout de bois qui flottait à des milles à la ronde. Il faut le faire pour se planter aussi royalement. »

Je hausse les épaules en essayant d'afficher un mépris souverain. Le geste me donne des douleurs de froid. « Que dire ? Il y a des gens qui naissent chanceux. »

Harvey repose délicatement sa torche, qui baigne dans les eaux troubles entre nous. Il lève son harpon et le pointe sur ma poitrine. « *My friend*, chuchote-t-il d'une voix rauque. Cette chance, elle a une fin aussi. »

Chapitre 65

Le corps d'Elena remonte à la surface deux ou trois mètres derrière Harvey. L'eau fait de petits friselis autour de son buste et de ses cheveux quand la ligne qui la relie à lui se tend.

« Donc vous avez l'intention de m'enfermer ici avec vos autres cadavres ? Dans votre petit cimetière personnel ? Certains tueurs ont un endroit pour les gens qu'ils ont tués, ils les possèdent ainsi à jamais. J'en ai rencontré plusieurs quand j'étais aux États-Unis.

— Je me suis retrouvé dans une situation merdique, c'est tout. Où la seule alternative, c'est d'accepter ou d'être emporté dans le tourbillon. Quand ils sont au pied du mur, les hommes se battent. » Il coule un regard dans ma direction avant de conclure. « La plupart d'entre eux, en tout cas. »

La façon dont nos voix voyagent dans la coque, les échos aigus et les craquements, le froid, la pluie de rouille, l'air vicié oppressant, tout cela me donne le vertige et la nausée.

« J'ai entendu un tas de confessions de tueurs et de criminels, Harvey, dis-je, tentant de reprendre un certain contrôle de la conversation. Trop. Je connais tous les mots et mécanismes auxquels ils ont recours pour légitimer leurs actes, vis-à-vis d'eux-mêmes comme de leur entourage. Je sais aussi que, peu importe ce que vous direz, les fantômes que vous essayez de cacher au fond de la mer ne disparaîtront pas. Ils vont vous hanter jusqu'à la fin de vos jours. »

Harvey me regarde. Cette fois, il n'essaie même pas de sourire.

« Il y a deux types de tueurs, vous saviez ? Non, sûrement pas. Peu importe le nombre de leurs victimes, ce n'est pas ce qui les définit. Vous savez ce que c'est ? Le facteur qui les distingue ?

— Non », répond Harvey, le harpon toujours pointé sur ma poitrine.

J'ai tellement froid maintenant que j'ai du mal à parler, mais je force, j'expulse les mots entre deux claquements de dents et de violentes convulsions. Uniquement parce que je sais que, quand cette conversation sera terminée, quand tout sera dit, m'attendra l'acier glacé du harpon de Harvey.

« Ce qui les distingue, poursuis-je, c'est que la plupart des tueurs sont accablés par la culpabilité. Après l'acte, ils vont passer leur temps à essayer d'oublier, refouler et cacher. Mais il y en a qui sont différents, une race à part. Des tueurs qui se mirent dans leurs crimes. Ce sont des gens qui collectionnent les morts, leurs trophées. L'étalon de mesure de leurs performances. Mais vous, Harvey ? Vous n'êtes pas un chasseur de trophées, si ? »

Harvey secoue faiblement la tête sans rien dire.

« Ça vous fait mal, ce que vous avez fait. Vous avez déjà commencé votre chemin de croix, je le vois sur votre visage. »

Harvey ne dit plus un mot à présent, ses épaules se sont affaissées et ses mains, qui tiennent toutes deux le harpon, balancent lourdement à la surface de l'eau.

« C'est juste que vous ne le savez pas vous-même. Parce que vous êtes encore au cœur du tourbillon ; l'adrénaline et le choc de tout ce que vous avez traversé ces derniers temps bouillonnent en vous et vous agissez dans la panique. Vous tapez dans tout et tous ceux qui vous rappellent ce que vous avez fait, parce que vous pensez encore que ceci est une chose dont vous pouvez vous laver, à quoi vous pouvez échapper. »

Tout en parlant, continuant d'avancer sur ce fil du rasoir, je me rapproche doucement de l'endroit où il se trouve. « *You fucked up*, dis-je tout bas. Vous avez merdé. Nous sommes au fond de la mer, à bord d'une épave que vous avez remplie de gens morts. Et vous pourriez bourrer chaque cale de ce bateau de vos squelettes, ça ne suffirait pas. Vous n'allez jamais en réchapper. Les gens de Kripos sont arrivés, ils vont regarder les communications de votre portable, à qui vous avez parlé, quand. Bientôt le mini sous-marin va venir explorer le fond et trouver l'épave.

— Ça peut encore marcher, répond-il d'une voix inerte.

— Arrêtez donc vos conneries et regardez autour de vous ! » Ma sortie se termine en violente quinte de toux. Le corps secoué à chaque expiration, je tape des mains dans l'eau. « Vous êtes…, dis-je en suffoquant, alors que je vois la pointe de la flèche du harpon briser l'eau entre nous. Vous êtes dans la cale de cette épave au fond de la mer, avec un cadavre accroché à vous par un fil de harpon et vous allez me raconter que vous continuez de croire que tout va s'arranger ? Que Merethe, le petit et vous allez continuer comme avant ? Vous êtes prisonnier d'une illusion, Harvey. Je sais. Je suis passé par là.

— C'est vous qui vivez dans une illusion, répond-il froidement en serrant la main autour de son harpon. Si vous vous figurez qu'il y a plus d'une fin à ce scénario. »

Je sais que Harvey a raison. Je ne peux toutefois pas faire autrement qu'insister, me rapprocher de plus en plus, pendant que je cherche une voie d'accès. « Ils reparaîtront, vos fantômes. » J'interromps mon avancée. « Quand vous serez seul, quand vous dînerez avec votre femme, ou quand vous coucherez le petit le soir. Ils seront là. Vous serez obligé de les partager avec ceux que vous aimez. Avec Merethe et votre petit garçon.

— Ils ne sauront jamais.

— Votre femme voit les morts. C'est son boulot, et ces trucs-là, vous y croyez, vous me l'avez dit. »

Harvey cligne fortement des yeux à plusieurs reprises. « Ils ne sauront jamais, répète-t-il d'une voix mécanique.

— Et le petit ? S'il avait ce don, lui aussi ? Si c'était lui que vos fantômes hantaient quand ils n'obtiendront pas ce qu'ils veulent de vous ?

— Q… quoi ? » Harvey perd l'équilibre dans l'eau et doit écarter les mains pour rester d'aplomb.

« Je l'ai vue, Harvey. » Je désigne le tas de chair noirâtre. « Elena. Dans les yeux de votre femme. J'ai entendu ses cris. » Je ne suis plus qu'à un mètre de lui à présent et je baisse la voix, parle d'un ton plus doux. « Vous ne comprenez pas ? Que je sais. Je sais ce qui vous attend, c'est pour ça que je vous le raconte. Pour vous dire que vous n'y échapperez pas. Ça s'est déjà fixé en vous et ça ne s'en ira plus jamais. La seule chose que vous puissiez faire, c'est arrêter de vous cacher, reconnaître vos actes, endosser votre responsabilité. Pour vous, pour Merethe. Pour votre fils. »

De nouveau, Harvey garde le silence. Derrière lui, l'eau clapote contre le cadavre qui dérive vers une cloison de la cale. Il a l'air de penser, de réfléchir, de faire le tri dans son chaos intérieur. En interrogatoire, on recherche toujours ce genre de croisée des chemins, où la personne interrogée est obligée de choisir entre poursuivre ses mensonges et les lâcher, justement, changer sa déposition, avouer, prendre ses responsabilités. Je suis toutefois conscient, ô combien, qu'ici, au fond de l'eau, avec un homme qui a tué plusieurs fois et qui a un harpon dans les mains, les conséquences ne seront pas les mêmes si je n'obtiens pas le résultat voulu.

Harvey reporte enfin son regard sur moi. Je vois dans ses yeux qu'il a pris sa décision. Il n'a pas l'intention d'avouer ni d'assumer quoi que ce soit. Ce n'est pas son genre. « Merde, putain, chuchote-t-il d'une voix rauque, levant de nouveau son harpon. Il vous suffisait de sauter à l'eau. »

Je me prépare à partir dans une grande rotation pour essayer de m'enfuir en plongeant, mais Harvey a déjà décoché sa flèche. Je la sens traverser ma main, franchir mon sternum, je suis projeté en arrière par son élan.

« Je ne fais que vous aider à faire ce que vous n'avez pas réussi », entends-je Harvey crier dans l'obscurité. Ma douleur à la poitrine est si intense que j'ai envie de crier, mais chaque fois que j'ouvre la bouche, elle se remplit d'eau de mer. La flèche du harpon a vissé ma main sur mon torse et je ressens une douleur brûlante à l'aisselle. « Touché ou raté ? »

J'aperçois Harvey de l'autre côté de la cale. Il avance en se halant sur une ligne rouge. « Trouvé ! déclare-t-il d'un ton triomphal en la tendant entre nous. Là, on a un touché ! » s'exclame-t-il encore avant de tirer sur la ligne de toutes ses forces.

Je pousse un cri quand le coup sec m'entraîne vers lui. Une douleur cuisante se déploie de mon aisselle à ma poitrine. Comme si on arrachait un grand bout de chair de mon torse. Tournant la tête, j'aperçois brièvement la pointe de la flèche qui dépasse derrière mon aisselle.

J'essaie vainement de ralentir ma progression avec ma main libre. Puis je me souviens du couteau de plongée sur ma hanche et commence à le chercher de cette même main, tout en essayant de garder la tête hors de l'eau.

Le cadavre fait une nouvelle avancée quand Harvey approche de moi et me ramène à lui en rembobinant la ligne du harpon, comme si j'étais un poisson.

Harvey n'est qu'à quelques mètres quand je sens enfin le manche du couteau. Multipliant les efforts pour le dégager, je me retrouve traîné tête la première.

Je parviens enfin à le sortir de son étui et mes douleurs déchirantes à la poitrine cessent brusquement quand je coupe la ligne. Je gigote, agite les pieds et la main, jusqu'à ce que j'aie remis mon corps en position verticale.

« Et vous allez faire quoi avec ce petit bidule ? » s'enquiert Harvey en voyant ce que je brandis.

Je sais que, même avec le couteau, je n'ai aucune chance de pouvoir faire quoi que ce soit d'une seule main. Harvey lâche la ligne coupée et relève son harpon en le pointant vers moi. À travers la lumière de sa torche, je le vois sortir une nouvelle flèche d'un étui sur sa cuisse et la positionner dans le harpon. Puis il commence à actionner la pompe de l'arme.

Je prends mon élan, me jette en arrière sur le dos et m'éloigne en battant des pieds. Je vois Harvey me suivre dans l'eau.

« Qu'est-ce qui ne va pas ? Pourquoi cherchez-vous à vous enfuir ? *I thought you wanted to die ?* » La ligne attachée à sa ceinture se tend, entraînant le cadavre derrière lui sous l'eau.

Je nage un peu avant d'abandonner. J'ai très froid aux jambes, des douleurs suffocantes à la poitrine. Je tousse, vomis de la bile, ai du mal à me maintenir à la surface.

Harvey s'arrête à quelques mètres de distance et vise. Il m'éclaire de sa torche, calée sous un coude, et de l'autre bras oriente le harpon.

« Allez vous faire foutre ! » dis-je dans un souffle en sentant ma gorge s'emplir de sang. Je sors la main au couteau de l'eau et la tiens devant moi, pathétique tentative pour me protéger de ce qui va venir.

« *I'm sorry*, Thorkild. » Harvey lève le harpon entier hors de l'eau et vise ma poitrine. Derrière lui, résonne un gros plouf. Je vois le corps d'Elena, qui a dérivé jusqu'à lui et se trouve juste derrière, il le sent, lui aussi, et se retourne pour voir.

Le cadavre semble s'être enroulé dans sa ligne et la brusque rotation de Harvey le fait approcher encore plus. Elena sort de l'eau et lui monte dessus.

« Aaaah ! » Il hurle, décoche une flèche dans la panique. Je la vois traverser le ventre d'Elena et ressortir de l'autre côté. Harvey lâche le harpon en continuant de pivoter frénétiquement. Ses cris redoublent. Il essaie de repousser le corps à coups de pied et de poing tout en reculant, mais les lignes dans lesquelles ils sont emmêlés se tendent, et leurs corps s'entortillent, de plus en plus serrés, sous ses cris désespérés qui résonnent dans la cale.

De fins rayons de lumière jaillissent de la torche de Harvey enfermée dans cette masse d'ombres informe de bras et de jambes. Il se débat pour dégager le cadavre. De temps à autre, j'entends des halètements sporadiques et des gargouillis, puis un hurlement rauque retentit dans la cale d'acier. Aussitôt après, les deux corps s'enfoncent dans l'eau et disparaissent.

Chapitre 66

Çà et là, une bulle d'air vient rompre la surface à l'endroit où se trouvaient il y a quelques instants Harvey et la femme morte. Au-dessous de moi, je distingue des galeries pâles, comme des terriers de lapins dans le noir, sans pour autant voir ni Harvey ni Elena.

J'ai le corps lourd, une sensation d'engourdissement se diffuse dans ma poitrine à partir du point d'entrée de la flèche. Mes jambes remontent, tandis que mon ventre et mes hanches, avec les plombs restants, m'attirent vers le bas. L'air humide et âcre qui me brûle les poumons me procure une forte impression d'étouffer chaque fois que je respire.

Je me lance à la recherche du détendeur de mon unique main libre et la force centrifuge me bascule sur le côté. Je me démène, nage d'une main, bats des pieds pour essayer de me redresser. L'exercice génère des élancements dans ma poitrine et mon aisselle.

Après un troisième tour sur moi-même, je sens soudain quelque chose de mou sous mes doigts. Cette fois, je me maintiens dans l'eau, à la verticale, en essayant de retenir mon souffle et de ne pas bouger. Mes poumons vont exploser quand j'attrape enfin le caoutchouc du détendeur et peux le mettre dans ma bouche.

L'effort m'a vidé de mes forces. Je suis en train de perdre toute sensation dans les jambes et je me sens sombrer. Je songe qu'il faudrait me débarrasser des derniers poids autour de ma taille, sans quoi je coulerai jusqu'au fond et j'y resterai.

J'ai déjà plus de mal à respirer avec le détendeur, soit parce que la bouteille est en train de se vider, soit parce que la flèche m'a perforé un poumon. La console d'instruments est attachée à ma main, fichée sur ma poitrine. Je n'ai donc aucune possibilité de savoir de combien d'air je dispose. Tout comme il m'est impossible, d'une seule main, d'accéder à la bouteille de réserve.

Sous moi, je vois toujours la lumière de la torche de Harvey. Les garennes lumineuses ont disparu, il n'y a plus qu'un point étoilé loin dans les ténèbres. Avec toutes mes gesticulations, j'ai perdu mon masque et la lampe a dû être abîmée. Le charbon ardent jaune en bas est la seule source lumineuse que je puisse voir. J'essaie de fixer mon regard tout en me sentant gagné par le besoin de dormir. Plus fort, plus insistant à chaque mouvement que je fais.

Chaque fois que je regarde, la lumière change de couleur, elle passe d'un jaune profond à quelque chose de plus net et blanc. Au bout de quelque temps, je ne parviens même plus à me maintenir à la verticale. Mon corps bascule, mes jambes remontent, je me retrouve couché sur le flanc. Je n'arrive pas à me renverser sur le ventre et ne fais que dériver à la surface, flotter aux confins de la perte de connaissance.

Il n'y a plus de bruit autour de moi. Je ne sais pas du tout si je suis à la surface ou sous l'eau. J'ai perdu toute sensation dans les doigts, la seule chose que je sente, c'est la douleur dans ma poitrine et mon aisselle. J'essaie d'agiter ma main libre pour bouger. Mes lèvres sont engourdies, je ne sens plus le détendeur, même quand je mords le caoutchouc.

Soudain un grand craquement me fait ouvrir les yeux, un roulement martelé s'élève à travers les structures métalliques du bateau, suivi d'une pluie de rouille fine. D'un seul coup, mon visage se retrouve hors de l'eau et je vois une ombre, plus opaque et substantielle que l'obscurité environnante, presque comme si quelqu'un lévitait au-dessus de moi, et je sens en même temps un goût de parfum sur ma langue.

Je cligne des yeux, encore et encore, comme pour laver le sommeil pesant et l'eau de mer souillée, infestée de rouille, alors que l'ombre continue de descendre vers moi.

« Qui êtes-vous ? » dis-je sans que mes lèvres ne remuent. Je ne fais que dériver encore, rouler à la surface de l'eau et de la conscience.

Personne ne répond. L'ombre me traverse, une chaleur intense m'envahit. Je me démène avec ma main libre jusqu'à ce que je sois face vers le bas, vers l'ombre. J'essaie de la saisir, de l'attirer à moi, de récupérer sa chaleur. En fait de quoi je me mets à couler.

Je ne sais pas vraiment si je bouge réellement ou si ce que je vois n'est que ma cape, une fine membrane d'ectoplasme qui exsude du mourant et se mêle à l'eau de mer, mais je continue. Je bats des pieds, crochète d'une main, traîne mon corps dans la pluie de rouille en mordant le détendeur aussi fort que je peux.

Quelque part devant moi la lumière jaune reparaît. J'aperçois brièvement Harvey et Elena, à la faible lueur de la torche entre leurs cadavres ligotés. Les yeux écarquillés, Harvey fixe l'obscurité d'un air terrifié, tandis que leurs corps dansent au rythme de la mer. Soudain la tête d'Elena glisse vers le haut et ils se retrouvent face à face, ses cheveux noirs se déploient en éventail, et leur danse continue jusqu'à ce que la lumière disparaisse.

Je vois l'ouverture devant moi, non loin du corps d'Arnt, qui est maintenant au fond, détourné. Je ne vois pas celui de Bjørkang, et bientôt je sors de la cale et arrive à l'endroit où le fond marin est revêtu de poissons en putréfaction. L'ombre continue d'avancer, elle remonte lentement la coque. Elle se maintient toujours juste hors de portée. Parfois elle pivote sur elle-même, parfois elle semble pulser de tout son long et prend une teinte noire irradiante qui m'indique la voie hors du brouillard gris de l'épave.

Nous suivons le chemin de poissons morts, dépassons la cabine de pilotage arrachée, et nous dirigeons vers une vague lueur bleue au-dessus de nous. Elle s'accentue et je me mets à battre plus vigoureusement des pieds tout en crochetant avec ma main libre pour arriver plus vite en haut. J'arrache accidentellement le détendeur mais m'en aperçois à peine. La moindre fibre de mon corps est concentrée sur la couleur bleue, sur la chaleur qui s'en dégage.

Je brise la surface dans un cri de gorge rauque et gargouillant, vers le ciel au-dessus de moi. L'eau de mer s'écoulant de mon nez et de ma bouche, je flotte à la surface et crie de joie. Le ciel est toujours lumineux, malgré le temps lourd, c'est une pénombre mille fois plus claire que celle dont je viens de sortir. L'ombre a disparu, je n'ai plus qu'un vague goût de parfum sur le bout de la langue.

Devant, j'aperçois le bateau de Johannes et le catamaran de Harvey, à couple. Je ne vois pas Johannes, mais nage vers son bateau et entreprends laborieusement de gravir l'échelle.

Ce n'est qu'en arrivant à bord que je le vois. Couché au fond, entre la console de direction et le plat-bord. Il a une épaisse entaille au-dessus de l'oreille. Sous lui clapote de l'eau de mer sanglante.

« Johannes… » Je me traîne jusqu'au siège et me penche sur le dossier. Je tousse, je rote, je suffoque. « Johannes ! » Je crache encore du sang, encore de l'eau, tombe à genoux devant lui.

Mettant deux doigts sur sa carotide, je sens un faible pouls. « Ne mourez pas, putain », dis-je dans un râle avant de ramper au fond du bateau, à la recherche de mes affaires. Je finis par trouver mon portable. Je me traîne de nouveau jusqu'à Johannes et m'appuie contre le plat-bord du côté non harponné pendant que je compose le numéro d'urgence de la police, les doigts tremblants. Dès que j'ai terminé, je repose le téléphone sur mes genoux et saisis la main de Johannes.

Quelques instants plus tard, je sens une faible vibration contre mes cuisses. Quelque part au-dessus de moi, un goéland siffle. J'ouvre les yeux et constate que c'est mon téléphone qui sonne. Un numéro inconnu, à Stavanger. Je lâche la main de Johannes et réponds.

« Oui, allô ? gémis-je en peinant à tenir mon portable contre mon oreille.

— Thorkild Aske ?

— Je crois, dis-je faiblement, d'une voix rauque.

— Bonjour, Thorkild. C'est Iljana, de l'agence NAV de Stavanger. Auriez-vous quelques minutes ?

— Je l'espère. » Je tousse dans le combiné. « Je l'espère sincèrement.

— Vous êtes passé chez nous la semaine dernière pour vous inscrire comme demandeur d'emploi, n'est-ce pas ? Eh bien, je vous appelle aujourd'hui pour vous annoncer que je vous ai déjà organisé un entretien d'embauche, dans une agence de travail intérimaire. C'est pour une grande entreprise de télécommunications qui a besoin de monde dans son service après-vente, à Forus. Cela ne vous paraît-il pas plein de promesses ? »

Je lâche le téléphone entre mes doigts, pose la tête contre le bord du bateau et tire la main de Johannes à moi. « Merde, fais-je d'une voix pâteuse en la serrant fort dans la mienne. Je ne vais jamais pouvoir arriver à l'heure à cet interrogatoire au commissariat… »

Chapitre 67

Je sursaute quand le moteur du lit s'allume et que je sens mon buste être lentement relevé. J'essaie de me tordre vers une autre position, mais sens aussitôt l'élancement dans ma poitrine.

« Ah, vous voilà donc, dit un homme grossièrement bâti qui me domine tel un ours des cavernes à côté du lit. Vous vous êtes retourné pendant que vous dormiez, précise-t-il en posant délicatement la main sur mon épaule.

— Où suis-je ? dis-je, groggy, en essayant de recracher de ma mémoire quelque souvenir des circonstances qui m'ont amené ici.

— Au service des soins intensifs de l'UNN de Tromsø. Vous ne vous souvenez pas que nous avons débranché le respirateur ce matin ? »

Je secoue doucement la tête.

« Tenez. » L'homme pousse mon épaule légèrement en avant et cale l'oreiller dans mon dos.

« Que faites-vous ? » Je résiste jusqu'à ce qu'une vague de douleur cuisante déferle dans ma poitrine et me propulse dans des quintes de toux qui secouent le lit entier.

« Eh, détendez-vous. Je vais juste vous aider. Vous avez roulé sur le dos dans votre sommeil. Vous devez vous maintenir en position latérale, vous ne vous souvenez pas que nous en avons parlé tout à l'heure ? »

Cette fois, je ne me débats pas et le médecin parvient à glisser l'oreiller sous moi de façon à ce que je sois presque sur le flanc gauche.

« Au fait, vous avez les salutations du docteur Berg, du service de traumatologie. » Il fait le tour du lit pour venir de l'autre côté. « Il m'a dit que vous étiez plus mort que vivant à votre arrivée, hier après-midi. Vous comme votre ami. » Il marque une pause avant de continuer. « Il m'a aussi demandé de vous dire qu'ils ne voulaient plus vous revoir aux urgences, que vous aviez besoin d'une longue conversation sur la direction qu'a prise votre vie. De préférence avec un professionnel.

— Oui. Je comprends. Alors... » J'essaie de m'humecter les lèvres de la pointe de la langue, avant que le médecin me tende un verre d'eau qu'il a pris sur la table de chevet. « L'autre. Celui avec qui je suis venu. Où est-il ?

— Il est ici, lui aussi, dans une autre chambre. Blessure à la tête, il a perdu beaucoup de sang, légère hypothermie, mais état stable. Ils ont les reins solides, ces vieux. »

Je baisse les yeux sur ma cage thoracique, où je vois une grosse compresse entre plusieurs électrodes reliées à un écran, qui mesurent mon rythme cardiaque. Ma main gauche harponnée est plâtrée, et j'ai un oxymètre fixé sur un doigt. « Quelle est l'ampleur des dégâts ? J'ai l'impression que c'est plus que quelques rayures sur la carrosserie, cette fois.

— Eh bien, commence le médecin prenant une respiration, la flèche a cassé votre troisième métacarpe et endommagé le quatrième en entrant dans la main, d'où l'attelle. Il a fallu réduire la fracture avant de plâtrer. Ça se présente bien, il y a toujours un certain risque de petite lésion nerveuse ou tendineuse, mais pour l'instant, ça se présente bien. Cette flèche a ensuite continué entre deux côtes et traversé le lobe moyen du poumon, puis l'aisselle. On vous a donc posé un drain thoracique pour empêcher la cavité de se remplir de sang.

— Vous m'en direz tant, fais-je sans conviction.

— Vous avez eu une chance incroyable, Aske. Le simple fait que la flèche ait évité tous les centres névralgiques, tous les ganglions et juste effleuré la grande artère qui irrigue tout le bras relève quasiment du miracle. Là encore, on a un certain risque d'effets secondaires, comme l'absence de sensations dans le bras droit, mais ça se présente bien.

— Quand pourrai-je sortir ?

— Vous allez passer deux jours chez nous. Juste le temps que nous nous assurions que tout va bien. Sinon vous n'avez qu'à savourer le calme et essayer de vous détendre. » Il marche latéralement autour du lit, vers la sortie, s'arrête à la porte. « Au fait, j'allais oublier. Vous avez de la visite.

— Qui est-ce ?

— Un policier. Si vous voulez, je peux dire que…

— C'est bon », réponds-je en saisissant de nouveau le verre d'eau. J'ai la bouche sèche. Ma langue est enflée et mes papilles semblent en panne.

« Santé. » Gunnar Ore lève un gobelet en carton devant lui et se poste au pied du lit. « Notre putain d'Hercule Poirot, hein ?

— Va te faire voir en enfer, fais-je en toussant.

— Toi aussi.

— Bien, comme ça on pourra y aller ensemble quand je sortirai d'ici.

— Oui, hein. » Gunnar Ore approche un fauteuil. « Bon, alors comment va ce garçon ? demande-t-il en se penchant vers moi.

— Comme tu le vois. » Je soulève la couverture pour lui montrer la compresse et les électrodes sur ma poitrine. « Je ne me suis jamais senti mieux. Pour couronner le tout, je suis appelé en entretien d'embauche avec l'excitante perspective de devenir intérimaire dans le service après-vente d'une boîte de télécoms. Il paraît que si on retrousse ses manches et qu'on travaille dur, ils embauchent aussi en CDI. »

Gunnar Ore secoue la tête. « T'es pas vrai, toi, putain ! Qui aurait pu se douter que t'avais ça en toi, hein ? Moi qui ai toujours cru que tu étais juste du genre à te battre contre des moulins à vent et à aimer noyer les gens dans des flots de paroles. » Il secoue encore la tête. « Quel monde ! » Il se relève et remet le fauteuil là où il l'a trouvé. « Bon, mon pote, je passais juste une dernière fois avant d'aller à la prochaine base militaire. Tu sais qu'il y a des gens qui voudraient te parler, hein ? »

J'acquiesce.

« Je voulais juste te dire que j'ai préparé un peu le terrain pour toi là-bas, au commissariat, j'ai parlé à Sverdrup et aux garçons de Kripos, je leur ai raconté brièvement qui tu étais, non, qui tu avais été autrefois, pour qu'ils veillent à te traiter comme tu le mérites, maintenant que le cirque est lancé.

— Merci.

— Non, non, non. Ça ne change rien. Mais il n'y aura personne pour dire que tu as fait quoi que ce soit de bien ici, personne. Et si mon nom apparaît dans la presse à côté du tien, eh bien, tu sais ce qui t'attend. » Il pose son café sur la table de chevet, cogne ses jointures contre la barre de métal qui court le long du lit. « Rétablis-toi, prends tes distances et garde-les. OK ?

— On s'appelle, Gunnar.

— Non. Non, Thorkild. Permets-moi de répéter ce que je viens de dire pour les gens du fond. » Il s'avance tout contre mon visage et chuchote entre ses dents. « Rétablis-toi, prends tes distances et garde-les. OK ? Tu n'es plus policier. » Il se relève, s'arrête devant le lit et écarte les bras. « Tu es… retraité.

— Intérimaire potentiel de service après-vente avec possibilité de CDI !

— Oh, va te faire foutre. » Gunnar Ore se dirige vers les ascenseurs en sifflotant.

« Toi aussi ! » J'attrape le gobelet de café fumant. « Toi aussi… »

Chapitre 68

Anniken Moritzen semble agitée quand elle répond au téléphone. Il y a des tintements de vaisselle et j'entends un chansonnier suédois en bruit de fond.

« J'ai essayé de vous joindre toute la journée. Je ne vais pas tarder à partir et…

— Je suis désolé. J'ai été… occupé.

— Vous êtes toujours là-haut ?

— Anniken, je sais ce qui est arrivé à Rasmus.

— Quoi ? » Au bout du fil, une porte se ferme et on baisse la musique. « Qu'est-ce que vous avez dit ?

— Vous aviez bien sûr raison. Rasmus n'a jamais été impliqué dans la moindre malhonnêteté. Il est sorti plonger, comme vous l'aviez dit, et il a trouvé quelque chose qu'il n'était pas censé trouver. Ce qu'il a payé de sa vie.

— Qui l'a fait ?

— Ça n'a aucune importance. Il est mort. »

Une nouvelle pause suit, j'entends presque la pluie de Stavanger dans le combiné. « Pourquoi ? demande finalement Anniken. Pourquoi… fallait-il qu'il soit tué ?

— Nous pourrons en parler davantage à votre arrivée. J'ai bien peur de ne pas être en mesure de venir vous accueillir à l'aéroport, mais demain…

— Je ne peux pas y aller toute seule. Il faut que j'aille au phare, il faut que nous allions chercher les affaires de Rasmus, il faut…

— Arne ne peut-il pas vous accompagner ?

— Non, il est à Houston et ne revient que tard demain soir.

— Appelez Ulf. De toute façon, il va se jeter dans le premier avion quand il apprendra que je suis à l'hôpital. Encore. Je vous vois demain, ou dès qu'on m'aura relâché d'ici. »

Je ne veux pas lui en dire davantage par téléphone. Je veux juste qu'elle sache que tout le reste est terminé, que j'ai dégagé la voie pour que le processus de deuil puisse commencer. Qu'elle n'a plus besoin de passer ses nuits éveillée dans son lit, à souhaiter, espérer ce qui est fini. Elle doit prendre le temps de ressentir le manque, à présent. C'est important de ne pas craindre le manque, de le laisser entrer. Le manque est un lien entre ce qui est et ce qui a été. Il permet d'avancer sans quitter. J'aurais pu lui expliquer, lui dire que je sais, mais ça n'aurait rien changé. C'est une chose qu'il faut découvrir soi-même. Quand on est prêt.

Je suis loin dans un rêve et me trouve de nouveau dans le ventre du chalutier avec Harvey, quand mon téléphone sonne.

Je me frotte les yeux pour tenter de gommer la terreur dans le regard de Harvey qui se retourne vers Elena, dressée dans l'eau derrière lui. Ses cris désespérés me déchirent encore les tympans quand je réponds.

« Oui, Aske à l'appareil.

— Vous l'avez trouvé, fait Arne Villmyr.

— Une tombe de plus. » Je me redresse dans le lit. « Comme vous l'aviez demandé.

— Comme je l'ai demandé…, souffle Arne Villmyr à part lui. Comme si quelqu'un pouvait souhaiter une chose pareille.

— Je suis désolé, Arne. J'aurais voulu que…

— Il n'y a pas de quoi être désolé. Vous avez fait ce que je voulais que vous fassiez. N'allez pas croire que je vous fais des reproches, même pour ce qui est arrivé à Frei. Vous avez simplement été le facteur qui a changé nos vies. Ce facteur qui nous rend maintenant Rasmus. L'un ne compense pas l'autre, mais j'éprouve une certaine gratitude à l'idée qu'il rentre bientôt à la maison. Qu'Anniken et moi ayons un endroit où aller. C'est tout, c'est rien. C'est juste comme ça maintenant.

— Vous pensez qu'elle… » Je m'interromps à mi-phrase.

« Quoi ? Qu'elle vous aimait ?

— Oui. »

Arne produit un petit rire sans joie. Ses paroles ne sont que des bruits gutturaux dans le combiné. « Frei aimait facilement. Trop. Mais je crois que vous connaissez la réponse mieux que nous autres, non ? Il n'y a que vous deux qui sachiez ce qui s'est passé dans cette voiture et où vous alliez. J'aurais voulu pouvoir vous en dire plus, mais je ne peux pas. C'est terminé maintenant. Ayez une bonne vie, Aske. »

Chapitre 69

Il fait sombre dans la chambre. Juste une petite lumière au-dessus du lavabo derrière moi. J'entends grincer la porte avant qu'elle se referme dans un petit bruit sec. Une silhouette ramassée se glisse à l'intérieur.

Elle roule sans bruit devant le lit et pénètre dans la lumière du lavabo, son visage et ses vis métalliques apparaissent.

« Merethe », dis-je tout bas en me redressant.

Elle vient jusqu'à la table de chevet, tend une main pour saisir la mienne, la prend sous la couette, la met entre les siennes et serre. Dès que je vois ses yeux, je me détends. Ce regard, je le connais trop bien, c'est celui qui me rencontre tous les matins dans le miroir.

Merethe m'observe un instant avant de prendre son bloc-notes et son stylo.

Comment quelqu'un peut-il vivre toute une vie en parallèle de celle qu'on a ensemble ? est-il écrit.

Je pince les paupières, comme pour en extraire la dernière image que j'ai de Harvey et Elena, enlacés au fond de la cale. Je les rouvre, Merethe écrit encore. « Harvey a pensé qu'il lui fallait emprunter cette voie, dis-je pendant qu'elle écrit. Pour vous et le petit, mais… »

Merethe lève de nouveau le bloc : *Je le vois, en arrière-plan, quand je ferme les yeux. C'est comme s'il n'osait pas venir à ma rencontre.*

« Et Frei ? dis-je d'une voix rauque. Vous la voyez toujours ? »

Je fais un signe de tête vers le bloc-notes, et mon regard se prolonge, vers Merethe, puis les rideaux presque entièrement fermés. Je distingue tout juste les contours d'une colline sous les nuages de pluie qui filent dans le ciel nocturne. L'espace d'une seconde, il me semble entrevoir quelque chose dans leur course, une faible iridescence cachée derrière cette bousculade de noir et de gris, mais de nouveaux nuages viennent se déposer.

Bientôt, le ciel est tout noir.

Ouvrage composé par
PCA 44400 Rezé

#lisez engagé !
Pour plus d'information :
www.lisez.com
Imprimé sur du papier issu de forêts gérées durablement.

Achevé d'imprimer en février 2024 par
La Nouvelle Imprimerie Laballery
58500 Clamecy (Nièvre)
N° d'impression : 402661

S32045/03

Pocket, 92 avenue de France, 75013 PARIS

Imprimé en France